La Ménagerie

Du même auteur

Dernières parutions

Route Story, Gallimard Folio, 2006
La Java des bouseux, La Branche Suite noire, 2006
8 gr. 20 de cholestérol (nouvelles), Fayard, 2006
Belleville blues (récit), Autrement, 2005
La station Saint-Martin est fermée au public (récit), Fayard, 2005
C'est en hiver que les jours rallongent, Seuil, 2002 (récit) – Prix Marianne 2003, Prix Wizo 2003.

Romans policiers de la série « Loup »

Nursery rhyme, Seuil « Points », 1999
Ô Mort, vieux capitaine, Seuil « Points », 2000
Le Sténopé, Seuil « Points », 2000
Le Numéro 10, Seuil « Points », 2001
La Chronique de Montauk Point, Seuil « Points », 2004

Joseph Bialot

La Ménagerie

Entre chien et loup

Collection dirigée par François Guérif

Rivages/noir

Retrouvez l'ensemble des parutions
des Éditions Payot & Rivages sur

www.payot-rivages.fr

106, bd Saint-Germain – 75006 Paris

ISBN : 978-2-7436-1649-6
ISSN : 0764-7786

Avertissement

Les personnages de ce roman, leurs noms, domiciles, métiers et activités sont tous fictifs. Ils sont issus de l'imagination de l'auteur et n'ont aucun rapport avec de quelconques homonymes vivants ou morts.

Certains endroits, villes, lieux publics, etc., sont également imaginaires. Cette histoire n'a jamais eu lieu et des flics comme Malo Rottweiler et ses équipiers n'ont pas d'équivalents dans la réalité. Sinon pourquoi écrire des romans policiers ?

Bonne lecture et bonne balade. La Normandie est une région magnifique et sa cuisine somptueuse.

Attention ! Ne courez pas sur les falaises, il arrive qu'elles soient glissantes…

J.B.

Ses dents largement découvertes signifient à tous que le loup ne se nourrit pas de rêves.

Henri Michaux

LA MÉNAGERIE :

Loup
Rottweiler – Le Chien
Le Chameau
Impala
Le Pottock
La Marmotte

1

Loup est mort.

Le glas sonne. Un vacarme imaginaire que je suis seul à entendre dans un monde vide. Vide comme le néant. Rien d'autre ne compte que ma solitude soudaine et cette vibration de bronze en écho dans ma tête.

Loup n'est plus.

J'étouffe.

Après la cérémonie funèbre, j'ai retrouvé mon pavillon en meulière, du style « habitation de jeune fonctionnaire plein d'avenir, n'ayant plus que quinze ans de crédit à rembourser à sa banque ». J'ai des dettes. Ça prouve que j'existe.

C'est novembre…

L'humidité, le plafond gris orné de couettes en macramé de nuages tassés bas sur l'horizon, les volutes de brume de chaque petit matin m'enferment dans une gangue dont je ne sors que par l'action. Pas ce soir, hélas ; aujourd'hui je n'ai pas travaillé. Je reviens du Père-Lachaise.

L'odeur des dernières feuilles, en décomposition sur le gazon du jardinet, envahit toutes les pièces de la maison ; l'ombre du réverbère, venue de la rue, grave un tag illisible sur le muret de la clôture.

Je hais ce temps.

C'est peut-être dû à mon origine bretonne malgré

mon patronyme alsacien. Naître près de la Côte de Granit rose est certainement un privilège rare, mais les automnes sur la Manche, leurs écrans embrumés, leurs crachins et leurs tempêtes me collent le bourdon dès que l'été s'achève. Seuls les poètes et quelques peintres apprécient. Je ne sais pas peindre et la poésie n'est pas ma tasse de thé malgré un faible pour Baudelaire.

Je n'ai pas versé une larme depuis mon enfance. Ce soir, j'ai envie de pleurer.

Ma grand-mère, Marthe, qui m'a élevé, disait que j'étais une brute. C'est sûrement vrai pour que Loup et mes équipiers, au travail, m'aient baptisé le Chien. Il n'empêche que je serre les dents pour ne pas sangloter.

Je ferme les volets et m'installe dans la pénombre de la maison vide.

Ma veste vole à travers la chambre. Je déboucle la ceinture de mon pantalon, pose mon Beretta 9 mm sur la cheminée, balance mes mocassins dans un angle de la pièce, toutes choses que ma compagne réprouve.

Pour Astrid, tout doit être « ordre, calme et volupté ». Je crois, à tort peut-être, que sans le dernier élément du triptyque chacun de nous aurait, depuis longtemps, pris la route de son côté. Une sacrée nana sur le plan physique. Une brune, une vraie, avec tout ce que ça comporte de sensualité. Des yeux d'un bleu foncé, des jambes d'une longueur incroyable, des petites fesses et des seins en pommes dont le volume laisse rêveur. Avec des normes pareilles, inutile de faire des études de maths. On pige tout au premier regard.

Ma compagne est à Londres. Un galeriste du coin s'intéresse à ses toiles et il était impensable de refuser son offre d'expo. La peinture, c'est vraiment son truc, malgré mon inculture congénitale dans ce domaine, je dois admettre qu'elle possède un bon coup de pinceau.

Dans le bahut, héritage d'Aloïs, mon grand-père alsacien, la bouteille de framboise me tend les bras. J'aime les alcools blancs. Purs et durs… Ils me conviennent parfaitement. Une offrande de bouilleur de cru, titrant soixante-dix degrés, ne se refuse pas.

Sans hâte, un petit verre après l'autre, je prends une cuite.

Je suis policier. À la fois esthète, explorateur, éboueur. Un polyvalent de la culture actuelle.

Tout m'est joie ! Un corps sculpté à la hache, des enfants massacrés par leur entourage, des distributions, à la porte de l'école, de paquets de dope à rendre dépendant un régiment tout entier, m'enchantent.

Je ne suis pas un sadique, simplement un type réaliste qui appelle un dealer… un dealer, un pervers… un pervers, un tueur… un tueur. Le reste ne relevant que des poubelles où sociologues demandeurs d'emploi et psys ratés trouvent leur pitance quotidienne. J'ai l'œil collé à mon microscope et le monde, vu ainsi, vous ôte toute envie de rêver. Je regarde… Je vois… Vous, moi, les autres. Tous victimes ? Certes ! Tous démolis par leur misérable condition humaine ? Évidemment ! Tous écrasés par des systèmes politiques archaïques et redondants ? Bien sûr ! Que faire, quand l'imagination n'est pas au pouvoir ? Quand le prix d'un paquet de cigarettes, en Occidentanie, représente le salaire mensuel d'un gus quelconque dans un « pays de rêve », cauchemar et tsunami inclus. La solution appartient à Dieu, au bureau d'aide sociale, au diable ou aux croyants. Mais croire en qui ? À quoi ?

Je ne suis qu'un fonctionnaire avec un salaire de

fonctionnaire et, au-dessus de moi, une hiérarchie de fonctionnaires ; mais je suis investi d'une mission impossible, je dois éviter à chaque individu de rencontrer Caïn, Torquemada, Gilles de Rais, Jack l'Éventreur, Landru ou le vampire de Düsseldorf déguisé en SS. J'en passe et pas forcément des meilleurs… Ma part consiste à ramasser les morceaux, à laver la chaussée à grande eau, à trouver *the* coupable.

Mon existence se passe à récupérer les scories de la société, des femmes remodelées à coups de bouteille, des chairs cramées, voire des restes humains disloqués par la haine, la connerie et l'envie. Je ne rencontre que des suicidés par excès ou manque de tendresse, des victimes de tous les fanatismes, de tous les macs, de toutes les overdoses mortelles inventées depuis qu'Abel inaugura la rubrique des victimes dans la colonne des faits divers. Tout ceci devrait me laisser indifférent devant la mort de mon ancien boss : Loup. Mais ça… c'est la bouchée que je n'arrive pas à avaler : Loup est mort.

Loup… Le patron de la Ménagerie.

La Ménagerie… Le nom de baptême de son équipe. Des flics… Sans haine et sans illusions sur les humains et les lois qu'ils doivent défendre. Ceux qui les font et ceux qui les appliquent ne sont que des hommes et l'Évangile ne s'est pas trompé. Il rend à Dieu ce qui est à Dieu et à César ce qui (ne) lui appartient (pas ou peu). Je n'agis qu'« Au nom de la Loi ». L'ennui est que la plupart des marionnettes peuplant la planète ne trouvent pas la césure entre une idole morte et un civil vivant. La valse des Sauveurs suprêmes continue depuis l'instant mémorable où Il énonça le célèbre : « Que la lumière soit !… » Et la lumière fut ! La lumière… Ce truc qui se propage à trois cent mille kilomètres à la seconde et que personne ne voit arriver ! Un sauveur… Un lumignon, hélas, mais le seul repère dans la nuit de l'espèce.

Jean-Loup Fresnel… Loup, pour les intimes, avait démissionné de son poste depuis plus d'un an. La Ménagerie était restée stupéfaite devant l'événement. Il est vrai que mon boss ne tournait plus rond depuis son dernier retour de congés. C'était à la fin de l'été précédent.

Le patron demeurait efficace au boulot, toujours impitoyable, toujours en tête dans une action difficile, mais il m'arriva, après ces vacances-là, de le découvrir rêvant éveillé, sursautant à une de mes questions. Visiblement, il ne m'avait pas entendu entrer dans son bureau.

Un soir, dans un de ses bistrots, il m'avait invité à déguster un des plats du Sud-Ouest dont il raffolait. C'était le Pottock qui l'avait initié à ce genre de cuisine roborative.

– Malo, j'ai une confidence à te faire. Je vais larguer mon boulot. Ce métier m'a usé, je deviens transparent. J'ai suffisamment cotisé pour avoir une retraite décente, j'ai quelques économies… Je vais donc essayer de vivre pour moi, selon ma vision du monde.

La surprise m'a fait renverser mon verre de madiran et la tache pourpre du vin étalé sur la nappe ressemblait à une flaque de sang.

– Oh, Loup ! On n'est pas le 1er avril, que je sache.

– Je ne plaisante pas, petit, je suis saturé ; tu sais, et tu es le seul à le savoir, que je voulais entrer dans les ordres avant de me lancer dans la police, mais, à l'époque, j'ai rencontré une femme et j'ai pensé que faire vœu de chasteté et baiser comme une bête n'était pas compatible. Bien qu'il m'arrive parfois de tourner le règlement, on ne peut pas être juge et flic à la fois, pas plus qu'on ne peut soigner des âmes en s'occupant uniquement de leurs plaisirs physiques. Je suis croyant. Sans fanatisme et sans illusion sur la cohérence et la naïveté de ce qu'on m'a enseigné au séminaire. L'irrationnel de la foi n'est pas en conflit avec la réalité lorsque l'engagement comble un vide en toi, une béance qu'aucun humain ne peut remplir. Mais basta, la philo ! J'en ai marre. Tout homme, un jour, prononce les mêmes mots : « J'en ai marre. » J'arrête. Je m'arrête moi-même, je me mets hors d'état de nuire, je me pose, pas dans une cellule, non, en moi. J'ai besoin de faire le point, de trouver un nouveau cap dans mon existence. N'en parle pas aux autres, je les avertirai en temps utile.

Il a rempli nos deux verres.

– Santé !

J'ai trinqué machinalement.

– Bien entendu, Malo Rottweiler, je te proposerai pour prendre ma succession. Tu deviendras le patron de la Ménagerie.

Loup absent du groupe d'enquêtes, Loup larguant l'équipe… Impossible. Et pourtant… Cet ensemble unique avec, pour chacun de ses membres, un totem à la place du nom… J'en avais fait la remarque au boss.

– J'ai été chef scout. C'est certainement un reste d'enfance.

Sans autre commentaire.

Le temps passé côte à côte, la fange dans laquelle nous avions pataugé ensemble, les coups reçus et pas toujours rendus, parfois les humiliations subies d'une hiérarchie plus occupée de sa propre promotion que de rébellion devant les exigences de politiciens de second rang, avaient créé entre nous une vie en symbiose. J'étais un peu le fils qu'il aurait aimé avoir et il était le père inconnu qui m'a toujours manqué. C'était un lettré refoulé. Il passait ses loisirs de retraité à lire, lire, lire… « J'ai enfin le temps de rattraper celui que j'ai perdu dans mon boulot. Les mômes de 68 se sont plantés sur toute la ligne, sauf sur un point : "On perd sa vie à la gagner !" Vive la retraite, mon gars, vive la retraite ! »

Loup… J'ai eu la grâce de pouvoir choisir un père. Il a été mon élu.

Chacun vient au monde où il peut, mais on naît toujours deux fois lorsqu'on est un gamin de la Ddass. Jamais un enfant issu de cette catégorie de citoyens n'a opté pour une famille. On le choisit. Pile ou face… La cigogne a ouvert son bec et le trésor est tombé… J'ai atterri, à Trébeurden, chez Karl Rottweiler.

Pas un mauvais cheval, Karl. Alsacien d'héritage, *zimmermann* de son métier, ou charpentier, lorsqu'on le prononce en français. Il avait connu Gwenaëlle, une de ces femmes qui, comme chacun sait, sont partout : une bretonne. Elle venait de tourner sa vingtième année et travaillait dur, serveuse dans une *winstube* près de Saverne. Son rêve ? Amasser assez d'argent pour ouvrir une crêperie au bord de la mer. Lui, venait réparer une charpente et… s'était retrouvé marié sur les bords de la Manche.

Cathos fanas, ils appliquaient le vieux précepte biblique : croissez et multipliez ! En vain. Vingt fois sur le métier, ils remettaient leur ouvrage… Mais niet, ça ne marchait pas. Le couple avait tout tenté pour avoir un enfant : étudié l'amplitude des marées, consulté la médecine, pratiqué la prière, imaginé de nouvelles poses, écouté les conseils d'un spécialiste… Pour aboutir au résultat final, l'adoption d'un beau bébé rose que l'on baptisa Malo.

Chouette : j'avais une famille !

Catastrophe : Gwenaëlle et Karl se sont noyés lors d'une balade en mer.

Bonheur : à trois ans, j'héritais d'une grand-mère.

Désastre : c'était une peau de vache, à demi fascisante et à moitié psychopathe. J'ai mis longtemps à comprendre et à réaliser que fascisme et délire réunis formaient un pléonasme dont Tatie Marthe était l'incarnation.

Merveilleux : j'avais des copains.

Calamité : c'était des mômes merveilleusement paumés.

Formidable : nous faisions mille bêtises.

Ennui : aucune famille normale ne tolère d'insurrection infantile. Les anormales non plus, d'ailleurs.

Et ainsi, de cahin en caha, de faux câlins en vrais cahots, j'ai grandi.

Marche ou crève ! Je suis doué pour la marche.

Loup est mort. Je suis orphelin.

2

Le vieux solitaire n'est plus.

Une balle dans le dos, tirée à bout portant, l'a effacé de mon carnet d'adresses. Pas de ma mémoire.

Il vivait en banlieue, solitaire dans un pavillon de Saint-Maur, du côté du vieux village. Allongé dans le caniveau, il était resté pendant deux heures à cracher ses poumons. La nuit, le coin tient du Hoggar. Cent vingt minutes d'éternité sur le bitume. Seul et mort.

Tout ne finit pas par des chansons, mais par un obit ou dans quelques lignes de la rubrique nécrologique d'un quotidien. Loup ne possédait aucune famille et l'équipe tout entière avait participé à la rédaction du faire-part.

Ses équipiers de la Ménagerie,

Rottweiler-Le Chien,
La Marmotte,
Impala,
Le Chameau,
Le Pottock,

ont le regret de vous faire part du décès,
le 8 novembre, de :

Jean-Loup Fresnel, pour l'état civil,
Loup, pour ses amis,

le flic, pour ses malfrats,
qu'il passa sa vie à traquer.

L'incinération aura lieu le
12 novembre,
au crématorium du Père-Lachaise.

Nous sommes le 12 novembre... Mon Pearl Harbour à moi. Une date inoubliable.

Jamais, durant sa retraite, je n'avais hésité à consulter le solitaire lorsqu'une affaire s'avérait ligneuse. J'arrivais sans préavis, comme lorsqu'on rend visite à un proche. Il enlevait ses lunettes rondes, posait le bouquin entamé pour m'écouter et me guider.

Lui aussi était du genre rugueux. Un flic. À croire qu'il n'était venu au monde que pour ça : essayer d'effacer le signe de Caïn que portent sur eux tous les humains et former des policiers aussi durs dans leur âme que les sauveteurs lorsqu'ils ramassent des morceaux de viande humaine dans les débris d'un avion crashé, dans la ferraille d'une voiture cramée, dans une galerie de mine après un coup de grisou. Il m'avait dit, un jour de confidences :

– Je ne fais pas les lois. Elles sont connes ? Injustes ? Je les applique. Connement ! Injustement ! Mais j'arrive encore, à mes risques et périls, à faire cohabiter le bon sens et le règlement. Je me suis souvent demandé ce que j'aurais fait durant l'Occupation. Réflexion idiote ! Je n'aurais jamais pu être flic à cette époque. Tu me vois arrêtant des gamins parce qu'ils portaient une étoile cousue sur leurs vêtements ? Souviens-toi, toujours, que « l'aide du bourreau est pire que le bourreau ! » Mais si un policier n'est pas un bourreau, il doit à tout prix éviter d'être son complice. Je suis seulement un pion sur l'échiquier social.

Il rêvait d'être prêtre. Il devint flic. Catapulté vers l'École de police après une licence en droit et un bref passage par le séminaire. Il m'en avait parlé une fois, une seule.

Devenir prêtre ? Il le fut, à sa façon : son confessionnal, dans un commissariat, ne désemplissait pas.

Il était flic. Sans haine et sans amour.

Pour tous, il n'était qu'un loup, une bête solitaire dans la meute d'équipiers qui formaient sa famille. Il était Loup et n'était que ça.

Mais, tel Cyrano, à une heure de relevé, Monsieur Jean-Loup Fresnel est mort assassiné.

Ce n'est pas mon équipe qui est chargée de l'enquête, mais je ne m'en désintéresse pas, au contraire. C'est Letellier qui s'en occupe. Un poulet efficace que j'ai eu sous mes ordres. Il ne me cachera rien de ce qu'il découvrira.

Je me croyais définitivement blindé contre les émotions. La gueule de bois du lendemain matin me prouva qu'il n'en était rien.

La douceur des mœurs du XXIe siècle, sa compassion permanente, sa charité planifiée, normalisée, déductible de la déclaration de revenus, télévisée et rentabilisée par des ONG étatisées, a même modifié la sonnerie du téléphone. Ce n'est plus une vrille stridente qui vous perce les oreilles, adieu définitif à l'antique commandement autoritaire du clairon des casernes de papa : « Soldat, lève-toi ! Soldat, lève-toi ! Soldat lève-toi bien vite ! », mais une ligne musicale veloutée comme un yaourt oriental, d'une tendresse à faire grincer des dents même à un édenté.

J'ai ouvert les yeux, secoué la tête. Quelque chose de dur remuait dans mon crâne et heurtait ses parois. Qui donc m'a instillé un caillou sous le front ? La douleur à la racine des cheveux m'a remis en mémoire la beuverie de la veille.

Le combiné posé sur la table de nuit sonne toujours, sonne encore... Mon mal persiste. Je me couvre le visage. Rien à faire. L'autre ne renonce pas. Je décroche.

– Ah, c'est toi, Impala ? Je dormais... oui, à cette heure-ci ! Tu y vois un inconvénient ? Le boss ? Qu'il aille se faire foutre ! Tu dis ? Les flics du coin ont besoin d'assistance ? À Chaville ? Où, à Chaville ? Au pied de la tour hertzienne ? Oui, je connais... Le temps d'avaler un bol de café pour me réveiller complètement. D'accord, je te retrouve à la sortie du RER, à Vélizy, ça t'évitera de te coltiner en voiture le labyrinthe de la banlieue Ouest.

Mon mal au crâne s'incruste. Normal. D'habitude, je bois peu. J'aime prendre un verre, de temps en temps, à une terrasse en compagnie d'Astrid, parfois aussi après l'amour ou avec les copains lorsqu'une pause détente, rare, se présente dans le boulot.

Tour de Paris par l'A86.

Je me retrouve au rendez-vous fixé avec Impala, membre à part entière de mon équipe animale.

Impala.

Une fliquette, une vraie. Spécialiste en rien du tout. Ce n'est pas à elle de décider de la couleur du fil, toujours bleu ou rouge, qu'il faut couper pour désamorcer une bombe. Elle est nulle en anthropométrie, en électronique, en balistique. Parfaite en amour, géniale dans un stand de tir, gonflée dans son boulot. Une équipière qui assure. Il vaut mieux ne jamais se trouver face à son Beretta lorsqu'elle appuie sur la détente. Ce n'est arrivé que deux fois... Et par deux fois, Loup a dû s'expliquer avec l'IGS, la police des flicards.

Impala... Tout, dans le léger déhanchement de ses petites fesses lorsqu'elle se déplace, dans la grâce coulée de ses mouvements pareils à l'amorce d'une caresse, dans la couleur fauve de ses cheveux, évoque l'antilope qui lui a valu son surnom. Ses yeux, d'un marron pâle, s'enflamment les soirs de tendresse. Je l'ai su autrefois, avant que l'usure, cette maladie du couple, nous sépare ; sans animosité, normalement, avec toujours le souvenir partagé de la douceur et de la sensualité que nous avons longtemps échangées. C'est fini. Nous sommes des amis, des vrais, malgré la différence hiérarchique. Elle vit avec un avocat. Pour le reste, boulot-boulot !

Délocalisation amoureuse : plus d'Impala, je me suis rabattu sur Astrid, ma nouvelle compagne. Je n'ai pas perdu au changement géographique. Désormais, je m'extasie sur les prouesses acrobatiques, diurnes et nocturnes, de mon équipière suédoise, lorsqu'elle est amoureuse. Astrid, native de Stockholm, parisienne depuis l'enfance, est un mélange équilibré de l'impudeur nordique et du raffinement français. Bref, au lit, ce n'est pas triste.

Rapide bécot.

Impala embarque près de moi, boucle sa ceinture, m'explique.

– Prends sur Chaville, objectif la tour hertzienne.

La voiture roule dans le sous-bois qui grimpe vers le bâtiment orné de ses multiples antennes.

Rond-point. Un désert.

En cette saison, les feuilles mortes sont plus nombreuses que les promeneurs. De plus, c'est un jour ouvrable et les habituels cyclistes, innombrables satyres, écolos en formation, promeneurs, joggeurs, voyeurs, amoureux et autres amateurs de plaisirs sylvestres sont absents.

Le feu pivotant d'une ambulance pose une insolite ponctuation écarlate dans la grisaille des arbres. Trois voitures de police stationnent sur la route fermée par deux barrières. La chaussée brille d'humidité. L'air a des relents de neige proche. L'humus pourrissant colle aux chaussures, amortit le bruit des pas. Un corps est allongé sur le bitume. Deux hommes en uniforme encadrent un civil aux cheveux plus poivre que sel.

Deux de mes équipiers déboulent à leur tour. Le Chameau et le Pottock.

Le Chameau est un petit-fils de harki. Un musulman qui n'a foi qu'en lui-même et qui ne connaît que la loi de la Ménagerie. Normal lorsqu'on a été rejeté tous azimuts. Traître pour les uns, héros pour les autres, il a découvert, enfant, que les mômes portent et paient toujours la culpabilité réelle, ou imaginaire, attribuée aux pères. La justice… rétroactive ! La longue bagarre endurée pour faire des études en fac lui a façonné un caractère peu conciliant.

– Je n'avais que ce choix, bosser ou bosser, encore et toujours, bosser pour sortir de la monoculture coranique enseignée chez moi… Ma licence, je ne l'ai pas volée, crois-moi ! L'islam est un immense océan plein de trésors… L'ennui est que ses adeptes ne savent pas ou ne veulent pas nager. Moi, si !

Très respectueux des croyances des autres, il reste intraitable sur les siennes : les filles, une bonne bouteille, du fitness à outrance et les polars. Un flic amateur de romans noirs… Un vrai vicelard qui connaît par cœur cette littérature de la désespérance. Thompson est Dieu et Manchette son prophète.

Une gueule dure, toute en angles vifs, coiffure ondulée plaquée au gel. Un truc mode. Des yeux noirs aussi rapides qu'un radar, un nez tranchant. Un grand gars aux épaules larges, rigolard et serviable, avec une susceptibilité à fleur de peau lorsqu'on évoque son origine. Natif de Grenoble, il affirme, lorsqu'il drague, qu'il est né sous le signe du Lion, ascendant Dauphin. Le plus curieux est que son baratin marche.

À ses côtés, le Pottock me fait face.

– Où est la Marmotte ?

– À l'intérieur de la tour, il interroge tous les présents.

– Que s'est-il passé ?

– Viens et regarde.

Je m'approche du tas de viande étalé sur le goudron humide.

– Voilà le morceau. Il s'agit d'un meurtre.

No comment. Je sais qu'il va enchaîner. À Trébeurden, des gus comme le Pottock, on les appelle des taiseux. Au pays des taiseux, le Pottock serait roi. Mais c'est un taiseux d'un type particulier ; il court le cent mètres en douze secondes, possède une détente de ressort trop longtemps comprimé et un poing très douloureux lorsqu'il arrive dans un menton ou sous la ceinture d'un suspect récalcitrant.

De son origine paloise, il n'a gardé que le meilleur, le

goût du jurançon. Avec un plus, chipé aux Basques, ses anciens voisins, garnir de confiture de cerises noires un morceau de fromage de brebis descendu de la vallée d'Ossau ! Arrosé d'un blanc sec de Monein, ça vous ramène presque à la foi abandonnée depuis l'enfance… Un amateur de ce genre de nectar ne peut pas être foncièrement mauvais. Bourré ? Parfois. Méchant ? Jamais !

Un seul reproche à lui faire : l'utilisation d'expressions qu'il fabrique en partant de sigles connus ou qu'il récupère sur Internet. Lorsqu'il est saturé de boulot, il annonce calmement : CFDT, en clair : C'est Fatigant De Travailler.

Le Pottock… Mimétisme total entre sa démarche et son surnom : un cheval prêt à bondir. Le Pottock est un poney à demi sauvage du Pays basque. Taille moyenne, épaules larges, l'allure d'un bahut massif domine chez mon équipier. Une mèche incongrue faite de poils blancs, alezans et noirs, met une tache rouanne dans une chevelure châtaine. Il présente une musculature modelée par des séances de poids et haltères, un regard sombre à chanter dans *Carmen* : « Qu'un œil noir te regarde, toréador… », avec un scepticisme qui fait durer les interrogatoires au-delà des heures ouvrables. Comme si les flics avaient des « heures ouvrables » !

J'attends.

Le hennissement du Pottock se fait enfin entendre.

– Un promeneur a retrouvé ce type ficelé à un arbre. Il était mort, asphyxié.

– Asphyxié… en plein air, dans le bois de Chaville ?

– Oui. Il portait un sac-poubelle sur la tête, un truc de cent litres qui lui descendait à mi-ventre.

– Il s'est peut-être suicidé ?

– Ouais… C'est ça ! Après avoir bloqué ses mains

autour du tronc avec une cordelette, il s'est coiffé d'un sac en plastique attaché à sa carcasse. On n'arrête pas le progrès, Malo. T'as raison, ce gus doit avoir un coach qui lui a enseigné comment se trucider en faisant l'acrobate.

– Des papiers ?

– Non. Pas de portefeuille, rien. Il est possible que le tueur lui ait fait les poches.

– Des témoins ?

Le Chameau m'entraîne vers l'homme que les policiers encadrent.

Je me présente aux flics locaux.

– Capitaine Rottweiler, du Groupe d'enquêtes. Je suis chargé de cette affaire. C'est votre témoin ?

– Dans l'immédiat, nous n'avons que lui. Il a découvert le corps.

Le bonhomme me fait face.

– C'est vous qui avez appelé la police ?

– … olice…

– Qu'est-ce que vous dites ?

– … ous dites ?

Je lui tape doucement sur l'épaule. J'ai trop l'habitude des gens terrorisés lorsqu'ils se trouvent brutalement plongés dans une tragédie.

– Calmez-vous, on ne vous veut aucun mal. Au contraire. Nous pensons que vous pouvez nous aider.

– … nous aider.

Difficile d'obtenir quelque chose d'un individu qui se trouve dans un état confusionnel de cet ordre. Son écholalie peut durer longtemps.

J'essaye encore une fois. Même motif, même punition.

C'est Impala qui va nous sortir de là.

Elle arrive, souriante.

– Je suis une femme flic. Une vraie maman pour les témoins. Avec moi, vous ne risquez rien, pas d'annuaire balancé à la tête, pas d'insultes, pas de situations humiliantes, pas de menottes d'acier, seulement celles-là.

D'un geste rapide, elle enferme les mains de l'homme dans les siennes. Ses doigts glissent sur les poignets de son prisonnier qu'elle masse doucement.

L'autre se détend. Impala sourit.

– C'est vous qui avez appelé la police ?

Miracle. Il parle.

– Oui.

– Quand ?

– Il y a deux heures, ou un peu plus peut-être, je ne sais plus très bien.

– D'où ?

– J'ai un portable.

– Où avez-vous trouvé le corps ?

– Là, dans ce boqueteau.

– Que faisiez-vous dans les bois ? Ce n'est pas la saison du muguet, que je sache ?

Il libère sa main droite de l'étreinte d'Impala et désigne une chênaie.

– Je me promenais. J'effectuais, à mon rythme, mon jogging quotidien, malgré mon âge.

– Seul, dans ce désert ?

– Je n'habite pas loin et je connais, depuis trente ans, chaque sentier de cette forêt. Je cours tous les jours sur ordre du médecin. Ça fait partie de mon traitement de cardiaque. J'ai failli, autrefois, être champion de France du cent mètres. Mais c'est vieux, tout ça. C'est bien vrai que le sport mène à tout. Je dirige une salle de fitness et je me dois de donner l'exemple, à mon rythme, bien entendu.

– Vous étiez passé dans ce secteur avant ce matin ?

– Oui, hier, dans l'après-midi. En cette saison, il fait nuit vers six heures et je peux vous dire qu'à quatre heures, hier, il n'y avait pas de bonhomme attaché à un arbre.

– Merci, ça aidera le légiste à se prononcer sur l'heure de sa mort. Voulez-vous regarder le corps ? S'il est du coin, vous l'avez peut-être déjà rencontré ?

– D'accord.

Le groupe s'avance vers le mort.

Le témoin se penche, blêmit, recule.

– Jamais vu par ici, cet homme. Non, je ne le connais pas.

– La brigade locale va vous emmener au commissariat pour enregistrer votre témoignage. Vous serez ensuite reconduit chez vous.

Je note ses coordonnées : Philippe Grouillet, route de Boulainvilliers, à Sèvres.

Le plastique bleu, ôté de la tête, pend comme un gonfanon en berne sur le thorax du cadavre.

L'homme porte un pantalon de velours côtelé d'un vert pisseux, un pull à grosses torsades, une parka noire. Les vêtements paraissent de bonne qualité. La victime n'a rien d'un vagabond. Un de ses pieds porte un mocassin. Pas une chaussure pour faire de la marche en forêt. La godasse manquante se dresse à un mètre dans un tas de feuilles mortes. À croire qu'il a été agressé là. Son visage porte les marques apparentes d'une asphyxie. La peau est bleuâtre. Les yeux sont restés ouverts. Nul humain ne supporte un regard pareil. Voir la mort en face… Personne ne peut la regarder, personne. De mon mouchoir déployé, je couvre les paupières du mort.

À première vue, sommairement bien sûr, il ne présente aucune ecchymose. Un chose m'intrigue : un filet de sang caillé pose une virgule sombre sur sa joue droite, à la commissure des lèvres. Sa bouche, grande ouverte comme celle de tout asphyxié qui se respecte, révèle une excavation noire sur la gencive inférieure, à droite. Les trois molaires manquent.

Impala se penche en avant, ramasse un objet minuscule, le regarde, l'enveloppe dans un Kleenex.

– Tiens, Malo !

Ce n'est qu'un bout de métal brillant. Je le tourne, l'examine. Le coup m'arrive en pleine gueule. C'est un bridge de trois dents.

Je montre l'objet à mes équipiers. Tous ont compris. Personne ne commente.

– Donne ça à l'équipe du labo.

Impala s'empare de la chose, se dirige vers les hommes de l'Identité judiciaire. Les gars achèvent leur travail.

Le légiste donne l'ordre d'emporter le corps et vient me saluer. Je lui raconte l'histoire des dents arrachées ; il lève un sourcil étonné et reste muet. Les collègues lui passeront la prothèse dentaire après examen.

– Je vérifierai si elle a été arrachée à la mâchoire de notre macchabée. Vous me trouverez à la morgue de Versailles, demandez le Dr Dujouan. Donnez-moi votre numéro de portable, je vous communiquerai les résultats de l'autopsie.

À son tour, la Marmotte, sorti du bâtiment des télécom, me salue.

– J'en ai enfin fini avec les gus qui travaillent là. Rien que des témoignages en cul-de-sac. Ils ne mènent nulle part, personne ne sait rien. Trop absorbés par leur boulot de techniciens pour aller musarder sous les arbres. Comme m'a dit un des gars : « En été, ça va encore ; on peut parfois s'offrir une brève détente, un beau coup d'œil avec vue imprenable sur l'amour... Ah, l'amour... vous connaissez ? Certains amateurs, planqués dans les fougères, prennent des clichés à la mitraillette. Clic ! Clic ! Clic ! Si vous saviez ce qu'ils arrivent à faire dans les bois, surtout au printemps ! Une fois, une seule, j'ai essayé d'imiter un couple qui innovait vraiment. Résultat ? Un plâtre à la jambe pendant quarante-cinq jours. Depuis, je me contente de regarder... En cette saison, pas surprenant que vous n'ayez que de la viande froide à vous mettre sous la dent. C'est novembre, non ? »

Un gus costaud, la Marmotte. Un quintal de muscles branchés à une carcasse de 1 mètre 93. Des cheveux noirs bouclés sur un nez en boule, des yeux sombres. Le tout coiffé d'un accent pied-noir à couper au couteau malgré, ou à cause de, son lieu de naissance, Sarcelles, dans la banlieue nord de Paris.

– Que veux-tu, il est difficile de causer pointu lorsque tu as été élevé entre le couscous, la tafina et les cigares [1] au miel de Maman Esther. Tu parles différemment, dis, selon que tu as avalé du cidre dans ton biberon ou tété, dès le sein maternel, du rosé de la Mitidja.

Je ne lui connais que deux vices : l'amour qu'il porte à son fils et son goût immodéré pour l'histoire. Même au travail, il traîne toujours un livre avec lui.

En apparence, un bloc d'indifférence à tout ce qui ne touche pas son ouvrage, qu'il exécute avec une

1. Pâtisserie nord-africaine de forme oblongue, comme un cigare.

courtoisie extrême. Il applique à la lettre le principe d'Alphonse Allais, son comble de la politesse qui consistait, comme chacun sait, « à s'asseoir sur son derrière et à lui demander pardon ». Lui s'assied sur ses prisonniers. N'exige rien. Ne s'excuse pas. Et il obtient des résultats ! J'en ignore les raisons, mais sa méthode est efficace. Lorsqu'il a posé durant un temps variable son énorme fessier sur la tête d'un suspect allongé sur le sol, l'autre parle, parle, parle... Encore un truc archaïque que l'on n'enseigne pas dans les écoles de police.

Dès qu'il le peut, il s'endort. D'où son totem : la Marmotte.

– La sieste... mon frère, la sieste, c'est la plus belle invention du siècle depuis le roller, le string et le portable. Dors, dis ! Tu récupères ! Y a rien de tel pour rester éveillé.

On lève le siège.

Direction le QG du Groupe d'enquêtes.

3

Fatras habituel de notes de service, de courrier. Avec une dominante, les lettres anonymes.

Un truc cyclique. J'ignore pourquoi le nombre de malades sociaux augmente en automne ; c'est peut-être dû à la baisse de la luminosité ambiante. Depuis octobre, je suis inondé de paperasses délirantes mais, boulot oblige, il faut les lire.

Un de mes correspondants revient avec une régularité d'horloge. Il m'abreuve du magma de ses délires d'un racisme pathologique, de menaces, de confidences, de ragots de poubelles dignes d'une émission télé. Pourtant, ces messages, je ne les rejette plus. Depuis que « Thor » – c'est le pseudo qu'il emploie – m'a donné des tuyaux qui m'ont permis de régler une affaire de vols de voitures à l'échelle industrielle. Un racket qui ne s'intéressait qu'à des Porsche ou des BMW, réexpédiées vers l'Europe de l'Est ou l'Afrique du Nord. Je n'ai jamais compris pourquoi les pays les plus mal lotis s'intéressaient en priorité aux bagnoles de luxe.

Sur l'ordinateur, je découvre un courriel de Letellier, le lieutenant chargé de l'affaire Fresnel. Son enquête piétine. Il m'a fait déposer par un planton, les objets trouvés sur mon boss. Ils sont là, devant moi, réunis dans un sachet plastique.

J'ouvre le petit sac. Je sais que l'inventaire a été fait

par les collègues, que tous les documents ont été photocopiés.

En fait, je ne trouve que des lunettes, ses papiers d'identité, ses clés, son carnet d'adresses. Pas d'argent, pas de chéquier, pas de cartes de crédit. Ou il les avait laissés chez lui, et je le saurai très vite, ou un malfaisant, tueur, rôdeur, voire un voyou occasionnel, a fait les poches du mort. Ça ne me choque même pas. J'ai trop vu d'accidents de voiture dans lesquels des malfrats piquaient des radios et tout ce qui était disponible, alors que les corps n'étaient pas dégagés ou que des êtres ensanglantés agonisaient ; c'est d'un banal... surtout la nuit avant que l'alerte soit déclenchée. Je me promets de revoir le pavillon de Loup.

Le week-end fera l'affaire. Demain.

Ouf ! Ma maison. Mon refuge, mon Shangri-La [1].

Je n'allume pas et reste un long moment affalé sur mon canapé, dans la clarté minimale sécrétée par les lumières de la rue. Je m'offre une framboise. Je bois trop en ce moment. Bof ! À chaque jour suffit sa dose.

Téléphone.

C'est Astrid. Elle m'appelle d'un bled dont je ne comprends pas le nom, une banlieue chic de Londres. Long discours sur le succès de son expo, sur les qualités d'un bon scotch, sur les Anglais qui s'extasient sur sa beauté mais sortent avec des mecs. Elle rit. Son hilarité me laisse de glace. Une légère oppression pèse sur ma poitrine. Ça ressemble au poids, au goût et au parfum de la jalousie, à ses paroles et à sa musique, et c'est de la

---

1. Vallée tibétaine (dans le film *Horizons perdus* de Frank Capra) où le temps est toujours clément, où les gens ne vieillissent jamais. Bref... le paradis.

jalousie… un vague sentiment d'angoisse. Non ! Du calme ! Je ne suis pas du genre à me flinguer parce que ma nana batifole chez les British avec un gars en jupette, même écossaise.

Je vide mon verre, en remplis un second.

Re-téléphone. C'est le légiste.

– Je viens de terminer l'autopsie de votre homme des bois.

– Et ça donne ?

– Un mâle proche de la quarantaine. Type européen. Bien bâti. Belle carcasse avec une musculature à pratiquer le body-building. Aucun signe particulier en dehors d'un tatouage sur l'avant-bras gauche : un tag sans signification apparente. La cause de la mort est bien l'asphyxie. Le décès se situe la veille entre quinze heures et dix-sept heures. Il avait bien déjeuné, huîtres et langouste mayonnaise. On n'a pas idée de se faire tuer en pleine digestion. C'est dégueulasse ! Les macchabs n'ont aucun respect pour nous, les légistes ! Le bridge dentaire, retrouvé près de lui, était bien sa propriété. Il a été arraché sans ménagement. Après sa mort. Il aurait saigné beaucoup plus si l'extraction s'était faite à vif. J'ai renvoyé la prothèse au labo. À vous de jouer du côté des manieurs de davier. Je vais dîner avec une copine, il n'y aura pas de tripes au menu, je vous le garantis. À bientôt, capitaine !

Marre ! Les légistes, véritables inventeurs de l'humour noir, se défendent comme ils peuvent contre les saletés dans lesquelles ils plongent. Marre ! Un peu d'air pur.

Je décroche ma gratte. Une guitare offerte par Loup, un cadeau somptueux : une Fender.

Installé dans mon unique fauteuil, je laisse mes

doigts glisser sur les cordes, chercher un air de détente. Ça marche. Les notes de *Sunshine Of Your Love* s'élèvent. J'ai une passion pour Eric Clapton et ne me lasse jamais d'entendre ses enregistrements. Si *Those Were The Days* était enseigné en classe, j'aurais peut-être moins de délinquants sur les bras.

J'ai joué longtemps.

J'ai mal dormi, emberlificoté dans un cauchemar inédit où Astrid arrachait des dents à un homo anglais dans un manoir planqué sur la lande de Dartmoor, tandis qu'un autre garçon, en kilt lui aussi, soufflait dans une cornemuse un air des Cream. Dans quoi peut bien souffler un Écossais sinon dans un biniou ? Au loin, le chien des Baskerville hurlait de fureur.

Halte ! Le Chien, c'est moi.

Réveil en sursaut. Oui, je crois bien que je suis jaloux d'Astrid. Manquait plus que ça. *Un rottweiler amoureux*... Quel titre pour une Série Noire !

Ce matin, le réveil n'a pas sonné. Jamais le samedi, dirait la Marmotte.

Le ciel me nargue, toujours aussi triste, lorsque j'embarque dans ma voiture : Paris-Bercy, A4, Joinville, Saint-Maur.

L'antre de Loup, un cube de ciment au fond d'un jardin de curé, perche dans une rue du vieux village. Les volets clos, la rue déserte, me procurent un sentiment de mal-être. Une sorte de pressentiment comme en ressentent tous ceux qui exercent un métier hors norme comme le mien.

Pas de problème avec les clés. J'ouvre. Voici le corridor que je connais par cœur. J'allume. Les persiennes restent fermées. En quelques jours, la poussière a fait son travail. Une pellicule grise couvre les meubles. Je parcours les pièces une à une, surpris par le manque de bruit, par l'absence de la silhouette lourde du vieux colosse.

J'entrebâille le bahut qui lui servait de cave à liqueur. J'empoigne la bouteille de cognac « XO » qu'il appréciait en connaisseur. Je remplis deux coupes ballon. J'en pose une sur la table, porte l'autre à ma bouche.

– Santé, Loup !

Dans la rue, le passage d'un camion fait légèrement vibrer la table.

L'alcool frémit dans le verre de Loup. On dirait qu'il me répond.

J'entends sa voix. Je vais finir par croire aux fantômes. Le spectre me parle, prononce des mots à voix très basse : « Santé, le Chien ! »

Son bureau.

J'ouvre un tiroir bourré de dossiers. À croire que, malgré sa retraite, il continuait son boulot. Je laisse tout en état. Ce n'est pas le moment de fouiller dans sa paperasse.

Rayon du bas. Le chéquier de Loup, sa carte de crédit posée sur une petite liasse d'une dizaine de billets de vingt euros attirent aussitôt mon regard. Le vol n'a pas été le mobile du crime. Son assassin n'a rien trouvé sur lui. Encore qu'un rôdeur aurait pu imaginer que…

Aucune trace de mon trousseau de clés, un double réalisé pour mon boss.

Je déplace les objets.

Un album de photos recouvert de skaï noir occupe toute la largeur du meuble. Je le pose sur la table, près de son verre. Je découvre son contenu : des documents que je n'ai jamais vus.

Une carte plastifiée attire brièvement mon attention. Elle s'est échappée des blocs de clichés entre lesquels elle était coincée. Ce n'est qu'un abonnement périmé pour un péage autoroutier sur l'A13, l'autoroute qui mène en Normandie.

Les vues déployées s'étalent maintenant devant moi.

Photos de l'armée : Loup à vingt ans, casqué, en treillis. Le décor montagneux, les silhouettes en djellabas ne laissent aucun doute. C'est un djebel algérien. Autour de Loup, des Jeep, des camions, un half-track. Un hélicoptère survole le campement. D'autres clichés surgissant du passé me révèlent un aspect de lui que je n'imaginais pas.

Il est là, aussi, devant un paysage de bord de mer. Une falaise ferme l'horizon. Le lieu n'est pas identifiable. Son visage rayonne, comme la beauté de la fille dont la tête repose sur son épaule. Je ne lui ai connu aucune femme. Une fois, une seule, j'ai entendu un prénom… *Marie*… deux syllabes suivies d'un silence sans fin. L'huître s'est refermée et plus jamais il n'a prononcé ce prénom.

Photos. Tout le passé d'un homme sur papier glacé. Des icônes d'amateur, des flous, des contre-jours involontaires. Un cliché m'accapare longuement : une tombe, visiblement située dans un cimetière de campagne. Avec un mot et une date comme seules inscriptions : *Marie*. Un bouquet de fleurs blanches souligne le prénom. La date ? L'angle de prise de vue n'en permet pas la lecture de façon précise.

Un agrandissement, maintenant : une prise d'armes.

Je m'arrête, figé. La fête à l'École de police.

Malo en figurant ! Je suis là, au premier rang, major de ma promotion, jeune officier au garde-à-vous avec tous les copains, rivaux et autres gueules à claques. Si je suis venu au monde en Bretagne, c'est là que je suis né, chez les flics. C'est là que je vis.

C'est à Loup que je dois le métier que j'exerce.

C'était en…

Il y a longtemps…

J'adorais l'école. Les copains, les conneries que l'on fait gamin et qui ne vont pas très loin. Pas tous les copains… non, pas tous. Chaque classe possédait ses clans. Jimmy faisait partie des Lanciers, les curetons, les rois de la « lèche ». J'étais le chef des Aiglons. Entre lui et moi se déroulait une guérilla sournoise faite des dures vacheries que seuls les enfants peuvent et savent inventer. Le vase a débordé lorsqu'il m'a traité de bâtard, de fils de personne. Il a bien fallu régler le litige… Ça s'est passé, sans témoin, sur un chemin de la côte, à la sortie de la classe. Son itinéraire, je le connaissais par cœur. Ce jour-là, muni d'une cordelette, je me suis planqué sur la lande. Le lien attaché à un rocher et abandonné sur le sol formait un serpent invisible. Lorsque l'autre est arrivé, j'ai tiré sur la ficelle. La roue avant de son vélo a fait un angle bizarre. Mon ennemi personnel a giclé par-dessus son guidon. Étourdi, il est resté allongé sur les pierres du sentier. Je me suis rué sur lui. Le pied posé sur la poitrine, je ressemblais à Napoléon haranguant ses soldats à Austerlitz. Du moins, c'est ainsi que je me l'imaginais.

– Demande-moi pardon !

– Tais ta gueule !

– D'accord, mais c'est toi qui vas brailler.

La pression de mon pied s'est accentuée.

– Demande pardon !

– Non !

J'ai ouvert ma braguette et j'ai commencé à pisser sur mon adversaire en dirigeant le jet sur son visage. Il essayait en vain de se protéger du liquide, qui l'obligeait à fermer les yeux, inondait son front, glissait sur ses joues.

– Je suis un bâtard ?

– Non. Pardon, Malo, pardon.

Je me suis emparé de son vélo et l'ai balancé vers la mer.

– Sache, connard, que Malo Rottweiler est un fils de roi.

J'aimais aussi ma longue marche quotidienne vers le village à la rencontre du père Kermadec, l'instit. Un prêtre à l'esprit large dans une région à la laïcité étroite. Le seul homme, avec Loup, à essayer d'aller au-delà des apparences illusoires du quotidien.

Longer la côte au printemps est un délice qu'on ne trouve nulle part ailleurs, j'en suis sûr. J'apprenais avec une facilité qui me valait la jalousie de tous mes potes. Mais grand-mère était contre. Elle estimait que les études ne menaient qu'à posséder une tête pleine de sottises, d'envies, de mauvaises idées. « Seul le travail manuel est grand, affirmait-elle, seul le travail t'empêche de contester le Seigneur et de devenir vicieux. La caboche, y a rien de pire. C'est un truc pour les Juifs. Ça bouillonne en vase clos comme une cotriade qu'on mitonne. Ça sert à quoi, d'être Einstein ? Le poisson, tu le manges, mais les pensées… Seuls les hommes et les cochons s'en servent, et tous dans le même but.

Elle esquissait un signe de croix.

– Toi, tu vas apprendre un métier.

Je ne l'aimais pas, cette femme. Je n'ignorais rien de ma famille d'adoption, de notre fausse parenté. Nous n'avions pas de liens de sang. Pas de passé ni de rêves communs. J'étais en surnombre et je le savais.

Avec elle, je n'ai jamais manqué de rien sur le plan matériel. Mais je haïssais sa piété obligatoire, sa charité sélective, sa tendresse de guimauve tout en minauderies, spectacle pour l'entourage. Je détestais, par-dessus tout, sa façon de me laver dans un grand baquet de bois. Pas de douche dans sa maison. Elle me plantait dans un récipient, une sorte de tonneau cerclé de métal, m'enduisait de savon, me frottait avec un gant, s'attardait sur mes jambes, sur mon ventre… J'avais l'air, offert en ex-voto, d'un cierge suspendu entre terre et ciel ! Avec ma queue prépubertaire qui tentait de se dresser.

Le sexe… je connaissais par les copains. Ça fonctionnait mécaniquement, sans goût, dans les rêves nocturnes ! On en parlait, tout le temps. Entre le foot et le vélo, il ne restait que ce créneau : tripoter les filles sur la lande lorsqu'on arrivait à s'isoler. Elles gloussaient, et nous, explorateurs précoces, découvrions une végétation étrange dans des jungles curieuses. Un lacanien dirait sûrement que mon goût de l'enquête et mon entrée dans la police datent de cette époque.

Ado en devenir, ça n'allait pas loin. Est venue, vers mes treize ans, une époque où Marthe m'obligeait à dormir avec elle. Et ça… je n'aimais pas. Tatie Marthe avait toujours froid. J'étais de corvée de réchauffage. Ça la prenait à n'importe quelle heure, en toute saison. Il fallait que je la masse, partout. J'ai découvert qu'un massage pouvait faire souffrir. Souvent, elle gémissait de douleur pendant que je la tripotais.

Une fois, elle a crié si fort que j'ai bloqué mes mouvements. Sa voix s'est faite plainte, très basse presque inaudible.

– Petit con ! Continue !

Un autre jour, la coupe a débordé. Collée à moi, elle sentait le rance. La nausée montait en moi. Je l'ai repoussée.

– Si tu recommences, j'en parlerai au père Kermadec.

J'ai pris une gifle. Instinctivement, je la lui ai rendue.

Elle m'a regardé. Ses yeux, devenus fixes, ne me quittaient plus. Je crois que c'est ce jour-là que j'ai découvert le mot « haine », inscrit dans son regard en lettres de feu. Match nul : je la haïssais aussi.

Le jeu a cessé. Je me suis retrouvé logé dans le cagibi qui servait de réserve de bûches, près de la cuisine. Au moins, là, je retrouvais des effluves de forêts. Après ça, elle m'a mis en apprentissage à Lannion, chez un menuisier, Loïc…

C'était un pro, Loïc. Le bois, tous les bois, n'avait plus de secrets pour lui.

Imbattable, qu'il était. Imbattable, aussi, dans la formation de ses apprentis.

Nous étions deux, Pierre, un gosse sans soutien, et moi. J'ai très vite compris ce que Loïc apprenait à Pierrot. Je les avais surpris un soir qu'ils me croyaient parti. J'étais revenu à l'improviste et j'avais vu… Ils ne m'ont pas entendu. J'ai filé sans un bruit.

J'ai gardé le silence. Un vieux dicton de l'instit m'était revenu en mémoire, un truc qu'il avait lu dans une vieille Série Noire, une phrase de Peter Cheyney. Un héros de roman affirmait dans ce bouquin : *« Il n'y a que les mouches et les emmerdements qui tombent dans les bouches ouvertes.* » Je déteste les mouches et je me suis tu.

Un sacré mec, Loïc…

Apprenti toujours, je commençais à maîtriser mes gestes. Un jour, le boss m'envoie assister Jean-Yves, le compagnon, pour un montage de placards.

Il connaissait son boulot, le grand. Rappelé à l'atelier, il me laisse avec notre client. Le travail achevé, l'autre, satisfait, me tend un pli.

– Tu donneras ça à ton patron. Il y a un chèque dans l'enveloppe et un petit cadeau pour toi.

Retour à La Menuiserie.

Loïc ouvre l'enveloppe, examine le chèque, le pose sur le bureau. Dans sa main, un billet de dix francs me nargue une seconde.

– Qu'est-ce que c'est ?

– C'est pour moi. Un pourboire.

– Quoi ? Un pourboire ? Pour toi ? Tu n'es pas payé au pourboire que je sache. Cet argent ne t'appartient pas.

– Mais, Loïc, c'est pas juste ! C'est à moi qu'on l'a donné !

– La justice n'est pas de ce monde, petit crétin. Tu as travaillé pour l'atelier, le billet est donc à moi.

C'est la première fois que j'ai ressenti dans mes tripes cette poussée de violence et je crois que tout ce que je suis devenu depuis est né ce jour-là.

J'ignore pourquoi je repense à Astrid et à ces Angliches qui…

Mais elle non plus, n'est pas ma propriété. Et là, ce n'est que justice.

Oui, un sacré mec, Loïc…
Et ce que je craignais est arrivé.
Un soir…

Pierrot était en courses. Le vieux m'a demandé de ranger des planches dans l'atelier. J'ai achevé mon boulot, balayé la sciure, saisi mon blouson. J'ai senti quelqu'un m'enlacer les épaules.

Loïc se tenait debout derrière moi. Son souffle m'envoyait des bouffées d'air chaud dans le cou. Je n'ai pas aimé. Pas du tout, même. La moiteur déplaisante que je connaissais se collait à ma peau, pareille à celle de Tatie Marthe lorsqu'elle me lavait.

– Bouge pas, petit, tu vas voir, c'est agréable. On va passer un bon moment.

J'ai essayé de me dégager, mais il possédait une sacrée poigne. Sa main droite glissait sur mes reins, s'enfonçait dans mon pantalon, descendait le long de ma cuisse, remontait vers…

– Non, je ne veux pas, lâchez-moi, Loïc !

– Ferme-la ! Tu me laisses faire, c'est tout.

Pas question.

Je me suis débattu. Chute en avant sur un tas de copeaux. La poussière m'empêchait de respirer. Il s'est précipité sur moi. Aveuglé par les jets de sciure, j'ai fermé les yeux.

Ses doigts s'affairaient sur la ceinture de mon jean. Quelque chose a craqué dans ma tête. D'un bond, je me suis retrouvé debout devant mon établi.

Rien n'a été prémédité, rien.

Ma main s'est tendue, a rencontré la planche que j'avais laissée là, mes doigts se sont refermés sur la tranche que j'avais passée à la dégauchisseuse. Le panneau de bois a fauché l'espace. De plein fouet, il est arrivé sur le pif de Loïc. J'ai fait mouche entre les deux yeux.

Cri ! Un seul cri ! Mon patron s'est écroulé.

Allongé, immobile, la face contre le sol, il paraissait plus petit qu'il n'était. Un double filet de sang coulait de son nez et posait un tapis de cerises mûres sur les copeaux blonds.

Panique. La terreur d'un enfant lorsqu'une montagne lui tombe sur la tête.

J'ai giclé de l'atelier, foncé vers la rue.

Vélo.

La route. Des kilomètres de route. Des milliers de coups de pédales forcenés sur le bitume avant de débouler, aveuglé par la sueur et les larmes que je ne contrôlais pas, le long du sentier des douaniers. Mes derniers pleurs de gamin.

Enfin, un chemin que je connaissais par cœur.

Nuit. La nuit totale de la lande avec un son continu pour casser l'obscurité, le fracas des vagues sur le granit. Le bruit de mes sanglots multiplié par mille.

J'ai posé ma bécane, me suis assis dans l'herbe humide. Mes spasmes se sont arrêtés. Seul résonnait le bruit sourd de mon poing fermé tapant un rocher. Je me suis arraché la peau des doigts. La fatigue a fini par m'avoir. Je me suis endormi.

C'est un gars de l'équipe du canot de sauvetage qui m'a réveillé.

– Oh, petit ! Qu'est-ce que tu fais là ?

J'ai secoué la tête.

– Je cherchais des coques sur le sable, entre les rochers. Le sommeil m'a pris durant une pause.

L'autre a souri.

– Ne reste pas là, mon gars. L'humidité, ce n'est pas bon pour les os. Il est vrai qu'à ton âge…

Je l'ai salué et suis reparti vers la maison. Tatie priait à l'église ; pas question de manquer la messe. Elle ne s'était peut-être même pas rendu compte de mon absence.

Dans ma tête, la tempête s'est calmée. Longuement débarbouillé, je me suis offert un bol de café au lait. Avec une tartine de beurre salé, je ne connais rien de meilleur. Radio. Infos. La terre tournait toujours, Lannion n'était pas à l'ordre du jour.

Que faire ? L'évidence… Ou fuir ou retourner au boulot comme si rien ne s'était passé. Filer ? Autant signer mes aveux… et filer avec quoi ? Un gamin criminel en fuite va jusqu'où lorsqu'il est seul ? Paris, Moscou ? Non… Lannion ! Il fallait assumer. La route de l'atelier s'ouvrait devant moi.

L'attroupement formait un magma de têtes sous l'enseigne de La Menuiserie.

J'ai posé mon vélo.

– Qu'est-ce qui se passe ?

Jean-Yves s'est avancé vers moi.

– Quelqu'un a attaqué le patron.

– Non ! C'est grave ?

– Il est mort.

– Oh ! Quand ? Comment ?

– Il ne l'était pas lorsque je l'ai découvert ce matin, c'est à l'hôpital qu'il a rendu l'âme. Paraît qu'il en avait une.

La main droite du grand s'est posée sur mon épaule.

– Oh, gamin ! Ne fais pas cette tête, tu n'y es pour rien. Mais ce n'est pas le pire…

J'ouvre de grands yeux.

– On a trouvé Pierrot, chez lui, dans la soupente qui lui servait de piaule. Il s'est pendu. Les flics ne vont pas tarder. Va falloir leur dire tout ce qu'on sait. Loïc, ça devait lui arriver. Fatalement. Tu sais ce qu'il lui faisait à P'tit Pierre ? Non ? Mais que Pierrot l'ait tué me dépasse un peu. Il était simplet, le gosse, gentil et simplet. Tu endures, tu endures… Un jour, ça déborde… Va comprendre. Résultat des courses, les emmerdes volent bas aujourd'hui.

Ça n'a pas tardé. Un quart d'heure après, une voiture de police s'est arrêtée devant l'atelier.

Ils étaient deux. L'un s'appelait Fresnel. Un mec très grand, avec des épaules de catcheur. Son crâne se dégarnissait à l'avant et formait une plage brillante sur un visage fascinant ravagé de cicatrices. Le relief tourmenté de la peau lui donnait un air bougon, atténué par un regard qui ne reflétait aucune hostilité lorsqu'il s'est posé sur moi.

Rapide interrogatoire de Jean-Yves. Il possédait un alibi inattaquable : son dossier à la médecine du travail. À l'heure de l'agression, il était torse nu devant un toubib.

Mon tour est venu. Très bref. Le policier n'a eu qu'un commentaire.

– Si je comprends bien, tu serais le dernier à l'avoir vu vivant ? Tu peux rentrer chez toi. On te fera signe en cas de besoin.

Chacun a repris sa route, lui la direction du commissariat de Lannion où il travaillait et moi celle de la case de l'Oncle Tom ou plutôt du cagibi de Tatie Marthe. L'abbé Kermadec m'avait prêté le livre. Et je peux jurer que j'en étais le héros.

Bien sûr, je n'ai pas parlé de mon geste et de ce qui

avait précédé. Grand-mère n'a pas eu un mouvement, en apprenant la mort du menuisier, seulement une phrase :

– Qu'est-ce que je vais bien faire de toi, maintenant ?

C'est toujours chouette pour un gamin de se sentir surnuméraire. Certains en meurent. Pas moi.

Deux jours après, les mêmes flics sont revenus. Marthe était absente.

J'ai fait face à deux policiers pur chêne ; pas du placage, du bois massif, aussi tendres que des billots avant une exécution à la hache.

Questions.

– Tu t'appelles Rottweiler ?... C'est bien ça ?

– Rottweiler... Oui, c'est bien ça.

– Parfait... Ce ne sera pas long. J'ai juste besoin de petites précisions.

Hochement de tête d'approbation.

– Ton prénom ?

– Malo, m'sieu.

– Malo... ou Maclou... Un vrai prénom breton. Tu n'ignores pas que c'était un moine, n'est-ce pas ? Tu vas au catéchisme ?

– Oui, mais je n'aime pas ça.

– Tu ne crois pas en Dieu ?

– Pas depuis que ma grand-mère m'en a parlé.

– Ce n'est pas inintéressant pourtant, j'ai été séminariste avant d'être flic.

Un flic curé ! Ce n'est pas mieux qu'un curé flic ! Ce n'est pas pour ça que je vais me confesser. J'aime mieux les copains, ils m'écoutent, eux.

Aucune réaction. L'homme des bois semble figé, le regard ailleurs.

Je dois avouer qu'il m'impressionne avec sa gueule de blessé mal soigné, ses yeux d'un bleu si pâle qu'ils virent au gris sous la lumière.

S'il savait comme je me fiche de Malo, de Maclou et de tous les saints du calendrier. J'ai tué Loïc... J'ai peur. Une boule s'est formée dans mon estomac. Bouche cousue, j'attends.

Il reprend.

– À quelle heure as-tu quitté l'atelier, le jour de la mort de ton patron ?

– J'sais pas, m'sieu, j'ai pas de montre.

– Mais tu as bien une petite idée, non ?

– Aux environs de six heures, six heures et demie.

– Il y avait quelqu'un d'autre avec toi ?

– Non, Jean-Yves, le compagnon, était parti à la visite médicale, Pierrot absent. On allait fermer l'atelier. J'ai terminé de ranger des planches. Et j'ai filé. Loïc est resté seul.

– Des planches ?

– Ben oui, on ne range pas de beurre ou de la barbaque chez un menuisier ; les meubles se font avec du bois et du plastique.

Le flic à la gueule de catcheur m'a regardé sans broncher. C'est son collègue qui a pris le relais.

– Tu n'as jamais eu d'histoires avec ton boss ?

– Quelles histoires ? Il était le chef, j'étais l'apprenti. Il parlait et avait forcément raison. Je fermais ma gueule mais j'avais aussi raison que lui.

– Tu n'as eu aucun litige avec lui ?

– Non, pourquoi ? Et c'est quoi, un litige ?

– On m'a parlé d'un pourboire qu'il t'aurait volé... Je me trompe, peut-être... Tu sais, les ragots vont vite.

– Vous ne vous trompez pas. C'était seulement la loi du plus fort. Et c'était lui, le costaud, pas moi.

Je lui ai raconté ce qui s'était passé.

Il m'écoutait, sans un geste. Un mannequin muet, voilà ce qu'il était, ce flic.

– Et qu'as-tu fait ?

– Mais rien. Il a eu de la chance, Loïc, ce jour-là ; si j'avais eu un couteau…

– Si tu avais eu un couteau…

– Je le lui aurais planté dans le bide.

Le flic géant hochait la tête en me regardant.

– Et Pierre, l'autre apprenti… tu t'entendais bien avec lui ?

– Nous étions des alliés objectifs face à l'ennemi commun : Loïc.

Cette fois, c'est Jean-Loup qui intervient. Je connais son prénom, son équipier l'appelle ainsi lorsqu'il lui adresse la parole.

– Alliés objectifs ? Où as-tu appris à parler comme ça ?

– J'aime lire, j'ai vu ça dans un journal. *L'Humanité*, je crois.

– Tu lis cette presse ?

– Un canard qui traînait, je ne sais plus où. Je lis tout ce que je trouve.

– Loïc, ton patron… il était comment, avec Pierrot ?

– Comme avec moi. Exigeant, gueulant tout le temps, nous insultant. Nous étions apprentis… sensés apprendre un boulot. Tous les mômes vous le diront, on commence par un travail de femme de ménage : balayer l'atelier. Et les anciens, les compagnons, ont tous les droits. Au commencement, vous n'êtes pas un apprenti, seulement un larbin.

– Tous les droits ? Même celui de cuissage ?

C'est encore le bahut qui a parlé.

Silence.

– Certains aimeraient... Mais, m'sieu ! C'est plus le Moyen Âge. Je m'vois pas marié avec un gars comme Loïc. C'est les jambes des filles qui m'intéressent, moi.

– Et Pierrot ?

– J'sais pas.

Le colosse s'est tourné vers son équipier.

– Michel, tu ne veux pas nous chercher à boire ? Prends une bouteille de cidre au bistrot, sur la place. Tu n'as pas soif, petit ?

– Non, merci.

Soif ? Oui, j'ai soif, ma bouche est un caillou dans un désert. Mais pas question de boire.

L'autre parti, le monolithe m'a longuement dévisagé.

– Tiens, tu as la main écorchée. Tu t'es blessé au boulot ?

– Non, j'ai dérapé avec ma bécane et je suis tombé.

Ses yeux sont restés collés sur moi, mais j'ai sûrement l'air transparent. On dirait qu'il voit à travers moi.

– Tu sais, petit, quelque chose ne colle pas dans cette histoire. Pierre était incapable de faire une chose pareille, balancer une planche dans la gueule de son patron. Pas assez costaud, le gamin. Par contre, toi, tu me parais bien bâti. Il t'embêtait, Loïc ?

– Je vous l'ai dit, c'était un emmerdeur normal. Il avait le pouvoir.

– Normal ? Tu en es sûr ? Tu sais, nous les flics, nous savons un tas de choses dont nous ne parlons jamais. La vie deviendrait impossible si la police déballait tout ce qu'elle sait sur des citoyens au-dessus de tout soupçon. Loïc avait été condamné, autrefois, à Brest, pour une affaire de mœurs. Tu sais ce que c'est, une affaire de mœurs ? Bien… Il n'avait pas la main un peu baladeuse, ton patron ?

La boule dans mes tripes joue à l'ascenseur.

– Oh, non. Juste un jour, il nous a obligés, Pierrot et moi, à mesurer nos zizis pour savoir qui avait le plus long. Devant les compagnons, on se sentait tout cons. Les gars riaient. Rites initiatiques, qu'il a dit, Loïc. Initiatiques… J'sais même pas ce que ça veut dire.

– J'parie que tu as gagné, non ?

Je la boucle.

– Pourquoi as-tu dormi sur la lande, il y a deux nuits ?

Panique.

Les flics ont ratissé tout le voisinage et probablement interrogé les gars du canot de sauvetage.

Je ne me sens pas coupable et je ne céderai pas. Même si je ne suis pas un rottweiler, je porte ce nom et… noblesse oblige, non ? J'avais lu ça dans un illustré et ça m'avait bien plu, à cette époque. Noblesse oblige ! Autrefois, on prétendait que les enfants trouvés étaient toujours de noble naissance. Je suis un môme de l'Assistance, ça vaut tous les bâtards de l'Ancien Régime.

– Mais j'ai dormi dans mon cagibi, m'sieu !

L'autre s'est gratté la tempe. Muet, il me fixait à travers ses yeux mi-clos.

– L'autopsie de Pierrot nous a révélé certaines choses sur sa vie sexuelle. Jean-Yves, aussi, nous a parlé. Pierrot avait un vrai prétexte pour tuer Loïc, mais je ne crois pas qu'il l'ait fait. Qu'en penses-tu ?

Je me souviens de l'épaisseur du soudain mutisme qui nous a enveloppés tous les deux.

Loup avait posé sa tête sur ses poings joints. Il me regardait. C'est tout. Plus un bruit n'était perceptible.

Même le ronron habituel et lointain de la mer se noyait dans ce silence. Plus un insecte ne volait dans le secteur. Le silence... Celui d'une tombe. Ou d'une cellule. Lorsqu'on n'entend plus que ce silence et rien d'autre.

Et quelque chose a lâché. La boule de mon estomac a surgi à l'air libre. Marre de ce que j'ai subi depuis mon enfance, marre des bienfaiteurs, de Tatie Marthe, des compagnons et de leurs rites d'initiation, marre de Loïc, des baiseurs d'enfants, des enculeurs de mouches. Marre. Marre d'être des mouches pour les prédateurs de passage. Marre !

Je me suis dressé d'un coup. C'est sorti comme un cri, comme un vomissement, ma frousse et ma fierté réunies. J'ai hurlé ma noblesse... celle des gamins, pas celle des adultes !

– Oui, c'est moi qui ai balancé la planche sur la tête de Loïc.

Sans baisser les yeux, je lui ai raconté ce qui s'était passé.

Le flic n'a pas bougé. Sans l'éclat de son regard, j'aurais pu croire qu'il dormait.

J'ai vidé mon sac, comme on tire une chasse d'eau. Un filet de salive coulait sur mon menton.

La porte s'est ouverte. Michel, l'autre flic, est arrivé avec une bouteille de cidre.

Loup m'a regardé.

– Oh, petit, va chercher trois verres. Tu vas trinquer avec nous.

Je ne comprenais plus rien. Je savais qu'on offrait un dernier verre au condamné à mort avant de lui couper la tête. Instinctivement, j'ai rentré la tête dans les épaules lorsque l'autre m'a tendu le mien.

On a bu. Le cidre, j'aime bien.

Le grand m'a regardé.

– Allez, Malo, on va te laisser, on n'a pas que ça à faire. L'enquête se termine et le procureur va rendre un non-lieu. Tu sais ce que ça signifie ? Non ? L'affaire est close. Pierrot avait été violé, il a rendu la justice, à sa façon, en assommant Loïc. Ça ne nous regarde plus. Quant à toi, tu vas retourner en classe et bosser. Je veillerai à ce que ta grand-mère supervise tes études. Tu me parais doué. Allez, *auf wiedersehen* ! Ça veut dire au revoir, en allemand. Un rottweiler se doit de comprendre cette langue. Vive l'Alsace, petit. T'as déjà goûté, en été, un riesling bien frais ? Merci pour ton témoignage.

Le catcheur m'a fait un signe de la main. L'autre m'a salué de la tête.

Les flics sont partis.

La photo de ma promotion me tombe des doigts. Décidément, j'ai envie de pleurer.

Jean-Loup Fresnel n'est plus sorti de ma vie. Il m'a suivi de loin, s'est intéressé à mon parcours, me rendait visite de temps en temps. J'ai passé mon bac. Et j'ai fait une connerie. J'ai couvert un copain qui avait « tiré » une mob. C'était encore le temps de ces engins.

Une fois de plus, Loup nous a sortis de la mélasse. Mais la mob, il a fallu la payer. J'étais boursier et il m'est arrivé de ne pas manger tous les jours. Mais j'avais donné ma parole que je rembourserais. J'ai remboursé. Tous les mois, je rendais visite à mon « tuteur » pour lui remettre mon enveloppe. C'était lui qui avait avancé l'argent.

Il sortait un carnet de sa poche, notait la date et le montant de mon remboursement. J'aimerais bien le retrouver, ce calepin.

L'heure tourne.

Les clichés reprennent leur place, je range l'album.

Mon flash-back, mon pèlerinage dans l'enfance font partie du deuil. Je suis habité. Je ne connaîtrai pas la paix tant que Loup ne sera pas sorti de moi. Il est indispensable que je revienne au réel. De nouveau, je me promets de fouiller cette maison. Il faut que je passe tout au peigne fin, et pas question de mêler la Ménagerie à ça. Je crois bien que c'est moi que je cherche en courant après l'ombre de mon boss.

Je me lève, fais un pas vers le corridor. La lumière s'éteint sans que je touche à l'interrupteur. Une coupure de courant, sans doute. Mon instinct, cette fois, n'a pas joué. Je n'avais aucune raison d'être sur mes gardes.

Le coup a atterri sur ma nuque. Le plancher est monté vers moi à toute vitesse. Sans préavis, je me suis retrouvé aux commandes d'un F15 et j'ai pris 6 G dans la figure.

J'ignore combien de temps je suis resté inconscient. La douleur à la base de la tête irradie dans mon dos. L'autre a rétabli la lumière. C'est insupportable. Je referme les yeux, reste immobile en tentant de reprendre un souffle régulier.

À genoux, j'attends. Je mets la main sur le holster que je porte sous l'aisselle gauche. Vide. Mon agresseur m'a piqué mon arme de service. Mon portable s'est fait la malle lui aussi.

La salle de bains. Je laisse couler l'eau sur mon visage, m'inonde la tête. La douleur est toujours aussi vive.

Dans la cuisine, je déniche un couteau à découper. Ça ne vaut pas un 9 mm, mais ça peut aider.

Prudemment, je fais le tour de la maison.

Rien. Sinon, dans le bureau de Loup, un énorme fatras de papiers sur le sol. Visiblement, « on » cherchait quelque chose. Plus qu'une chose à faire : appeler les flics. Le comble. Le patron du Groupe d'enquêtes appelle ses collègues de banlieue pour le sortir de la mélasse. Non, pas ça, pas ça ou pas moi. Je récupère lentement, reprends la bouteille de « XO », bois au goulot. Le téléphone de Loup fonctionne. J'appelle mon équipier le plus proche. Il habite Créteil.

– Allô ! Le Chameau ! Oui, je sais que tu es de repos, je sais que tu as une nana. J'ai besoin de toi. Fissa ! Note l'adresse.

4

À demi dissimulé par les doubles rideaux de la fenêtre, j'ai guetté l'arrivée de mon équipier. Il est là, le Chameau, avec son regard noir fureteur qui enregistre tout. Une gueule, ce mec, une vraie. Rien à lui expliquer. Il pige vite.

– Alors, Rottweiler, tu t'es fait « eu » ?

Une de ses expressions favorites. Pour être pris pour un plouc, il fait volontairement des fautes de français. Une façon d'exorciser les souvenirs de classe d'un enfant exilé.

Deux mots d'explication.

– Montre-moi ta nuque. Pivote doucement.

Il passe très lentement les doigts à la racine de mes cheveux.

– La bosse est *first class*. Je t'emmène à Mondor, aux urgences.

– Non, ça peut attendre. Faut d'abord examiner la baraque.

– Pas question. Elle ne s'envolera pas.

La douleur dans le dos ne s'est pas estompée. Il a peut-être raison. On embarque dans sa voiture. Il remarque le couteau que j'enveloppe dans un torchon et que je glisse dans mon blouson.

J'ai honte.

– L'autre m'a piqué mon Beretta.

Le regard qu'il porte sur moi vaut mieux qu'un long discours. J'ai un équipier avec moi. Ça va aller.

Hôpital Henri-Mondor. Les urgences les plus pleines – et Dieu sait qu'elles le sont toutes – de la région parisienne.

La carte de police fait son effet et je n'attends que quatre heures avant d'avoir droit à une radio. Questions. Examens. Tests divers. Le diagnostic tombe :

– Vous n'avez rien de cassé et pas de séquelles visibles. Deux jours de repos et ça ira.

Je repars dans la 206 du Chameau. Il récupérera ma voiture durant le week-end.

– Où va-t-on ?

– Chez les collègues. À cause de la perte de mon arme. Au fait, passe-moi ton portable. J'ai tout perdu, aujourd'hui. Ensuite, tu me ramèneras à la maison.

– Tu peux t'installer chez moi. Rachel te bichonnera.

– En préparant des boulettes cacher ?

– Oui, mais faites avec de la viande hallal. La religion, Rachel s'en fout, moi aussi. Les culs n'ont pas de drapeaux, pas de rituel et ne connaissent que les dix commandements du plaisir. Tu connais le premier ? Non ?... Toutes les femmes tu aimeras ! C'est pas beau, ça ?

– Attention, le Chameau, attention ! Avec des idées pareilles tu n'iras pas au paradis d'Allah et tu te passeras des soixante-dix vierges promises.

– Une femme n'est pas une bouteille de soda, Malo. Je me fous qu'elle soit décapsulée ou pas. Rachel... Je crois que j'en suis amoureux. Et elle me le rend bien.

– Arrête ! Tu vas faire hurler dans les mosquées. Gare à la fatwa !

– Match nul ! Dans les synagogues, ils gueuleront aussi, sauf qu'ils n'ont pas de fatwa. Qu'est-ce qui s'est passé chez Loup ?

– Je rangeais ses papiers et j'étais plongé dans les photos de notre passé commun. L'autre m'a eu par surprise. Je ne l'ai pas vu venir.

– Tu dois gêner quelqu'un. Probablement le tueur qui a abattu Loup. C'était un homme, Fresnel, un vrai. Il n'avait ni la queue ni les idées molles.

– Qu'est-ce que tu sais de sa queue, toi ?

– Une confidence qu'il m'a faite un jour.

– Il ne m'a jamais parlé de sa vie privée. Jamais.

– Tu as déjà vu un père raconter ses aventures à son fils ?

Je reste sans voix.

– Rappelle-toi... Il disparaissait tous les week-ends et n'en parlait jamais. Idem pour tous les congés qu'il prenait. Black-out complet. Tu crois qu'en dehors du travail, il passait son temps à jouer aux dominos, peut-être ? Être dur et pudique ne me semble pas incompatible.

J'approuve d'un mouvement de tête silencieux qui déclenche une onde douloureuse dans mon dos.

La voiture s'immobilise devant mon pavillon.

– Je t'accompagne jusque chez toi. On ne sait jamais. Certains gars sont têtus.

Le Chameau a glissé sa main droite sous son blouson. Je sais qu'il déboucle son holster.

– Ne bouge pas et passe-moi les clés de chez toi.

– Ça va, je ne suis pas infirme.

Je sors à mon tour. La clé ne tourne pas dans la serrure.

Être sonné ne m'empêche pas de piger au quart de tour.

– Attention, le Chameau ! La porte est ouverte.

Les réflexes jouent. Du bras gauche, mon équipier me plaque contre le mur de la maisonnette. Lui se rabat de l'autre côté de la porte.

– Reste là, Rottweiler, tu es désarmé. J'y vais.

D'un bond, il fait face à la porte, balance son pied dans l'huisserie. Le vantail cède.

La flamme a jailli du couloir. Un « Z » de feu. Le Chameau crie, bascule en arrière en gémissant, roule sur lui-même et pointe son arme. Le Beretta tonne, une fois, deux. Bruit d'une cavalcade. Silence.

Pas de duel à OK Corral. Entre le tireur inconnu et moi, le contentieux a pris de l'ampleur. Je suis sûr que nous nous reverrons. M'occuper du Chameau passe en priorité.

Penché en avant, je lui relève la tête.

– T'en fais pas, j'ai une balle dans le gras de la cuisse. Je m'en sortirai. Appelle les hommes du shérif. Oh… Doucement… Ça fait mal !

Décidément, c'est ma journée Croix-Rouge.

Après la prise en charge du Chameau par les toubibs et l'extraction du projectile, j'ai récupéré sa voiture pour rentrer chez moi. Sa blessure n'est pas grave. Si la fémorale avait écopé… Je ne suis pas seul et toute la brigade m'a escorté.

Fouille de la maison par l'équipe au complet. Même pas une trace d'effraction. Je repense à mes clés disparues chez Loup. Aucun désordre. Rien n'a été touché.

Le Pottock me tend son arme.

– En attendant d'en recevoir une autre, on ne sait jamais, ça pourra te servir. J'ai l'impression qu'aujourd'hui, tu as dérangé quelqu'un deux fois.

Je prends le Beretta, vérifie le chargeur et monte une balle dans le canon.

Mes compagnons de cage, dans la grande Ménagerie, prennent congé.

De nouveau, je vérifie toute la baraque.

Téléphone. Je laisse courir le répondeur ; mon humeur n'est pas au beau fixe et j'ai besoin de repos. C'est la voix d'Astrid, pétulante, ironique, excitée. Je l'entends me résumer ses aventures londoniennes. J'ai l'impression d'être tout près d'un Trafalgar affectif. Avec moi, elle grimpait aux rideaux ; avec un British inconnu dans je ne sais quel bled, elle escalade je ne sais quoi. Inutile de bloquer ma ligne plus longtemps. Je coupe la machine à faire semblant d'écouter.

Mes vêtements jonchent le sol. Douche brûlante.

Le miroir me renvoie une silhouette de jeune homme, même si je ne suis plus un ado, avec des muscles longs que j'entretiens régulièrement par des séances poussées dans une salle de gym. Ma chevelure très noire, coupée court, forme une brosse dense. Quelques fils blancs commencent à se pointer sur les tempes. Mon regard sombre, lui aussi, est toujours aussi vif malgré mon abattement. Contrairement à mon patronyme, je n'ai rien d'un animal sauvage dans l'aspect. Parfois, le boss m'appelait le Chien, rarement d'ailleurs. Mon patronyme lui suffisait : Rottweiler ! Une bête placide que l'on peut rendre sauvage par un dressage inadapté.

Je venais d'intégrer sa brigade. Nous avions monté une embuscade dans un magasin d'usine. Nous étions quatre.

Par un indic, nous avions repéré les trois voyous insaisissables qui, depuis des semaines, mettaient l'entrepôt à sac.

À l'affût près des caisses, j'attendais l'apparition de mon trio de malfrats. Impala, le Pottock et Loup formaient un encadrement large.

Sur un signe de Fresnel, j'ai alpagué celui qui dirigeait la bande.

Réflexe. L'autre, d'un coude précis, m'a eu à l'estomac. Je me suis retrouvé à genoux. Impala, la plus proche, a dégainé et foncé vers moi. Mon agresseur a bondi sur une femme qui tenait un enfant par la main. Ce déchet s'est emparé du gamin. Il lui a bloqué le cou dans son bras replié. Un boa de chair sur une minuscule plante de cinq ou six ans.

– Si vous avancez, je l'étouffe.

La mère de l'enfant hurlait. La foule en transe s'est dispersée dans un tohu-bohu de cris et de clameurs. Certains se sont couchés sur le sol. D'autres remplissaient leurs cabas et fonçaient vers les portes.

Loup et le Pottock se sont approchés.

Le truand a desserré son étreinte. De sa main libre, il a plaqué le visage du petit sur une des caisses du magasin. Le gamin gémissait. L'autre l'a redressé. Du nez éclaté du garçonnet un filet de sang pissait et s'étalait sur son menton. Un cri fou a explosé.

– Ke…vin ! Mon petit !

La mère s'est ruée en avant mais les deux complices l'ont enlacée et envoyée valser sur le sol.

Elle gisait à mes pieds, la jupe relevée, un pied

déchaussé. De son collant déchiré émergeait une peau blême. À quatre pattes, maintenant, elle avançait vers le petit. Un malfrat a tendu une jambe chaussée de Doc Martens. La lourde godasse s'est posée sur le visage de la femme.

Sur le sol, son corps évanoui dessinait une silhouette informe.

Je déteste que l'on s'en prenne aux mioches. Ils paient toujours les échecs familiaux et sont éternellement responsables des conneries des « grands ». Rien de tel que la maltraitance d'un môme pour effacer tous les manques ressentis par les parents. Vous souffrez du racisme ? Vous êtes raciste ? Vous manquez de fric ? Vous en avez trop ? Vous vous emmerdez en faisant un boulot emmerdant avec la même perspective pour les quarante années à venir ? Vous êtes un vrai p'tit chef, au travail et au-dehors ? Vous courez après une reconnaissance impossible puisque vous êtes invisible pour votre entourage ? Vous n'arrivez pas à vivre une histoire d'amour qui tienne la route ? Votre sexualité vous laisse toujours sur un sentiment d'inachevé ? Les boucs émissaires étant interchangeables, si vous n'avez pas de petiots sous la main, réglez ça en cognant sur le youpin le plus proche. À défaut, un bicot, un bougnoule, voire votre femme feront l'affaire comme exutoire. C'est tellement plus simple que de se poser des questions. Pour moi, il est impensable de laisser un tordu démolir un enfant.

J'ai réagi.

Ensuite, tout n'a été que réflexes. Je ne suis pas mauvais avec un feu entre les mains.

Le preneur d'otages m'a manqué. Son projectile a perforé une boîte de sauce tomate et un jet de sang factice a inondé la tête d'une des caissières. Cris de panique de la fille victime d'une fausse hémorragie. Plus elle frottait son front, ses joues, son menton, plus le jus rouge s'étalait et plus elle hurlait.

Le truand visé a pris ma balle à la racine du nez.

L'enfant libéré s'est effondré. Près du sas de sortie, le gosse affalé sur le carrelage ne bougeait plus. Il ressemblait à un jouet cassé avec ses bras en croix ; ses lèvres couronnées de rouge le maquillaient d'une confiture fabriquée avec des fruits inconnus.

Le deuxième malfrat a porté la main à la poche ; mon premier tir l'a cueilli à la gorge, le deuxième a étoilé son sein gauche.

Le dernier a réussi à se mêler à la foule en plein délire. J'ai déboulé, repoussé les tas humains en plein pillage sans la moindre chaleur à leur égard.

Tonnerre du Beretta : le fuyard s'est écroulé à un pas de la sortie, a tenté de se redresser. À croupetons, il essayait de pointer son arme sur moi pour finalement tomber en avant. Une tache humide formait une auréole brune sur son omoplate gauche, gagnait l'épaule pour s'achever en cercle sur le blouson.

Dans les westerns, l'honneur interdit de tirer dans le dos d'un adversaire. Dans ce domaine, je n'ai aucun sens de la dignité : je tire quand je peux, comme je peux, où je peux.

Loup a déclenché la séquence des secours.

– Toi, Malo, tu la fermes et tu me laisses parler. Tu fais partie de la Ménagerie, maintenant, le Chien sera ton totem.

Le boss a tout pris à son compte. Il a manœuvré les flics délégués pour enquêter sur cette affaire. Jamais je n'ai oublié ce qu'il m'a dit après cette histoire : « Je me fous d'avoir juridiquement tort lorsque j'ai humainement raison. »

La vision du gamin en sang sur les écrans de surveillance suivie de son passage au JT de 20 heures dans la rubrique « Victimes », le nez cerné de sparadrap, l'image de la mère aux vêtements déchirés, a emporté le morceau sur le fait que j'avais abattu un homme, en le tirant dans le dos, comme un vulgaire lapin. Ce n'est pas héroïque ni honorable, mais simplement efficace. Après tout, être shérif adjoint à Paris ne consiste pas en un duel dans une rue crasseuse du Texas ou de l'Arizona lorsque le vent de la Sierra fait voler la poussière sous l'œil d'un cinéaste qui cherche un angle inédit pour faire une belle photo.

Pas de suite disciplinaire contre le héros que je suis devenu : le sauveur des enfants otages…

Chien j'étais, rottweiler je suis resté. Ne pas confondre avec un saint-bernard. Ce baptême sauvage m'a valu mon brevet de flic auprès de mes équipiers.

Allongé sur mon lit, je fume en silence. Tout est gris, le ciel, la fumée de ma cigarette, l'image qui trotte dans ma tête. Un gros malin m'a eu par surprise… et son geste m'enferme dans une situation que je hais. Celle où je subis… Les ombres de Marthe et de Loïc s'étalent sur le plafond.

Que cherchait-il chez Loup, le malfrat qui m'a sonné ?

Visiblement, je l'ai gêné en intervenant chez mon boss. Non, je ne subirai pas. « Se soumettre ou se démettre ! » Éternel dilemme que je crois, pour ma part, avoir résolu.

5

Je décolle de mon pieu, me prépare un CRS, un mélange découvert à La Martinique, cocktail de citron, de rhum et de sucre. Je déguste, en avale un second. La main, qui me serre le cœur, s'ouvre lentement. L'usage modéré du rhum, forcément modéré, devrait être remboursé par la Sécu.

Téléphone. C'est Astrid. Une bouffée de joie m'envahit, et s'envole aussitôt, lorsqu'elle m'informe de son escapade chez Shakespeare, à Stratford upon Avon, avec une actrice londonienne. Manquait plus que ça… Astrid virant sa cuti et s'intéressant aux dames. Shakespeare…

« Celle qui est belle n'est jamais bête :
Car elle a toujours assez d'esprit pour avoir un héritier. »

Avec une autre nana ? Dur à croire, mais avec les progrès de la procréation depuis qu'Adam et Ève ont découvert leur nudité… allez savoir ! D'ici que je vire à Othello… Non, pas moi, pas Malo Rottweiler, le boss d'une équipe de gentlemen un peu rudes. Je raccroche sans entendre la fin de son laïus.

Sommeil agité. L'impact sur la nuque me fait souffrir mais ça reste supportable.

J'ouvre un œil. Le jour s'est levé avec toujours la

même grisaille sur la ville. Je me recouvre la tête. C'est dimanche.

Re-sonnerie. Ça existe, les dimanches, pour un flic ? C'est la Marmotte.

– Malo ? On a identifié le macchab de Chaville. On a besoin de toi.

– Passe me prendre, je n'ai pas récupéré ma voiture.

Il est là, énorme, fessu, costaud comme une pyramide de viande, avec une veste qui craque aux entournures.

– Tu vas bien ? Tant mieux, je n'aimerais pas aller à ton enterrement, Malo.

– Qu'est-ce que vous avez sur le cadavre de Chaville ?

– Tout. Nom, adresse, boulot. Dominique Toinet, dit Domino dans le milieu des travelos. Il était danseur dans une équipe de stripteaseurs masculins. Tu sais ce truc nouveau, made in USA, qui consiste, pour des mecs que les femmes n'intéressent pas trop, à exciter des nanas encore demi-vierges ou à moitié ménopausées. Le Domino en question dansait dans l'équipe des Atoll Boys, cette troupe qui fait un tabac depuis trois mois au Baba's Club.

– Comment l'avez-vous logé ?

– L'avis diffusé chez les dentistes a donné des résultats. Qu'est-ce qu'on fait ?

– On va chez lui.

– Toute la Ménagerie ?

– Non, appelle Impala. Elle se joindra à nous. Il créchait où, ton Nijinsky du string ?

– Il logeait chez maman, Emma, rue des Envierges, à Belleville.

– Il aurait pu choisir pire, comme adresse. Roule.

La Marmotte se gare, rue Piat, devant le parc.

– Rabats le pare-soleil. Il faut que les gamins du coin voient la mention « Police », si on ne veut pas retrouver la voiture en pièces détachées.

– Parce que tu crois que ça va les gêner ?

– Essaye toujours, on verra bien.

Je vois. Une vue imprenable sur la ville. Un des rares coins du quartier à avoir échappé à la bétonite aiguë qui a ravagé Paris.

Impala se gare à son tour.

– C'est là, on y va.

Un minuscule pavillon, un des restes du vieux village d'autrefois, nous fait signe. Une porte en métal ferme l'entrée avec une boîte aux lettres marquée : *Emma Toinet*.

OK. Nous y sommes.

La Marmotte sonne.

Un pas se fait entendre, plutôt un long glissement sur les pavés qui mènent au petit portail de fer.

– C'est quoi ?

– Police ! Ouvrez !

– Et mon cul ? Vous croyez que c'est un flic, lui aussi ?

La voix est aiguë, féminine, l'accent faubourien.

– Vous êtes bien Emma Toinet ?

– Oui, et alors…

– Ouvrez ! Nous sommes de la police.

– Là dernière fois que j'ai été agressée, les salopards m'ont fait le coup du fleuriste. J'étais encore naïve… en oubliant qu'il y a cinquante ans que je ne reçois plus de fleurs. J'ai ouvert et… j'ai passé une semaine à l'hosto. Tirez-vous, je n'ai rien à voir avec les poulets.

– Vous n'avez rien à voir non plus avec Domino ?

Le silence se fait pesant.

– Glissez votre carte de police dans la boîte aux lettres.

Sur un geste de ma part, la Marmotte s'exécute.

Brève attente.

La porte, mal huilée, grince en s'ouvrant.

La femme qui nous fait face se tient droite. Jamais vu une silhouette pareille. On dirait un « s » immense qu'un étau aurait remodelé, c'est ça… une tordue verticale. Les rides de son visage indiquent un certain âge et même un âge certain. Elle arbore une chevelure aux poils blancs ternes et denses, assortie involontairement au tablier gris qu'elle porte. Sa main est refermée sur un épluche-légumes. Du haut de la colline de Belleville, au moins trois quarts de siècle nous contemplent. Le regard marron brille, vif, inquiet.

– Vous êtes Mme Toinet ?

– Que voulez-vous ?

– Juste vous poser quelques questions sur Dominique Toinet. Vous êtes sa mère ?

– Oui. Qu'est-ce que vous lui voulez, à ma petite Dominette ?

– Personne ne lui veut quoi que ce soit. Laissez-nous entrer. Il faut que vous nous écoutiez.

– Suivez-moi, mais faites vite, j'ai ma soupe à préparer.

Nous la suivons dans une allée pavée. Un jardinet précède la baraque hors d'âge, elle aussi, qui lui sert de logis. Un tronc solitaire dresse sa silhouette déplumée, dessinée en sérigraphie devant l'entrée. Un arbre qui pousse à Belleville, de nos jours, c'est rare. Je le salue mentalement.

On dirait que la vieille lit dans mes pensées.

– Attention à mon marronnier ! C'est le dernier du quartier. Les termites en bulldozers blindés, des rénovateurs en folie, les ont tous bouffés. Je l'ai planté à la fin de la guerre.

Signe de croix, soupir.

Nous entrons dans une pièce meublée d'une table ronde et de quatre chaises. Un buffet Henri II, un meuble antédiluvien, s'incruste dans un angle de la pièce. Une photo encadrée de cuir fauve trône sur le plateau du bahut. Le cliché, portrait en pied, nous présente une jeune femme au visage allongé, avec des yeux mi-clos bordés de cils immenses. Une grappe de cheveux blonds dévale sur un front blanc.

Impala s'empare du cadre.

La voix de la vieille tonne.

– Nom de Dieu ! Qui vous a permis de toucher à Domi, à ma petite Dodo ?

Mon équipière repose la photo.

– Dominique Toinet... est bien votre fils ?

– Pour l'état civil, oui. Mais il n'a jamais été un garçon. Je voulais une fille... Son père, le diable le garde, n'en voulait pas. Conflit. On a fait la gamine durant une pause. L'amour, dans la guerre des sexes, n'est que de la haine entre parenthèses, un armistice, non ? J'ai gagné. Un jour, ce bellâtre a mis les voiles en passant sous une voiture et moi, j'ai élevé Domi comme ma petite chérie.

La voix de la femme s'est cassée ; le visage fermé, elle nous dévisage comme si nous étions sur une autre planète. En fait, elle ne nous regarde plus, elle *voit* ailleurs. En flic rodé, je patiente. Le son revient, plus bas, presque murmuré.

– Je l'ai habillé en fille, Domi, avant qu'il aille en classe. Après, les choses ont été plus difficiles. Mais durant les jours de repos, les vacances, je l'habillais dans les robes que je lui confectionnais. Elle était ma poupée, pour moi seule, ma poupée à moi. Venez…

Nous passons dans un couloir obscur. La vieille allume, ouvre les deux battants d'un vaste placard, un vestiaire plutôt. De bas en haut, sur deux rangées de tringles pendent des jupes, des robes, des caracos.

Oubliant un instant qu'elle est flic, Impala palpe un vêtement, s'extasie.

– Que c'est beau !

– C'est moi qui les ai tous faits, moi seule ! J'étais première chez Jacques Fath, il y a… C'est vieux, dites donc. J'avais des doigts de fée pour la couture. C'est ainsi qu'on parle dans les médias. Oh, mais vous n'êtes pas là pour ça. Qu'est-ce que vous lui voulez, à ma Domi ?

– Il a eu un gros problème.

– Oh, il en a tout le temps ! Toujours la même histoire ! Ses relations… Il avait tort et je le lui ai dit. Mais qui écoute ses parents de nos jours ?

– Que faisait-il, comme métier ?

– Il était danseur. Pas danseuse, non, mais un truc pour mémés en chaleur, une chorégraphie d'effeuilleur, vous comprenez ? Domi en garçon ! J'aurais tout vu.

– Où travaillait-il dernièrement ?

– Au Baba's Club avec la troupe des Atoll Boys ! Une bande de pédés soi-disant canadiens, mais ce sont tous des métèques sud-américains, rien d'autre. Dieu, le tango, du corned-beef et la coke ! Ils ne connaissent que ça, ces intellos des herbages ! La pampa pour horizon et un pois chiche pour cervelle. Pas vilains à voir, mais ce sont des mecs ! Quelle engeance, les mâles ! Ma Dodo avec ces hommes… quand les femmes sont si douces ! Que lui est-il arrivé, cette fois ?

Je marche sur des œufs.

– Un accident, il a eu un accident.

La femme blêmit, lâche son épluche-légumes qui résonne sur le carrelage.

– Grave ?

Je fais oui de la tête.

– Où est-elle ?

– Prenez un vêtement. Il faut que vous veniez avec nous.

– Pour aller où ?

Je reste muet. La femme me dévisage longuement.

Au regard qu'elle jette sur mes compagnons et moi, je me rends compte qu'elle a compris.

– Elle est morte, n'est-ce pas ? Domino est morte ?

Sa main droite s'est agrippée à la toile de son tablier. Elle a poussé un petit couinement. Le buste plié, tassée sur elle-même, elle s'est effondrée sur le sol.

Une sueur, abondante et soudaine, a inondé son visage couleur de craie. Je l'ai relevée, accrochée à mes épaules, elle hoquetait doucement. D'un geste désespéré, elle a ouvert son caraco, agrippé en tâtonnant une chaînette ornée d'un camée qu'elle portait au cou. Le métal a cédé et le médaillon illustré d'une tête d'enfant, Domi je suppose, a glissé vers le sol.

Impala s'est précipitée, a palpé ses carotides, posé ses doigts sur son cœur.

– Vite, Malo, appelle le Samu. Elle vit encore.

6

L'ambulance partie, j'ai jeté un coup d'œil superficiel dans des papiers à l'abandon sur une tablette. Rien d'intéressant. J'ai ramassé le médaillon et l'ai glissé dans la pochette de ma veste. Je le rendrai à la vieille dès qu'elle sera sur pied.

L'équipe a rejoint le QG.

Je m'informe de l'état de santé du Chameau. De ce côté, les choses s'arrangent, sa blessure guérit normalement.

Nouvelle plongée dans la routine paperassière de mon boulot.

Nouvelle lettre de Thor. Anonyme, bien sûr, mais pas inintéressante. Il évoque une épidémie de morts violentes susceptibles de s'abattre sur la ville. Une missive à mettre à la poubelle si une toute petite phrase n'attirait pas mon attention : « Le premier est mort asphyxié ; le second manquera peut-être de pain ? Qui sait ? Êtes-vous sûrs qu'après Abel, son frère en soit resté là ? »

J'ignore pourquoi ça fait tilt et éveille un écho en moi. Le métier ou l'instinct du flic ?

– Impala ! Porte ce papier au labo. Qu'ils le fassent parler. Fissa !

La Marmotte m'interroge du regard.

– Encore un mot tendre de Thor. Mais celui-ci m'intéresse.

– Bof ! Une lettre anonyme…

– Oui, un message sans nom, mais tu sais bien que les mouchards sont nos meilleurs auxiliaires, et gratuits, avec ça ! Nous ne devons jamais sous-évaluer la bassesse humaine. Dis-toi que lorsqu'un homme arrive au fond de l'ignominie, il s'en trouvera toujours un autre pour en reculer les limites. Tu n'ignores pas, monsieur l'historien, que les nazis, en quittant Paris, auraient laissé, dans les caves de l'hôtel Majestic [1], plus de deux millions de mots doux anonymes dénonçant des voisins, des rivaux et tous ceux qui empêchaient de bander en rond ? À ce niveau, les cafards sont plus coupables que les destinataires de ces infectes bafouilles. Les Allemands ne s'y sont pas trompés… en laissant les écrits sur place. Message clair : « Regardez, Messieurs les Français, vous avez été presque aussi moches que nous. Nous, on tuait… nous ne savions rien faire d'autre, tandis que vous, vous vous donniez bonne conscience en désignant seulement les victimes. »

– Mais pourquoi t'intéresses-tu au contenu de cette cochonnerie ?

– Ces lignes m'intriguent. Qui a parlé du cadavre de Chaville ? La presse ? La télé ? À peine de courts flashes sans précisions sur la façon dont il est mort. Pourquoi dit-il que notre macchabée a manqué d'air ?

– Qu'est-ce qu'on fait ? Finalement, l'audition de la vieille femme ne nous a rien appris que nous ne sachions déjà.

---

1. Cœur de l'administration allemande à Paris durant l'Occupation.

– Le Baba's Club n'ouvre que le soir. Nous irons assister au strip-tease le plus couru de Paris.

Vingt-deux heures. Il fait sombre sur le Faubourg-Montmartre.

Le quartier est désert. Elle est loin, la rue d'autrefois lorsque la presse sportive – *L'Auto* – y tenait ses assises ; avant qu'un journal de ce type renaisse sous le nom de *L'Équipe*, alors que quelques bistrots célèbres devenaient les derniers refuges des couche-tard comme Au Vieux Gaulois [1], Le Club des 5, où Marcel Cerdan avait ses habitudes ; sans parler du Palace, qui faisait vibrer la nuit. Sans oublier, non plus, les cohortes de vaillantes filles qui arpentaient chaque soir des kilomètres de trottoir à la recherche de l'éternel client.

Le Baba's Club se planque au fond d'une impasse. Une enseigne au néon bleu clignote et informe le public que le cœur de la vie nocturne se situe là.

– In the baba ! murmure la Marmotte.

– Arrête tes conneries, toi. Chacun vit sa sexualité comme il peut. Mets tes jugements moraux à la Caisse des dépôts et ferme-la.

Ma carte de flic joue les sésames et le cerbère de la porte s'en va chercher son boss.

Bureau.

Rien d'original. Une grande plaque de verre sur des tréteaux en alu. Un ordinateur à écran plat occupe un angle du plateau. Au mur, des photos encadrées de peau de serpent, peu de femmes mais des hommes en grand

1. Le Vieux Gaulois, surnom d'Eugène Christophe qui fut le porteur du premier maillot jaune dans le Tour de France de 1919.

nombre, superbes, des éphèbes héritiers en droite ligne de leur ancêtre le Discobole.

Notre hôte est grand, élégant et présente un visage souriant sous une toison blonde, visiblement une perruque. Il ne porte pas de chemise mais arbore, à même la peau, un boléro de cuir brun. Sur sa poitrine, suspendu par de fins cordonnets tressés, un pectoral en or présente dans son centre la silhouette en relief d'un athlète portant un bandeau au front : le Diadumène, si j'ai bonne mémoire.

Le bonhomme se présente :

– Robert Croissel, mais pour tous les acteurs, ici, je suis Bobby ou Monsieur Bob, pour le personnel d'entretien. Que puis-je pour vous ? Ma maison est clean, vos collègues le savent bien. Pas de dope, pas de scandale. Nous faisons du spectacle, rien que du spectacle.

– Je voudrais des précisions sur votre programme actuel et sur les hommes de la troupe qui fait courir tout Paris. Simple routine.

– Venez. Nous resterons en coulisses, les hommes ne sont admis que sur scène, ici le public est uniquement féminin. Notre société tend au matriarcat et à la reproduction par parthénogenèse. C'est peut-être la chance de garçons comme moi. Ouf ! Nous ne sommes plus l'avenir de la femme !

Il nous fait signe et nous enfilons un long couloir faiblement éclairé.

Surprise. D'un jet, la lumière des projecteurs nous saute au visage et balaie le plateau. Vue de l'angle obscur où nous nous tenons, la salle n'est qu'un immense rectangle noir, totalement noir. Seuls nous parviennent, mixés par un DJ fou, les notes saccadées d'une sono mêlées au chuintement et aux rires suraigus des spectatrices invisibles.

En scène, un éphèbe tout de blanc vêtu chauffe la salle.

Rapide préambule.

– … soir, les nanas !

Il enchaîne.

– Vous voulez des mecs ? Des vrais ? Vous êtes venues pour ça ?

La salle hurle.

– Des mecs ! Des vrais ! Des mecs ! Des vrais ! Des mecs…

– Attachez vos ceintures, les filles, vous allez être servies. Voici Marc, Pipo, Étienne et Chris, nos motards de choc ! Voici vos hommes, les Chevaliers de la route !

Ils surgissent côté jardin, opposé à celui où je me tiens : quatre silhouettes qui se déplacent en roulant des hanches. Quatre garçons en tenue de motards, casqués, gantés, bottés, bardés de cuir. D'épaisses lunettes de ski leur cachent les yeux. Pas un centimètre carré de leur peau n'est perceptible.

La musique s'est faite plus forte. Des faisceaux de soleils multicolores balaient la salle, frôlent les visages qui émergent du clair-obscur. Le mixage du son et des éclats de lumière balancent des coups de poing dans la gueule des spectatrices provoquant cris fous et fous rires. Face à la scène, une rumeur de torrent revient en un écho et c'est un échange permanent d'excitations réciproques qui passe des fauteuils aux acteurs qui se dandinent sur un rythme techno.

Micro en main, l'animateur gueule :

– Vous cherchez un homme, un vrai ?

C'est un hurlement d'approbation qui lui répond.

– Alors regardez, de tous vos yeux, regardez ! Vous êtes toutes des colombes découvrant l'Amérique. Allez, les Amériques, c'est à vous !

La sono devient folle, les projecteurs vacillent et se livrent à des entrechats d'éclairs entre la salle et le plateau où les faux motards se tortillent en cadence.

Lentement, les casques s'envolent, les gants sautent. Des chevelures aux couleurs vertes, mauves, blondes apparaissent.

Un silence total s'abat sur les fauteuils toujours invisibles dans l'obscurité.

Un premier blouson ôté dévoile une poitrine épilée, un second suit. Un trépignement venu des spectatrices fait vibrer l'espace. Les quatre garçons sont maintenant torse nu. Des carcasses musclées, bronzées s'offrent sur les planches.

– Des volontaires pour leur enlever les bottes, s'il vous plaît !

Piétinement, ruée. Une horde de filles se précipite sur la scène, s'abat sur les hommes, comme autrefois la vérole sur une vieille paire de choses.

Ça glousse, gémit, rit, crie.

Dos au sol, les motards se laissent faire.

Les bottes sautent, les pantalons de cuir suivent. Les perruques aux teintes de bonbon anglais volent dans l'espace. Une des filles s'empare d'une des toisons en toc, soulève sa jupe et la glisse dans son slip.

Les acteurs se redressent. En dehors des strings qui masquent leurs sexes, ils sont tous dénudés.

– Merci, mesdames, vous pouvez regagner vos places. Les Américains vont descendre parmi vous. Serez-vous gentilles avec eux ?

Le « oui » poussée par les femmes ressemble à un vent de décembre en Bretagne.

Les lumières clignotent, s'éteignent, reviennent. Les hommes sont nus.

Immédiatement, jaillis des coulisses, des peignoirs de coton de couleur bleue leurs sont envoyés.

Les motards descendent dans la salle. Des bras tendus, des bouches goulues, des mains en esse se précipitent sur eux.

J'en ai assez vu pour ce soir. D'un signe, je rassemble mes équipiers. Bob nous rejoint.

Bureau.

Le patron de ce cirque nous fait un cours sur l'évolution des mœurs au début du XXIe siècle, sur l'absolution donnée aux humains occidentaux par les curés, les psys, les gourous, les chamans et autres philosophes plus ou moins zen, sans oublier la presse dite du cœur, alors qu'il s'agit de cul.

– Bientôt on greffera des fesses à la place des ventricules ou des oreillettes, progrès et modernité obligent. Et personne ne verra la différence !

Je l'interromps. La pseudo-révolution féminine ne m'intéresse pas. Les homos me laissent froids. Je n'ai que faire de leurs problèmes, les miens me suffisent : la mort de Loup et le cadavre aux dents arrachés, ex-danseur de la troupe du Baba's Club, occupent mes pensées en priorité, sans parler d'Astrid...

– Vous avez combien de stripteaseurs ?

– D'habitude... huit.

– Nationalités ?

– Quatre Français, un Canadien, trois Argentins. Mais je n'ai pas de nouvelles de deux de mes garçons. J'espère qu'ils ne sont pas amoureux. C'est une des deux plaies de ce métier. Ils se mettent à fuguer comme des gosses dès que leur cœur est atteint.

– Quelle est l'autre ?

– Les blessures que les spectatrices infligent à mes petits. Elles les griffent, les mordent, les pincent, les dégustent littéralement à leur sortie de scène. Certains soirs, ils sont couverts de bleus et d'ecchymoses, mes poussins. De plus, elles cassent les fauteuils. Ah, les femmes ! En plus, l'assurance santé ne veut pas reconnaître ces attaques comme des séquelles de maux professionnels. La Sécu prétend que l'amour ne peut pas être classé dans les ALD, les affections de longue durée. Ce n'est pas une maladie, quoi que puissent en penser les écrivaines. Ah, l'amour…

– Comment se nomment vos deux manquants ?

– L'un, Dominique Toinet, alias Domino ou Dominette, selon les cas. Un simple coup de fil pour m'annoncer qu'il filait à la plage avec…

– Avec qui ?

– Il n'a pas terminé. « Ciao ! » a été son dernier mot.

– Et l'autre ?

– Claude Perhain, un Antillais, la coqueluche de la salle.

– Il y a longtemps que ce Perhain a disparu ?

– Six semaines… La vache ! Aucun esprit d'équipe… dans le numéro des infirmiers, un tabac pourtant, lorsque, nus, mes boys enlevaient leurs masques chirurgicaux, Claudio a été porté en triomphe. Certaines nanas voulaient l'emmener avec elles, d'autres voulaient le déguster sur place. Et il nous a lâchés… Il a fallu improviser ensuite et c'est le garçon d'un café voisin qui nous a dépannés. Avec un succès colossal à la clé pour ce surdoué : il a abandonné définitivement la veste de serveur pour un string à la Lula ! Ah, le Brésil ! Les caprices de mes petits m'obligent à de constantes acrobaties de casting.

– Et Toinet ?

– Ça fait cinq jours que personne ne l'a vu. Pourquoi ?

– Il a des problèmes. Vous avez une idée de ses relations ?

– Il avait une histoire avec…

– Avec qui ?

Le coup de feu est venu de la porte entrebâillée.

Monsieur Bob a fait « Ha » et s'est effondré sur la plaque de verre du bureau. Mes équipiers ont plongé vers le sol. Mon pistolet en main, je me suis plaqué au mur.

J'attends.

Quelqu'un frappe la porte de l'extérieur.

– Oh, m'sieur Bob ? Ça va ?

Je me rue en avant, tourne la poignée et fais face à une jeune femme au visage ahuri à la vue de mon arme braquée.

– Qu'est-ce que vous foutez là ?

– J'ai entendu un bruit bizarre, je suis venue voir. Je m'occupe du vestiaire.

– Vous avez vu quelque chose dans ce couloir ?

– Non.

– Personne n'est passé devant vous ?

– Il y a un dégagement vers les coulisses. Si vous cherchez quelqu'un, il a pu sortir du théâtre par là.

– Envoyez-moi le régisseur de scène en vitesse et regagnez votre vestiaire.

Impala est penchée sur Bob. Visiblement, il n'y a plus rien à faire pour le boss du Baba's. Je lui ferme les yeux.

– La Marmotte ! Lance un SOS. Appelle aussi le Pottock, j'ai besoin de renfort.

Le régisseur, petit homme à la chevelure d'un jaune pisseux assorti à la couleur de sa peau, se pointe. Il transpire.

– Marion m'a dit… c'est la fille du vestiaire. Que se passe-t-il ? Où est Bobby ?

Il aperçoit le corps étalé sur le sol.

– Oh, mon Dieu ! Que s'est-il…

– On vous le dira après. Abrégez la représentation et empêchez les techniciens et les acteurs de partir. La nuit sera longue.

– Mais c'est le numéro des moinillons, le clou du spectacle. Les filles vont me lyncher si…

– Tant mieux. Après la prochaine scène, baissez le rideau de fer et évacuez tout le monde dans le calme. Inventez n'importe quoi, mais videz-moi ce bordel ! Tout le personnel du théâtre, acteurs, machinos et autres, reste sur place. Nous allons les interroger.

Il se redresse, furieux.

– Oh ! Un peu de respect, la police ! Nous sommes des saltimbanques, pas des putes.

Je pousse une de mes gueulantes mauvaises.

– Dehors ! Et fermez la scène, sinon c'est votre théâtre que je fais boucler immédiatement.

Des gardiens en uniforme, des collègues en civil, déboulent de deux cars de police secours.

Toutes les issues sont aussitôt sous contrôle, sauf la sortie. Il faut que les spectatrices s'en aillent pour que nous puissions faire notre boulot de flics. Inutile de les interroger. Je sais par expérience que, dans leur état d'excitation, elle n'auront rien vu d'autre que les mignons des Atoll Boys.

Une déferlante de cris nous parvient en grondant. Un flot de femmes, rendues furieuses par leur frustration, avance sur les flics comme un tsunami. Certaines arborent des trophées au-dessus de leurs têtes : un morceau de fauteuil au tissu déchiré, un string rose, une pièce de toile bleue en provenance des peignoirs arrachés « aux mecs ».

Enfin, le calme.

Une équipe de policiers fouille les couloirs. Une seconde sortie existe à l'arrière et s'achève dans une vaste cour donnant sur le Faubourg. Le tueur a très bien pu filer par là sans que personne le remarque. L'examen des lieux se révèle infructueux.

Un groupe d'enquêteurs passe la salle au crible ; des hommes examinent la scène. L'Identité judiciaire prend des photos du cadavre, du bureau.

Le Pottock se pointe. Très vite au courant, il propose de faire équipe avec Impala pour interroger les techniciens. De mon côté, avec la Marmotte, nous nous occuperons des acteurs.

Le corps enlevé, je m'installe derrière le bureau de feu Bobby.

Assis jambes croisées, mon premier client, Pipo sur la scène, s'appelle Jacques Valmont.

La Marmotte relève les noms et adresses des comédiens.

Le visage de Pipo est ravagé par un tic. Il semble mordiller quelque chose d'invisible et roule des yeux effarés. Sa voix est très basse, presque inaudible.

– Qu'est-ce qui ne va pas ? Parlez plus fort.

– J'ai peur.

– De quoi ?

– Ça fait quarante-cinq jours que Claudio, Claude Perhain si vous préférez, n'a pas donné de ses nouvelles. C'est mon copain, mon ami de cœur. Quant à Domino, personne n'a plus entendu parler de lui après son escapade à la mer. Ce soir, Bobby se fait flinguer. Bobby… un vrai père pour la troupe. On dirait que nous jouons un remake des *Disparus de Saint-Agil*. Mais là, ce n'est pas du cinoche. Vrai, j'ai peur.

– Où habite Perhain ?

– Il possède un studio, rue de Navarre, en face des Arènes de Lutèce. J'y suis passé à deux reprises. Le courrier s'accumule chez la gardienne ; elle ne l'a pas vu depuis sa disparition.

– Vous aviez une clé ?

– Non. Nous vivions chacun de notre côté malgré notre histoire. La liberté, en amour, passe d'abord par celle du partenaire.

– Qui était parti à la mer avec Domino ?

– Je ne sais pas. Domi… un charmant compagnon. Il avait l'air bouleversé lorsqu'il m'a dit : *« Il m'arrive un truc incroyable, un gars que j'ai perdu de vue depuis des années m'a téléphoné. Il me cherchait depuis longtemps pour… »*

– Pour quoi ?

– Il s'est tu brutalement, a passé sa main sur son visage et m'a demandé : *« Tu crois aux fantômes ? »*

– Aux fantômes ? Il vous a demandé si vous croyiez aux spectres ?

– Ouais ! Mais ce n'est pas de ça que j'ai peur. Bobby n'est plus, mes copains disparus, qu'est-ce qu'on va faire ?

– Qui dans la troupe avait intérêt à la disparition de vos amis et à la mort de Bobby ?

– Intérêt ? Oh, non ! C'était Bob qui avait eu l'idée de notre spectacle. Il nous avait recrutés un à un, moi j'étais psy avant de faire l'artiste.

– Psy ?

– Oui, je n'étais pas mauvais dans mon boulot. Comme je ne comprenais rien à mes propres problèmes, ça me donnait la compétence pour comprendre ceux des autres : Le *moi* et le *toi* sont complémentaires, comme une femme et un homme, d'où l'incompréhension qui règne chez les humains. Je faisais partie de ces hommes graves qui discutaient gravement de questions graveleuses. Je n'en parle plus, je les vis. J'existe et je gagne bien ma vie. Pourquoi faut-il que mes copains aient disparu ?

– Et vos partenaires ? Marc, Étienne et Chris…

– Nous sommes de la première équipe. Nous jouons en alternance. Quatre gars se produisent un soir et les autres le lendemain. Il y a deux ans, Marc et Chris étaient comédiens. Pas doués. Le strip leur a permis d'émerger. Étienne était dans la limonade. Sur scène, il explose.

– Vous pouvez disposer. N'hésitez pas à m'appeler si quelque chose vous revenait en mémoire. Voici mon numéro de portable.

Second client. C'est Chris. Lui aussi semble bouleversé. Comédie ? Peur ? Chagrin ? Nous sommes dans le milieu de l'exhibition et tout est possible. L'autre se présente.

– Christian Mornier, Chris pour la troupe. J'habite rue Piat, à Belleville. Je suis voisin de Domino.

– Celui qui a disparu ?

– Ah… vous êtes au courant ?

– Oui, et d'autres choses aussi. Que savez-vous sur les bizarreries survenues depuis quelque temps dans votre troupe ?

– Rien de spécial. Visiblement quelqu'un nous en

veut. Mais je vois mal un jaloux professionnel en arriver à tuer Bobby. La réussite fait toujours des envieux mais, sauf exception, ne mène pas au meurtre. Si c'était le cas, la télé n'existerait plus, la Terre serait à moitié vide et les cimetières refuseraient du monde.

– Bobby avait une famille ?

– Autrefois, oui. Sa femme l'a quitté lorsqu'il a viré sa cuti. Il n'avait pas d'enfant. Elle s'appelle Carole. Je crois qu'ils sont en instance de divorce.

– Parlez-moi de Claude, Claudio dans la bande.

– Nous n'étions pas amis. Je suis hétéro ; eh oui, j'adore les femmes. C'est ce que Dieu a réussi de mieux. Les filles… Ce sont elles qu'il a faites à son image, pas les mecs. Leur spectacle m'enchante.

– D'après vous, qui pouvait avoir un contentieux avec Bob susceptible de conduire au meurtre ?

Il fait la moue.

– Impossible de vous répondre. Par contre, Claudio et Domino étaient des « pays », nés tous les deux dans le même coin. Des amis d'enfance.

– De quelle région ?

– De Rouen, me semble-t-il. Ou Dieppe. Je n'en suis pas sûr mais c'est dans ce coin-là.

L'interrogatoire se poursuit sans résultat tangible.

La déposition d'Étienne n'ajoute pas grand-chose à ce que nous savons déjà.

C'est lui, le garçon de café surdoué. Hors de ses prestations sur scène, c'est un homme marié, père de famille nombreuse. Il me fait part de ses regrets sur l'évolution de son ancien métier.

– Personne ne sait plus aujourd'hui ce qu'est un « blanc vichy ». Vous vous voyez annoncer à la cantonade, comme autrefois : « Un blanc gommé ! » ou encore « La verse… pour deux ! », qui signifiait « Deux cafés ! » Le chemin de fer a remplacé la langue verte : « Deux express ! Deux ! » Monsieur Bob m'a donné une nouvelle chance et j'adore ce travail et les nanas. Trouvez vite le salaud qui a descendu mon boss. Par contre, je n'aime pas sa bonne femme. C'est un serpent ! J'en suis sûr.

– Vous l'avez vue au théâtre ?

– Non, j'ai seulement entendu un accrochage au téléphone. Bob hurlait : « Carole, débarrasse-toi de Pierre-Jacques, c'est ce que tu peux faire de mieux ! »

Marc est plus intéressant pour moi. Originaire de Puerto Deseado, en Argentine, il n'a pas de carte de séjour. Un clandestin est toujours intéressant dans une enquête. Il est vulnérable. Je lui demande de se présenter demain au siège du Groupe d'enquêtes.

Un officier de police vient m'informer que les scellés seront apposés sur les meubles contenant les dossiers de la boîte.

– Parfait. On va faire examiner sa comptabilité par des spécialistes. Ne jamais oublier qu'avec l'amour et la haine, le fric reste un des gros moteurs dans notre boulot.

Arrivent Impala et le Pottock.

– Nous avons terminé avec le personnel du club. Tout est relevé. Rien à signaler. Ils étaient tous à leur poste, absorbés par leur boulot, et n'ont rien vu d'anormal.

– Il est une heure du mat, on lève le siège. Le Pottock, passe me prendre demain matin, il faut que je file chez Loup, ma voiture est restée près de son pavillon après mon équipée avec le Chameau. Garde l'adresse de Bobby. Nous irons fouiner chez lui demain.

– Piano, Rottweiler, piano, prends du recul. RATP : Reste Assis T'es Payé !

– Tu m'énerves avec tes astuces vaseuses.

– C'est pour ça que je les fais.

– Tu l'as trouvée où, celle-là ?

– Sur Internet, comme d'hab.

L'équipe se dissout dans la nuit.

7

Saint-Maur.

Le Pottock me dépose chez Loup.

– Je reste avec toi ?

– Pas question. Va voir du côté de la rue de Navarre où habite Claude Perhain, le second disparu des Atoll Boys. Interroge les voisins, le gardien, les commerçants. Dans la vie de quartier, on trouve presque toujours des repères sur les gens. Je te rejoindrai tout à l'heure au QG pour une visite chez Bobby. Impala et la Marmotte y sont déjà pour une perquisition. Ciao !

– Fais attention, Malo.

– Je ne me ferai pas avoir deux fois.

Ma voiture stationne toujours à la même place, simplement ornée d'un papillon demandant son enlèvement immédiat. Mes collègues feraient mieux de surveiller les hommes plutôt que les bagnoles. Loup serait peut-être encore là, si…

Halte aux jérémiades ! Je ne connais rien de pire que l'attendrissement sur soi-même.

Pas question d'une surprise. Je sors mon nouveau Beretta de son holster et le glisse dans la poche de ma veste. J'ai aussi récolté un nouveau portable, un engin dernier cri. Après le son et l'image, il ne lui manque qu'un lave-pieds ou un branleur automatique pour être parfait.

J'ouvre lentement et cadenasse la porte. J'allume. Les volets resteront fermés.

Très prudemment, je visite chaque pièce du rez-de-chaussée avant de m'attaquer au premier étage. Personne. Mon pistolet à portée de mains sur la table, j'enlève ma veste.

Le séjour commence à sentir le renfermé, l'odeur de l'absence. Rien n'a bougé depuis mon dernier passage. Le même tas de papiers forme un monticule informe sur la moquette.

Je m'empare de la bouteille de cognac, hésite, la repose. Non, pas d'alcool. Je suis assez grand garçon pour réprimer mes émotions tout seul.

Premier boulot : remettre de l'ordre dans la paperasse qui jonche le sol.

Après un tri rapide, plusieurs piles s'alignent devant moi.

La première comporte les dossiers d'enquête qui m'ont déjà intrigué lors de ma visite précédente. Loup possédait chez lui des photocopies de documents administratifs. Il me faudra du monde pour trier tout ça.

Un second amas est formé d'enveloppes kraft ouvertes. Il s'agit visiblement de courrier.

Le troisième paquet est constitué de notes personnelles et de coupures de journaux anciens.

Un agenda à couverture brune attire mon attention. Ce carnet, je le connais. Je l'ouvre, le feuillette. Chaque début de mois comporte la même mention : M..., suivi du chiffre 100.

Moment d'émotion. *M...*, c'est moi, un gamin idiot. Le nombre indique le montant de mon remboursement mensuel pour payer la mob volée par un copain, cent francs. Une grosse somme à l'époque pour le môme Malo.

Je tourne les pages une à une. Des noms se succèdent, des rendez-vous. Les dimanches, tous les dimanches, ne portent qu'une seule indication, un prénom : Marie.

Le document file dans ma poche. En dehors de l'enquête, et je l'examinerai soigneusement, il ne concerne qu'un grand dadais qui… Il y a prescription, Votre Honneur ! Les juristes ont imposé la notion d'oubli. Moi pas, hélas ! Il est vrai que mon idée de la justice tient plus de la vengeance que du droit.

Une traînée de lettres s'échappe d'une des enveloppes.

J'en prends une. Écriture fine, sans mention de date ni de lieu d'origine.

Un sentiment de gêne m'envahit. J'ai l'impression d'être un voyeur en déchiffrant le courrier personnel de mon boss. Mais pas question d'être discret ou de me planquer derrière mon amitié pour lui. Il est mort. Je veux son assassin et ne suis plus qu'un chien de chasse à l'affût du moindre indice. Sans vergogne, je lis :

Loup, mon amour.

Ta dernière lettre s'est fait attendre et je ne te dirai pas ce que j'ai ressenti en la lisant enfin. Tu en deviendrais sans doute prétentieux. Tu vas bien… c'est l'essentiel.

Noël est proche. Ce sera, ici, une fête sans joie, une célébration en creux…

Jean-Loup, mon fauve au cœur humain, se bat dans un bled perdu et je suis seule… Faux… tu es là, sans cesse présent à mes côtés, visible seulement par moi, pour combler le vide qui me taraude le corps : je suis en manque de toi. En permanence.

Ma nativité, ma propre naissance, c'est à toi que je la dois. Ton absence, les risques que tu cours, me détruisent à petit feu. Lorsque je ferme les yeux, tu apparais... Je te regarde marcher, aller à la salle de bains, te raser, te doucher.

J'aime tes gestes coutumiers, lorsque tu choisis la chemise que tu vas assortir à ton costume, la couleur de ta cravate. Tes mains s'agitent devant moi. Tes mains qui n'ignorent plus rien de moi. Tes mains magiques orientées vers l'exploration d'un continent inconnu, mon corps, que tu as été le seul à découvrir. Tu n'es pas là, Loup, je ne le sais que trop, mais dans cette maison qui est la tienne aucun objet, aucun être n'existe sans toi ; en dehors de toi, il n'y a rien.

J'espérais que tu obtiendrais la permission promise. Hélas... ta lettre m'a ôté mes dernières illusions à ce sujet. Je sais tout des événements d'Algérie.

La guerre... c'est la guerre. Sans cesse, j'écoute la radio et lis les journaux. J'ignore où tu te trouves, quels dangers te menacent. Chaque image de djebel, de village, de souk, de grotte, chaque uniforme, chaque soldat allongé sur la caillasse me colle à tes côtés.

Je voudrais te protéger de mon corps, de ce corps qui ne t'oubliera jamais, faire que cette peau tatouée de tes baisers, cette peau que tu as tant caressée, embrassée, remodelée, te serve de bouclier, que mes seins, mon ventre deviennent des cuirasses pour que tu reviennes vite, sain et sauf.

L'Algérie est très lointaine et très proche pour moi

à travers les événements que tu vis et que je subis, invisible, près de toi.

La maison est toujours prête à t'accueillir, de jour, de nuit, au moment et à l'heure qu'il te plaira de choisir, lorsque tu auras de nouveau la liberté du choix.

Je t'aime, Loup.

Ce n'est pas un amour de gamine, une passion de collégienne, mais quelque chose d'indéfinissable, un état d'âme qui jaillit de moi, va à ta rencontre, t'enveloppe et t'unit à la femme que je suis devenue par toi, grâce à toi. C'est une musique que j'entends seule et que je voudrais te faire parvenir sans censure. Des notes graves qui mêlent ma tendresse, mes sens, mes pensées avec, en contrepoint, tout l'érotisme que j'aimerais y ajouter, hélas fantasmatique sans toi. Des étincelles m'électrisent et me parcourent tout entière lorsque je repense à…

Je t'aime, Loup.

Joyeux Noël ! Phrase idiote, à la guerre rien ne peut évoquer l'allégresse. Alors encore une fois, tout simplement, je t'aime.

Passe un Noël paisible.

C'était signé : *Marine.*

Je m'attendais à trouver « Marie » comme prénom. Marine ? Inconnue au bataillon. J'en parlerai aux membres de la Ménagerie.

Elle lui écrivait tous les jours. Chaque matin, chaque soir de la semaine défilent devant moi au rythme d'un désir de femme : lundi-tendre, mardi-sensuel, mercredi-érotique… Aucune date ne figure sur le papier. À croire que le temps a disparu, dévoré par l'amour.

Si j'en juge par les allusions répétées, il répondait à

chaque courrier. Des lettres brûlantes, des mots d'une tendresse à faire fondre la dernière des brutes, mêlés à des phrases d'un érotisme chatoyant, un soleil noir de passions et de joies. Je brûlerai dès que possible ces élans transformés en mots du quotidien. Pas question de le faire tant que l'enquête sera en cours, on ne sait jamais quelle petite lueur peut jaillir des messages reçus par Fresnel.

Loup amoureux ! Un Loup capable de tendresse. Une image insolite pour moi. Au fond, un portrait que je soupçonnais à travers son comportement avec certains délinquants. J'en sais quelque chose…

Saisi par l'émotion, je laisse le courrier m'échapper des mains.

Téléphone.

Pistolet au poing, j'ai actionné la culasse et fait monter une balle dans le canon. Qui peut bien téléphoner à un mort ?

Hésitation. Brève. L'oreille collée au répondeur, je joue au muet.

Ce n'est pas le cas de l'autre. Pas de préambule. La voix est sèche, autoritaire.

– Crétin de flic ! Je sais que tu es là et tu fais bien de fermer ta gueule. Cours après tes voleurs de poules, mais laisse tomber Loup. Cela ne te concerne pas. Je t'ai épargné la dernière fois. Ce n'était qu'un avertissement sans frais. Si tu m'obliges à une prochaine rencontre, si tu insistes, c'est avec un .45 que j'aurai ta peau. À bon entendeur…

Déclic. Il a raccroché.

Le tas de papier reste en l'état. Pas question de m'enfermer dans une quête personnelle qui risque d'être longue. Le boulot ne peut pas attendre.

Je récupère ma voiture, arrache le papillon demandant l'enlèvement et l'envoie dans le caniveau.

L'A4, et ses embouteillages banlieusards, s'ouvre devant moi.

Sonnerie de mon portable. Sûrement un problème, seuls mes équipiers connaissent ce numéro, avec interdiction formelle de m'appeler pour ne rien dire.

Dans les séries américaines, les mobiles et les ordinateurs ont supplanté Sam Spade et autres Marlowe. Je veux des flics en chair et en os, pas des enquêteurs électroniques.

La voix du Pottock :

– Malo ? Rejoins-moi rue de Navarre. Je t'attends chez Perhain.

– Pourquoi ?

La réponse est inaudible dans le tunnel de Bercy. Je coupe la communication.

Sirène gueulante, j'appuie sur le champignon.

La voiture garée sur un passage piétons, je m'éjecte à vingt pas des Arènes.

Un car de police secours bouche la rue.

Immeuble bourgeois. Un graffiti s'étale au niveau du rez-de-chaussée et annonce triomphalement : « Dieu habite parmi nous ! » Manquait plus que lui comme squatter. Grave lacune, l'étage n'est pas mentionné.

Le Pottock me fait signe. Il exhibe une drôle de tête, mon équipier.

Ascenseur. Une porte bâille, largement ouverte au cinquième. Pas de questions. Instinct de flic, je n'ignore pas ce que je vais trouver.

L'appartement est bourré d'uniformes et de civils.

Le Pottock a fait le nécessaire et l'Identité judiciaire est déjà présente. Malgré une fenêtre grande ouverte, une odeur de pourriture, de moisi, des remugles de tombe règnent dans la pièce.

Non, je ne savais pas ce que j'allais découvrir. Je n'ai jamais vu ça.

Dans la cuisine, à même le sol, un corps nu focalise l'attention. C'est un métis à l'épiderme couleur de bronze, un bronze tavelé de plaques grises. Je me souviens qu'au Baba's Club, Bobby m'avait précisé que Claude Perhain était antillais.

Face plaquée au carrelage, d'une maigreur absolue, le cadavre ne possède plus la moindre parcelle de chair. Ses jambes ne sont plus que des tiges d'os ; ses omoplates saillant dans son dos ont l'air de vouloir s'envoler, ses fesses ont disparu, c'est un homme plat. Sans la peau, il ne serait qu'un squelette. Je pense immédiatement à un cadavre de déporté comme on en voit tant dans les reportages sur la Seconde Guerre mondiale. Mais nous sommes en plein Paris, dans le cinquième arrondissement, renommé pour son calme, ses librairies, ses bistrots, ses intellos ployant sous le vide mental créé par la perte de leurs gourous vénérés. C'est dur de changer de maître à penser, surtout lorsque la pensée a disparu. La rue de Navarre n'est pas Auschwitz.

Une des mains est menottée à la poignée de la porte par une chaîne d'une trentaine de centimètres.

Le corps est en extension maximale. Sa main libre est tendue vers une écuelle pleine de pâtes et boulettes de viande d'où émergent des asticots. Les nouilles ne sont plus qu'une bouillie crasseuse et la chaïr, même cuite, avec ses reflets verdâtres, provoque la nausée.

Un compotier garni de deux bananes à la peau noire est

posé là, hors de portée du mort. Une carafe d'eau et un verre vide étincellent dans la lumière. Les flics ont tous un mouchoir sur le nez.

La nourriture est à trente centimètres de l'extrémité des doigts de la victime. On sent que les phalanges décharnées font un effort ultime et vain pour s'emparer des victuailles. Des griffes qui ne serrent que le vide.

Inutile de me faire un dessin ; la vue de ce corps au stade de la cachexie présente tous les symptômes d'un mort de faim. Je contourne la silhouette étrange allongée sur le carrelage. Avec de quoi manger presque à portée de main, c'est l'illustration du supplice de Tantale qui s'offre à ma vue. Je me croyais blasé. Non… Je suis encore un humain et je vais vomir dans l'évier de la cuisine.

8

Routine. Photos, relevés d'empreintes, tracé du corps sur le sol, suivi de la destination de tous les cadavres ambulants : la morgue.

Je n'ai pas oublié le message de Thor : « L'un a manqué d'air, l'autre de pain. » Si nous avons affaire à un psychopathe, nous allons ramasser des cadavres à la chaîne.

Le studio de Claudio est examiné à la loupe. Rien d'exceptionnel dans le mobilier : du plastique, de l'aggloméré dans un emballage design. Une chaîne hi-fi, des cassettes, des DVD remplissent un rayon entier. Les tiroirs inspectés ne recèlent rien de suspect. Le carnet d'adresses que je déniche sous une pile de factures de téléphone est embarqué par mes soins.

Le voisinage nous débite les commérages habituels.

« On le connaissait, bien sûr, on le croisait surtout au tabac où il prenait son café au début de l'après-midi. Un acteur, ça se lève tard sans vie bien régulière. »

« Quand on fait un métier pareil, monsieur, faut s'attendre à tout. Ça arrive forcément quand on vit dangereusement, n'est-ce pas ? »

« Il était homo, tout le monde le savait, mais il se tenait bien, monsieur, pas de prosélytisme, pas d'ostentation. »

« Il avait pas quarante ans… et déjà pédé ! Triste. »

« Des amis ? Pas à ma connaissance, un solitaire, voilà ce qu'il était. Sont tous pareils, les homos, seuls au monde. »

Retour au bureau du Groupe d'enquêtes.

Impala apporte les mails reçus de l'Identité judiciaire. Fiasco en ce qui concerne l'analyse des lettres anonymes. Papier banal, texte sur une imprimante d'ordinateur, aucune empreinte particulière.

La surprise du chef provient du rapport balistique.

Les balles qui ont tué Loup et Bobby, ainsi que celle qui a blessé le Chameau, proviennent de la même arme. Un calibre .45, le truc qui ne pardonne pas. J'élimine l'agression contre le Chameau. Je la considère comme fortuite. Le tueur n'avait rien contre mon équipier. Par contre, la mort de Loup et celle de Bobby posent une question fondamentale, hélas sans réponse. Quel était le lien entre Jean-Loup Fresnel, patron d'une brigade de flics de choc, et un animateur de spectacles, au sexe indéterminé, comme l'était Robert Croissel, Bobby dans son milieu ?

Pour l'instant, le seul point commun est l'arme de leur tueur. Me revient en mémoire l'appel téléphonique chez Loup.

« Si tu m'obliges à une prochaine rencontre, si tu insistes, c'est avec un .45 que j'aurai ta peau. À bon entendeur… »

Sois tranquille, salopard, mon audition est bonne, ma mémoire infaillible. Je trinque mentalement avec ce pourri : « À notre rencontre, amigo ! » Colt .45 contre Beretta 9 mm, la différence est dans le point d'impact de la balle, dans le trou laissé dans la carcasse. Quant à l'habileté du tueur… Vivra bien qui tirera le premier…

Le Pottock et la Marmotte iront chercher Jacques

Valmont, Pipo pour ses copains, l'ami de Claudio, pour un nouvel interrogatoire à la brigade. Sa déposition doit être enregistrée. De plus, les acteurs d'une tragédie craquent parfois lorsqu'on les harcèle un peu.

Les Chevaliers de la route ont deux morts à déplorer et pas sur le bitume. Dans les vieux polars, le « hasard est le dieu des policiers ». Je sais, moi, qu'il intervient dans la même proportion qu'un gain au loto. C'est le boulot de chaque instant de mes équipiers, accompagné des recoupements, des confidences de mouches, d'envieux et de tordus de toutes sortes qui font avancer une enquête :

« La sottise, l'erreur, le péché, la lésine,
Occupent nos esprits et travaillent nos corps. »

Je n'ai pas oublié Baudelaire. Il était poète, je suis flic. Il rêvait. Moi, j'agis. Nous sommes faits pour nous entendre : à chacun ses fleurs du mal.

De mon côté, avec Impala, je reverrai Chris et j'irai inspecter le logis de Robert Croissel.

Monsieur Bobby logeait dans les beaux quartiers. Un appartement dont les fenêtres s'ouvrent sur le parc Monceau, genre rénovation quatre étoiles. À saisir, comme on dit dans les annonces immobilières. *À saisir*… À boucler, plutôt !

Une salle de séjour nous accueille, sa décoration est sans rapport avec le personnage entrevu un soir dans une boîte d'effeuilleurs. Tout le mobilier est en chêne massif noir, dans l'austère style haute époque. Des tableaux ornent les quatre murs tendus de soie grège. Toiles contemporaines, abstraites et chaleureuses. La peinture moderne n'est décidément pas mon truc, mais je suis sûr que ces œuvres valent très cher.

Un bureau. Ordinateur dernier cri. Des livres partout.

Sur un mur, une photo grand format, encadrée, occupe une place centrale. Il a du talent, le photographe qui a pris cette vue d'une tempête en mer, cliché visiblement saisi du sommet d'une falaise. À l'extrême gauche, la silhouette d'un phare blanc ressemble à un cierge.

Je ressens un vague sentiment de gêne. Toujours le même lorsque je retrouve des images de mon enfance. La mer… Mes passions et mes haines, toujours entremêlées. Et la mort à la clé…

Je décroche le cadre, le retourne. Il porte une inscription au tampon encreur :

FERGUSON ET FILS – Photos – Ville d'Eu, Seine-Maritime.

Je raccroche le cadre, fouine à gauche, à droite. Rien qui attire mon attention en dehors d'un répondeur branché. Une diode clignotante rouge indique la réception d'un message.

La machine tourne, j'écoute. C'est une voix de femme.

« Robert, il faut que je te voie. C'est très urgent, appelle-moi. J'ai un nouveau portable. Note le numéro. »

Je suis obéissant, je note. Rapide coup de fil au Groupe d'enquêtes.

– Trouve-moi d'urgence le propriétaire de ce téléphone. 06.60… c'est ça. Rappelle-moi chez Robert Croissel. Note : 01 45…… Oui, fais vite. Autre chose… envoie quelqu'un enlever le disque dur d'un ordinateur. Toujours chez Croissel, c'est ça.

Avec Impala, nous ramassons toute la paperasse que nous trouvons et la glissons dans un sac-poubelle déniché dans la cuisine.

Appel téléphonique.

– Bravo, tu as fait vite. Attends, je prends un papier. Vas-y… Carole Croissel, avenue Albert-1er, numéro… ? Répète, merci. Oui… C'est sa femme.

Neuilly. La maison est là, somptueuse, au bord du fleuve. Faux décor classique avec ses hauts vitrages malgré ses six étages, pas encore les clapiers à humains inventés après la guerre de 14, un immeuble en pierres de taille ciselées avec couloir en marbre et cerbère du genre orang-outan à la porte. Le colosse n'a pas le temps d'ouvrir la bouche.

– Police ! Tirez-vous de là !

– Votre carte.

On les a changés, les gardiens, ils n'ont plus peur de nous.

Le passage s'ouvre.

– C'est au cinquième. Un appartement par étage.

Un palier garni de plantes vertes se reflète dans des miroirs fixés sur tous les murs. Un joli squat.

Au premier coup de sonnette, l'œilleton de la porte s'éclaire.

– Que désirez-vous ?

– Voir Mme Croissel, Carole Croissel.

– Vous avez rendez-vous ?

– Bien sûr.

– Qui dois-je annoncer ?

– Le capitaine Rottweiler.

Silence.

– Désolée, je n'ai pas ce nom sur ma liste de visiteurs.

Pas le temps de jouer.

– Vous m'avez mal compris. Je suis le capitaine Rottweiler, police criminelle.

Nouveau silence, plus prolongé cette fois.

– Attendez, je vais demander ce que je dois faire.

L'attente dure, je patiente.

La porte s'ouvre.

Avenante, la soubrette de l'accueil, très séduisante, avec un maquillage de pro sur le visage. Elle possède un style aujourd'hui disparu. Un corsage largement ouvert laisse prendre l'air à des seins rondelets.

La jupette courte, noire, dévoile juste ce qu'il faut pour, même sans effet de serre, enflammer un iceberg.

– Suivez-moi.

J'ai l'impression d'être un corsaire sur les traces d'un galion bourré de trésors dans un corridor vaste comme un bras de mer. Des gravures et des estampes galantes garnissent les murs. Certaines sont japonaises. J'aime…

Dans un fauteuil de cuir blanc, adossée à des coussins de velours bleu nuit, une femme nous reçoit. La trentaine en pleine floraison, une chevelure blonde visiblement décolorée. Et une poitrine à faire rêver un manchot.

Sans un mot, je lui tends ma carte de flic.

Elle ne bouge pas, ne bronche pas, me dévisage longuement. Ses yeux bruns sont deux points d'interrogation. Un regard de psychanalyste sur un corps d'odalisque. Visiblement, elle me jauge, me juge, évalue mes faiblesses. Oh, darling ! Personne, en dehors de Loup et d'Astrid, ne connaît les défauts de ma cuirasse. Le visage est rond, les pommettes hautes, les lèvres ont visiblement subi un traitement au collagène. Le Chameau dirait qu'elle possède un joli piège à pipes et se demanderait combien elle en a au compteur. Mais c'est un indiscret mal élevé, mon équipier. Pour moi, c'est une belle plante, en vérité.

– Vous êtes Carole Croissel ?

– Oui, que me voulez-vous ?

– J'ai juste quelques questions à vous poser.

– À propos de quoi ?

– De votre mari.

– Mon ex-mari. Un préfixe magique, « ex », lorsqu'il s'agit d'un époux... vous ne trouvez pas ? Ex... Comme exit... L'indication scénique dans une pièce de théâtre. Exit ! Il sort ! Dehors !

J'ai l'impression que cette nana se fiche de moi.

Elle enchaîne.

– La demande de divorce remonte à deux mois. Nous ne nous parlons plus que par avocats interposés. Mais que venez-vous faire ici ?

Cette fois, son regard me mesure de haut en bas.

Elle nous désigne les deux sièges qui font face à son fauteuil.

Impala s'installe à ma gauche. La belle Carole enchaîne.

– Qu'est-ce qu'il a fait, Bobby ? Détourné une mineure de quarante-cinq ans ? Ou est-il complice de scènes d'hystérie de fillettes immatures face à des éphèbes en rut ? C'était sa spécialité, à ce gamin, savez-vous ? Il n'était que ça, en vérité, un gamin attardé.

– Pourquoi en parlez-vous au passé ? « Il n'était que ça... »

– Oh, simple façon de s'exprimer. Je suis plus portée sur les choses de l'amour que sur la syntaxe de la langue française.

– Qui a demandé le divorce ? Vous ? Lui ?

– Désolé, monsieur le policier, ça ne vous regarde pas. Il s'agit de ma vie privée.

– Vous sembliez très pressée de lui parler, si j'en crois votre dernier message, et pas par juristes interposés.

– Exact. Il faut que nous nous rencontrions pour des histoires d'argent. Un divorce ne profite jamais aux divorcés ; j'essaye de limiter la casse. C'est clair ?

Son sourire m'énerve. Plus de précautions oratoires.

– Ce qu'il a fait, votre gamin ? J'aimerais bien le savoir. Que doit faire un homme pour mériter une balle de .45 dans le cœur ?

Il lui faut deux secondes pour réaliser. Son visage change de couleur, elle se mord les lèvres, se redresse brutalement.

– Vous voulez dire que Bob est…

– C'est exactement ça. Il est mort hier soir, abattu dans sa boîte.

Un long sifflement jaillit de ses lèvres. Ou je fais face à la Sarah Bernhardt des call-girls et, de toute évidence, elle en est une, ou alors cette douce personne vient d'en prendre plein le minois !

– Vous avez le tueur ?

– Non, il a réussi à filer.

Très lentement, dame Carole souffle l'air de ses poumons, lisse sa robe de la main et se rassied. Elle tend les doigts vers un paquet de cigarettes, se sert, tend le paquet à Impala qui refuse, me repasse le mistigri.

Je fume avec elle. Le silence est total.

Elle rejette un filet de fumée grise.

– C'est bon, allons-y. Robert et moi… Une longue histoire d'amour… il y a… quelques siècles de ça. J'adore les hommes. Catastrophe, lui aussi. Il ne reste qu'une issue possible dans un couple lorsque tous les deux ont raison : la séparation. Mais tout ceci est secondaire. Vous savez où vous êtes ici, capitaine ?

– Dans le bel appartement de Mme Croissel.

– Oui, avec un plus. Vous êtes dans un bordel, monsieur le capitaine, un bordel. Je suis la patronne de cette honorable entreprise où nous ne recevons que sur rendez-vous. Comme dans toute profession libérale... Vous me suivez ? Ma maison est tolérée par une certaine police, acceptée par une partie de l'administration, c'est un endroit discret, très discret, où certains visiteurs de qualité, ministres plénipotentiaires de tous continents, conférenciers internationaux viennent se détendre les nerfs. Pas de racisme, pas de religion, pas d'idéologie, un bordel est un lieu de rencontres œcuméniques. Un peu comme l'Onu. Ici, personne ne vous demande votre foi ou vos opinions, mais seulement ce que vous aimez... au lit, mais pas uniquement ; les canapés, les fauteuils spéciaux, peuvent participer à vos ébats. Nous avons même une assurance accident en cas de chute. Forcément, sur un hamac ou dans un palanquin, il faut déjà une certaine expérience. Ça swingue, si vous voyez ce que je veux dire...

Un gros soupir soulève le « 90 C » de sa poitrine.

– Faut comprendre... C'est si dur d'être un diplomate, un envoyé discret dans certaines affaires délicates, qu'il faut bien compenser. Tous les pays en font autant. Et ça peut aider dans des négociations difficiles lorsqu'on possède quelques échos sur nos illustres visiteurs, échos et positions pas toujours sociales qu'on n'ébruite évidemment pas. Nous sommes entre gens du monde, n'est-ce pas... Avant d'aller plus loin, je vous conseille de vous renseigner auprès de vos chefs.

Je connais suffisamment le milieu pour savoir qu'elle ne ment pas.

– Me renseigner ? Inutile, chère amie ! Comme vous le voyez, à votre contact mon langage s'est déjà amélioré. Je ne cherche aucun scandale, je veux un tueur. Votre mari n'est pas la seule victime chez les Atoll Boys.

Elle m'interroge du regard.

– Deux autres membres de la troupe sont morts.

– Qui ?

– Dominique Toinet et Claude Perhain.

Surprise. Son émotion transparaît sur son visage.

– Oh, non ! Domino et Claudio… Deux charmants garçons, magnifiques et malheureux. C'est vrai qu'un .45 ne vous laisse aucune chance.

Je me demande où elle a vu les dégâts que peut occasionner une balle de ce calibre. Je pousse un pion en avant.

– Leur mort n'est pas due à une arme à feu.

Sans négliger le moindre détail, je lui énumère les sévices qu'ont subis les deux Atoll Boys pour passer de vie à trépas.

Plus émotive que je le pensais, la belle Mme Croissel.

Des deux mains, elle se voile la face.

– Mes pauvres petits… oui, j'étais leur marraine. Pas depuis leur baptême, bien sûr, mais lorsqu'ils avaient besoin d'une épaule où s'appuyer, d'un conseil… J'étais là, toujours ! Au lit, ces gars-là ne sont pas mon truc, mais dans la vie ce sont vraiment des enfants épatants, sensibles, artistes dans l'âme, délicats, surtout avec les dames.

Gros soupir.

– Pour eux, j'en étais une.

– D'après vous, quelle relation peut-il y avoir entre

un patron de spectacles… disons légers et un capitaine de police ?

– Je pourrais vous répondre, en experte, si on parlait de mon métier, mais je suppose que ce n'est pas le cas. De quel policier s'agit-il ?

– Jean-Loup Fresnel… Loup… Ça vous dit quelque chose ?

Hochement de tête négatif.

– Bob n'avait, grâce à moi, que d'excellents contacts avec vos collègues. Il leur passait des tuyaux lorsqu'il en possédait. Un échange de bons et loyaux services… Vous voyez ce que je veux dire ? Fresnel… Vrai, je ne vois pas.

– Avant de se faire tuer, Bob m'a dit que Toinet, Domi, avait une relation avec… Il n'a pas achevé sa phrase. Le tueur l'a fait taire.

Front plissé, lèvres serrées, elle semble réfléchir.

– Domi avait une relation avec un autre danseur de la troupe, Marc pour les copains. Robert vivait sa vie avec un certain Rolland et n'avait rien à voir dans la liaison de Toinet et de Marc Mendoza, oui c'est son nom de famille, Mendoza. Tout le monde était au courant des amours de Marc et de Domi. Ce n'est pas ce scoop qui a tué Bob. Je suppose que vous allez me demander l'adresse de Mendoza ?

– Non, merci, je l'ai. Mais donnez-moi celle de ce Rolland.

– Notez. Pierre-Jacques Rolland, avec deux « l », il habite rue du Mail, près de la place des Victoires.

Son regard s'est fait moins dur.

– On vous a déjà dit que vous étiez un beau mec, capitaine ?

– Hélas oui, madame.

– Pourquoi hélas ?

– Parce que je n'ai plus rien à découvrir.

– Si vous êtes blasé, prenez un rendez-vous avec ma soubrette, vous risquez de dénicher des choses inédites.

– Dans quel domaine ?

Elle rit ; un rire carillonnant qui passe des graves aux aigus.

– L'amour, bien sûr ! La seule valeur qui ne se dévalue jamais, et ce depuis que les mâles et les femelles des cavernes en ont découvert l'usage. Le geste amoureux a traversé des millénaires, toujours identique, toujours renouvelé. Mais le progrès, l'eau courante à domicile, le porno de la télé, l'Europe à vingt-cinq, nous ont obligé à élargir notre champ de connaissances. S'adapter ou disparaître. Il fallait innover, nous l'avons fait ! Si vous vous sentez mélancolique, revenez nous voir et demandez notre exclusivité, « Le fric-frac de l'horodateur », c'est une amie roumaine qui nous a apporté ça de Moldavie ; intéressant, l'amour à la moldave, intéressant. Une révolution... Nous réalisons un vrai tabac avec. Le monde entier nous doit peut-être la paix depuis que les diplomates ont découvert que le casse d'un horodateur évite, parfois, d'avoir à ouvrir les hostilités. On devrait enseigner ça à Sciences Po. Vous avez d'autres questions à me poser, capitaine Rottweiler ?

– Pas pour aujourd'hui. Si quelque chose vous revenait, appelez-moi au QG du Groupe. Voici ma carte.

– C'est vraiment votre nom, Rottweiler, Malo Rottweiler ?

– Pourquoi ?

– Oh, comme ça... Après avoir dressé des hommes, j'aime parfois apprivoiser les chiens méchants. Ça me détend. Et, pour vous, ce serait tout en douceur, uniquement pour le plaisir.

Je me lève. Impala me suit.

Ascenseur.

– Dis donc, beau mec, tu lui as tapé dans l'œil, à la mère Croissel.

Elle l'imite en minaudant : « … J'aime parfois apprivoiser les chiens méchants… »

La tension du boulot s'efface un instant dans un franc éclat de rire commun.

Impala… pourquoi nous sommes-nous séparés ? Éternelle question… Mais, Dieu, qu'elle est belle, mon équipière !

– Tu es libre, ce soir ?

Sourire ironique.

– Tu n'ignores pas que je déteste le réchauffé. L'amour micro-ondes n'est pas vraiment mon truc. Tu sais bien que j'étudie le droit, en ce moment.

– Et tu avances ?

– Oui, ça m'intéresse de plus en plus, je ne comprends pas pourquoi on parle toujours du droit romain, ils étaient tordus ces mecs, t'as pas idée à quel point.

Cette fois c'est moi qui soupire. J'aimerais qu'Astrid soit là.

Je passe une sale soirée.

Attente. Astrid va m'appeler. Elle m'appelle, j'accours. Non ! Le téléphone reste muet, pas plus d'Astrid dans mon lit que de Carole Croissel sur mes genoux m'initiant au casse de l'horodateur. Ce soir, les femmes sont muettes.

Dans ma tête tournent mille questions mais revient toujours la principale : la mort de Loup. Qu'est-ce qui l'unissait à M. Bob, l'illustrissime manager des Atoll Boys ?

Reste une solution, m'offrir un CRS bien tassé. Eh zut ! La bouteille de rhum est vide. Je déguste un DVD, *Rio Bravo*, et m'endors au moment où Dean Martin est libéré. Moi, je ne le suis pas et m'offre une magnifique série de cauchemars en noir et blanc sans sous-titres.

Retour au bureau.

Dans le couloir, assis sur le banc fixé au mur, un homme m'attend. Marc Mendoza, en personne. Je lui avais demandé, hier, de se présenter dans mon service.

Le bel hidalgo se lève, me salue de la tête.

– Je vous vois dans cinq minutes. Patientez.

Appel du légiste.

– Pas compliquée, l'autopsie de Claude Perhain. Il est mort de faim, tout simplement, comme un vulgaire « mousoulmane » [1] dans un camp nazi. Envoyez-moi d'autres clients de ce genre, des décès sans mystère, ça me permet de gagner du temps et d'augmenter ma RTT. Bon courage, Rottweiler, je crois que vous avez débarqué dans un drôle de merdier.

Songeur, je le crois aussi. L'allusion à un camp nazi m'avait déjà effleuré avec le cadavre de Chaville. Et Loup, où se situe-t-il dans cette perspective ?

L'enquête n'a pas avancé durant mon absence.

Téléphone de nouveau. C'est le Chameau. Il espère quitter l'hôpital en fin de semaine. Je suis heureux de

---

1. Dans l'argot des camps, ce terme s'appliquait à un déporté en fin de course. La cachexie du « mousoulmane » indiquait que le détenu avait atteint la phase terminale de son existence. On ignore l'origine de ce mot qui n'a, évidemment, rien à voir avec l'islam.

l'entendre. Lui aussi, a goûté au .45 d'un tueur que j'aimerais bien avoir, menotté, en face de moi.

À l'extérieur, l'Argentin patiente toujours ; je le laisse ainsi durant une heure. Rien de tel pour amadouer un témoin que de le faire mijoter seul dans un couloir.

J'envoie un planton le chercher.

C'est un grand gars. Doit faire, à vue de nez, cent quatre-vingt centimètres.

Je fais semblant de m'absorber dans la lecture d'un dossier ; l'autre est debout de l'autre côté de la table.

Du menton, je lui désigne une chaise.

Je referme la chemise cartonnée, m'empare de mes Gitanes ; je fume, oui, je suis un fumeur « invertébré » comme dit le Chameau lorsqu'il se fiche de moi. Je fume, et n'ai jamais assassiné personne. N'en déplaise à la campagne antitabac. Je me suis juré d'arrêter lorsqu'on mènera une campagne aussi énergique contre toutes les dopes en circulation. Compte dessus et bois de l'eau, camarade poulet !

– Cigarette ?

Le *señor* Mendoza refuse avec un sourire.

– Voyons, vous êtes Marco, dit Marc, Mendoza. C'est bien ça ?

– Oui.

– Vous m'avez déclaré au Baba's Club que vous étiez né en 1966 à… où ça, déjà ?

– À Puerto Deseado.

– Il perche où, ce patelin ?

– Dans le Sud de l'Argentine.

– Depuis quand êtes-vous en France ?

– Trois ans.

– Vous êtes venu sans visa ?

– J'en avais un pour Madrid et l'espace Schengen.

– Mais pour trois mois. Vous êtes donc dans l'illégalité la plus totale.

– Je sais. C'est en Espagne que j'ai rencontré Bob, M. Croissel, et… il m'a emmené à Paris… L'amour. Et Paris… C'était un sacré bonhomme, Bobby, il m'aimait. Moi aussi, durant trois semaines. J'ai été voir ailleurs. Bob était jaloux, d'une jalousie morbide. Je crois qu'il ne s'est pas remis de notre rupture.

– Pourquoi n'avez-vous pas régularisé votre situation ?

– Bob m'avait dit qu'il s'en occuperait. En fait, il me tenait avec ça. Dans ses spectacles, je touchais cinquante pour cent de moins que mes collègues. Il me faisait travailler au noir et payer cher ce qu'il appelait mon infidélité.

– En somme, vous aviez un formidable prétexte pour le tuer ?

– Quoi ? Qu'est-ce que vous dites ? J'étais en scène lorsqu'on… vous le savez bien !

– Je sais, je sais… je sais que je ne sais rien ! J'ai en face de moi un garçon dont le boss, qui l'exploitait, s'est fait descendre. Un sympathique Argentin, clandestin, qui possède un excellent motif pour porter le chapeau. Vous savez ce que cela signifie en français, « porter le chapeau » ?

– Chapeau ?

– *Si, oune sombrero !*

Il me regarde comme si j'étais devenu fou.

Je reste silencieux. Lui me dira tout ce qu'il sait. La méthode ? Loup, toujours Loup.

Face à don Marco, j'interroge :

– Vous connaissez Gertrude ?

Son regard affolé me confirme qu'il me croit cinglé.

– Gertrude ! Quelle Gertrude ? Qu'est-ce que c'est, Gertrude ? Une marque de sombrero ?

L'image de Fresnel apparaît dans le bureau.

Gertrude…

J'étais un jeunot sous double tutelle, coincé entre Tatie Marthe, son onction, sa componction, ses sermons, ses brimades, et mon suzerain, Loup… Étudiant fauché, il m'était impossible de prendre la fuite. Pas question de m'évader sans tomber dans la délinquance. Et là… Loup veillait.

Suzanne venait d'entrer dans ma vie. Les femmes… je connaissais, mais en novice, pas assez déluré pour lire l'amour en version originale. Je n'avais pas encore prononcé mes vœux. Il me fallait patienter pour accéder à la prêtrise amoureuse.

Bouffée de feu ! Suzanne… La fille du boulanger. Mon initiatrice. Il suffit d'un maître, parfois. Élève de philo et amante hors pair, c'était une championne dans les roulés-boulés au lit, toutes positions et attitudes confondues, du yoga au joyau dans le lotus en passant par l'axel et le double salchow des patineurs sur glace. Déjà difficile à exécuter sur une surface gelée, alors dans des draps ou sur du gazon…

Un jour, elle m'a proposé de partir en balade. J'ai largué la fac, elle a jeté son Cuvillier aux orties. Qui donc, devant l'amour, oserait parler de Sartre ?

Sac au dos, nous avons tracé la route le long des plages bretonnes. Quels délices ! Le sable en or liquide, la mer mouvante avec, en cadeau, ses émeraudes en fusion et, à chaque flux et reflux des vagues, le corps de Suzanne fumant d'une sensualité à faire rougir un homard bleu. Je savais que la philo menait à tout, mais à ce point…

Le père n'a pas apprécié. Sa fille fuguant avec un gamin sans métier et sans argent ? L'amour ? Vous avez dit l'amour ? Est-ce que je suis amoureux, moi ? Ma Suzanne, une fille si sage risquant une grossesse, même nerveuse, c'est inadmissible, ma Suzon dévergondée par un galopin, avec un nom allemand, en plus ? Moi, un Yves de Kermoor, obligé de tolérer le doigt tendu vers moi par le village tout entier, la rumeur claironnant : « C'est le père de Suzanne... Tu sais bien, la fille qui... Et avec un Chleuh... Un Chleuh ! Y a plus de morale, plus rien ! Les Chleuhsiennes aux Chleuhs ! Les Bretonnes aux Bretons ! »

Ça n'a pas raté, il est allé voir les flics.

Je venais d'atteindre ma majorité. Sans préavis, mon univers, mon avenir se sont fermés avec une plainte pour détournement de mineure. Je crois qu'à l'époque, je ne pouvais m'en sortir qu'avec un verdict de cinq ans en ayant un bon avocat. Avocat... Je n'avais même pas les moyens de m'offrir un avoué ou un huissier.

Tatie Marthe, sollicitée, m'a envoyé paître. J'étais la confirmation de ses idées sur le résultat des études.

– Va voir ton Loup, puisque c'est ton directeur de conscience. Je ne peux rien pour toi. Détourner une innocente du droit chemin est un crime ! Tu es un criminel, un ennemi juré de la vertu, Malo ! J'ai toujours su que ça finirait ainsi !

Loup.

Il m'a écouté sans émettre de jugement.

– Cours chez le père de la gamine. Il faut arrêter ça.

– Je ne peux pas, Loup, je ne sais pas solliciter, encore moins prier.

– Ni prières, ni sollicitations, Malo. Va le voir et dis-lui simplement : « Gertrude. »

– Quoi ? Gertrude ? Tu te fiches de moi ?

J'ai eu droit à son sourire rare.

– Tu verras, c'est un mot magique. Dis « Gertrude » et il retirera sa plainte.

Je n'avais pas le choix. Il fallait que je voie celui qui ne voulait pas de moi. Encore un qui me rejetait sans me connaître.

L'autre a saisi son fusil lorsque j'ai franchi le seuil de sa maison.

– Fiche le camp, petit salopard, fiche le camp, sinon j'appelle les gendarmes.

– Écoutez-moi !

– La ferme ! Tu détournes des filles chastes du droit chemin et tu oses te présenter chez moi ? Dehors ! Tu vas passer au tribunal, espèce de goret ! Le jugement des hommes de ton vivant et celui du Seigneur après ta mort, voilà ce qui t'attend.

Figé, je l'ai regardé dans les yeux. J'ai ouvert la bouche et j'ai prononcé le célèbre « Tire la chevillette… ». À voix basse, j'ai murmuré : « Gertrude… »

De gris, son visage est passé au blanc pur.

– Quoi ? Qu'est-ce que tu dis ?

J'ai répété, mais à voix haute cette fois : « Gertrude ! »

Il a posé son arme contre le mur et s'est voilé la face.

– Gertrude ! Mais comment le sais-tu ?

À son attitude, j'ai compris que j'avais gagné.

Demi-tour… droite ! Je suis parti sans un mot de plus.

Le jour même, Yves de Kermoor retirait sa plainte.

Suzanne, mon ex-grand amour, a repris l'étude de Spinoza, de Kant et des autres bla-blateurs du programme. Je l'ai parfois regrettée en repensant à une certaine nuit sur la lande, du côté des menhirs de Carnac ! Quant à moi, je suis retourné voir Loup.

Il a débouché une bouteille de cidre. Je me suis souvenu de notre rencontre à Trébeurden. J'ai eu froid soudain.

– Santé !

Nous avons trinqué.

Les yeux mi-clos, il me regardait sans parler. Une gorgée de cidre, une autre… Le sphinx a rendu son oracle :

– Gertrude était une étudiante allemande qu'Yves avait engagée au pair. Elle préparait une thèse sur le langage celte en Bretagne et en Irlande. Il lui avait prêté une chambre dans un pavillon qu'il possède toujours sur la lande. Tous les jours, il passait la voir. Sans doute pour l'éclairer sur les corrélations entre les cultures celtique et germanique. En fait, il venait lui offrir un cadeau : un beau bébé. Un exemple de réussite dans l'intégration européenne. La réconciliation franco-celto-allemande en marche. Il mène toujours une double vie, notre Yves. Personne ne le sait dans le pays, sauf…

– Sauf ?

– J'étais seul, maintenant tu partages mon secret. Santé !

Je venais de découvrir ce que le chantage pouvait représenter comme force de frappe pour un flic. Je ne l'ai jamais oublié. Je sais, c'est dégueulasse. Mais que faire ? Je suis ce que je suis.

– Voilà le deal, Marco. Tu me racontes tout ce que tu sais sur tes petits copains et je t'obtiens une carte de séjour dans les quarante-huit heures, sinon…

– Sinon…

– Dès que j'ai l'accord de mon boss, tu prends le premier avion pour Puerto Deseado. Je suis sûr que ton pays te manque.

Il a serré les poings.

– Donnez-moi une cigarette.

Briquet en main, je lui ai même offert du feu. Je suis sorti et l'ai laissé mijoter tout seul dans mon bureau.

La Gestapo mettait toujours à poil les citoyens qu'elle interrogeait. Une façon très simple de faire tomber certaines des défenses que donne le vêtement. Laisser un prisonnier isolé, sans possibilité d'évasion, relève du même ordre de pression. Il est seul. Il est nu. Personne ne le regarde. Sauf lui-même, voire Dieu, s'il est croyant, ou encore sa concierge s'il tient à son estime.

Et ça tourne dans sa tête :

« Qu'est-ce que je fais ? Donner les copains ? Horrible ! Non, je ne les aiderai pas, les policiers. Mais moi… qui va m'aider ? Je n'existe donc pas ? Qu'est-ce qu'ils feraient à ma place, les autres ? Je collabore avec les flics ? Je suis une ordure vis-à-vis de mes amis. Je refuse ? Ils vont me renvoyer à Puerto Deseado. En Argentine !

L'Argentine… Des gauchos, des tangos, une vache par hectare d'herbage, du bœuf, toujours du bœuf, encore du bœuf, des têtes de veaux, des steaks grands comme des assiettes, des colonels par paquets, des nazis camouflés et des promesses permanentes de pronunciamento.

Puerto Deseado… Un site paradisiaque au bord d'un estuaire de quarante kilomètres de large, neuf mille habitants, soixante mille tonnes de poissons exportées chaque année, la capitale mondiale du surimi, le chef-d'œuvre de l'alchimie alimentaire. On sait que ça part du poisson pour devenir du surimi à l'arrivée. Entre les deux, c'est la métempsychose qui entre en jeu.

Puerto Deseado… la Patagonie au clair de lune ! Un punto de mierda… *plantée dans l'éblouissante beauté de ses criques. Et ses autochtones… avec, en prime, cinq espèces de cormorans, deux de pingouins, des éléphants de mer, des dauphins, sans oublier les salauds qui, un soir, m'ont matraqué sur la plage parce que j'étais avec Juan.*

Nous étions amoureux. Pas un plouc du coin ne pouvait comprendre et admettre que la tendresse et le sexe n'ont pas de frontière sauf sur les papiers d'identité. Sexe : masculin. Sexe : féminin. Situé tout juste entre le lieu de naissance et l'adresse. Difficile à expliquer aux Patagons-Argentins « qui ne sont que des Italiens hispanophones se prenant pour des Anglais », que l'amour n'a pour limites que celles de l'attraction mutuelle. Le reste n'étant que conventions, morales, religions, us et coutumes et autres balivernes.

Juan est décédé des suites de ses blessures. L'enquête n'a pas eu lieu. Accident, a dit l'enquêteur du coin. Non-lieu. Puerto Deseado est un non-lieu pour moi, un coin vide où un homo assassiné n'a jamais empêché les vaches de brouter. Dans ce pays-là, la viande animale a un prix, pas celle des hommes. Il a bien fallu que je parte, sinon…

Paris… Du boulot, des amis, de l'amour, de la liberté… Même si, parfois, ce n'est que du contreplaqué… Paris !

Puerto Deseado ! L'Argentine… Ce n'est pas un

pays, ni un cauchemar... Ça se situe entre les deux, sinon pourquoi certains l'appelleraient-ils le cul du monde ? Qu'est-ce que je fais ?

Il a fait...

Lorsque je suis revenu, il était à point.

– Que voulez-vous savoir ?

– Quelles étaient tes relations avec Dominique Toinet ?

– Pourquoi « étaient » ? Domi est mon amour, une révélation !

– Était.

Marco décolle de sa chaise.

– Assieds-toi. Dominique est mort.

L'Argentin vire au cadavre, lui aussi. Il arrache le bouton de son col de chemise, inspire à fond, porte une main à son cœur. Son cri est venu de ses tripes, a jailli vers le ciel.

– Salaud ! Vous êtes un salaud ! Salaud ! Expulsez-moi, je m'en fous. Vous n'avez pas le droit d'être un sadique !

Je lui tends mes cigarettes. Il balance le paquet. Les clopes volent dans la pièce.

– Marco ! Oh, Marco ! Écoute-moi. Je cherche un tueur. Il a éliminé quatre personnes et blessé un de mes hommes. Je sais que tu avais une relation tendre avec Domi et je veux la peau de son assassin. Assieds-toi, Marco Mendoza, allume une clope. Nous reprendrons notre conversation tout à l'heure ; tu veux un café ?

Il secoue frénétiquement la tête, hurle.

– Non, non ! Pas de café ! Allez vous faire foutre !

J'ai l'habitude. Je laisse passer la tempête.

Il se tasse sur lui-même, s'écroule en avant. Sa tête se pose sur mon bureau.

Gitane. Je fume. Mon métier est une longue patience.

Marco relève la tête. Son visage est sillonné de larmes. Il s'essuie le visage d'un revers de manche, me regarde en silence.

– Passez-moi une cigarette.

La fumée grise monte dans l'air.

– Je veux la peau du salaud qui a tué Domi. Vous pouvez me renvoyer à Puerto Mierda, je m'en fous. Mais donnez-moi un délai, je veux la bête qui a démoli mon amant. C'était un être délicieux et, pour la première fois, j'aimais vraiment. J'ai trente-neuf ans, monsieur le poulet, et pour la première fois je savais ce que signifiait le mot aimer. Domi ! Ce salaud l'a tué.

De nouveau, il maîtrise une crise de larmes, fume, fume.

– Tout allait bien lorsque nous avons quitté la scène, la semaine dernière. Depuis, personne ne l'a revu.

– Si, nous, lorsque nous l'avons trouvé mort.

– Donnez-moi le café dont vous m'avez parlé.

J'appelle un planton, lui demande deux boissons.

Silence. Nous avalons notre breuvage à petites gorgées.

– Comment est-il mort ?

– Asphyxié.

– Quoi ? Où ?

Brèves explications. Yeux clos, il m'écoute sans un mot. Seul un lent balancier de la tête, gauche, droite, indique qu'il ne dort pas.

– Après son décès, le tueur lui a arraché un bridge dentaire retrouvé sur place.

Gauche, droite. Sa tête n'est plus qu'un pendule.

– On lui a arraché les dents ? Après sa mort ? Quel psychopathe peut avoir une idée pareille ?

Ma réponse arrive, imprévue, imprévisible.

– Les nazis pendant la guerre. Dans les camps, ils récupéraient l'or dentaire sur les cadavres des gazés avant de les brûler.

Association d'idées. Me revient en mémoire la phrase du légiste à propos de Perhain : « Il est mort de faim comme un vulgaire mousoulmane ! »

Une main invisible me serre le cœur.

– Vous croyez aux fantômes ?

De nouveau, il se demande si je me moque de lui.

Je m'aperçois que j'ai cessé de le tutoyer.

Gauche, droite, sa tête remue. Le balancement s'accentue et dit : non !

– Un témoin nous a affirmé que Dominique Toinet avait retrouvé quelqu'un perdu de vue depuis des années… Avez-vous une idée sur ce « quelqu'un ? »

– Non. Nous avions rendez-vous. Il m'a fait faux bond mais m'a appelé sur mon portable pour me dire qu'il partait pour deux jours avec une vieille connaissance à lui. Rien d'autre en dehors de ma souffrance. La jalousie, tout simplement.

– Il n'a pas parlé d'un revenant, de quelqu'un perdu de vue depuis longtemps qu'il aurait retrouvé ?

– C'était un écorché, mon amant, très pratiquant et superstitieux à la fois, Dieu et les horoscopes faisaient partie de sa culture, mais je ne le vois pas croyant aux fantômes.

Sa tête cesse de remuer. Il ouvre les yeux. Le regard est devenu fixe.

– Hypothèse : Dominique serait parti à la mer avec ce spectre… qui, pour une raison inconnue, pourrait être son meurtrier. D'après vous, de qui s'agirait-il ?

– Pas la moindre idée. Je veux vous aider et ferai le maximum. Avez-vous fouillé dans ses affaires personnelles ?

– Non, nous n'avons pas encore cherché. Sa mère a eu une attaque en apprenant sa mort. Elle est en réanimation à l'hôpital.

– La vieille, une brave femme toquée, ne savait rien de la chambre que lui louait Chris, rue Piat.

– Chris ? Christian Mornier ?

– C'est ça. En plus de son appartement, il possédait une chambre dans l'immeuble où il logeait. Elle servait d'atelier à Domi. C'était un fou de peinture. Il peignait pour son plaisir mais n'exposait jamais. Même moi, je n'ai jamais vu une de ses œuvres. Si vous voulez, on y va tous les deux.

– Le temps de passer les consignes à mes équipiers et je suis à vous. Ne me racontez pas de conneries, Marco, je n'ai pas les nerfs et le temps pour m'amuser en ce moment.

– Je vous ai dit que je voulais la peau du tueur. Et si je le trouve avant vous, j'aurai un permis de séjour de vingt ans dans votre pays. Dans une prison, évidemment, pas dans un trois étoiles.

La voiture remonte la rue de Belleville, vire dans la rue Piat. Impossible de se garer, même sur les places interdites. Mais que foutent donc les flics, nom d'un chien ?

J'abandonne ma tire devant une porte cochère.

– Voilà l'immeuble.

Une antique baraque bellevilloise requinquée par des amateurs de vieilles pierres rendues pittoresques par leur anachronisme. Le vieux Belleville, du moins ce qu'il en reste, se situe hors du temps.

Cinq étages sans ascenseur. Une étiquette insérée près du bouton de sonnette indique que Christian Mornier habite là.

– Vous possédez une clé ?

– Non. Domi interdisait son atelier à qui que ce soit. Même moi, je ne pouvais pas m'y rendre. Il faut demander l'ouverture à Chris. C'est la porte d'en face.

Sonnerie. Personne ne répond. J'insiste. Nada.

Retour au studio de Domi.

– Je vais entrer sans permission. C'est illégal, mais la mort n'attend pas. Aucun règlement de police n'autorise un policier, même agréé « Police judiciaire », à forcer une porte ! Ça porte un nom… Violation de domicile.

Marco me jette un coup d'œil intrigué.

Mon trousseau de « rossignols » m'a été offert, malgré lui, par un casseur lors de son arrestation. Un outil d'autant plus précieux qu'il est clandestin. Aujourd'hui, j'ai une âme de délinquant.

Crochet. Ça ne marche pas. Au troisième essai, la serrure répond et je peux pousser la porte sans effort.

Un petit couloir précède l'accès à une vaste pièce mansardée.

Une fenêtre donne sur un balconnet au sol recouvert de plomb. Une fabuleuse vue sur la ville s'offre à nous. Paris s'étale jusqu'à l'horizon, pasteur immuable d'un troupeau de pierres, de coupoles, de pointes dressées vers le ciel au gris si caractéristique. Il existe un bleu Nattier, un vert Véronèse, un rouge cardinal… Pourquoi n'ajouterait-on pas à la palette un « gris de Paris » ?

Les murs sont tendus d'un tissu beige clair. Un seul meuble : un petit bureau.

Sur la cloison perpendiculaire au fenestron, un paquet de toiles nous tourne le dos. Un chevalet trône au milieu de la chambre. Des chiffons blancs, une palette, des tubes de couleur, des pinceaux reposent sur une table de bois.

Je reçois un choc lorsque je réalise que l'œuvre, posée sur son support, représente une marine avec, au premier plan, une falaise. Sur la gauche du tableau, un phare géant flotte entre ciel et mer. Il ne repose pas sur le sol ni sur les flots et plante ses racines dans le vide. Le sommet de l'édifice projette deux rayons de lumière rouge sur un ciel de tempête d'un gris très foncé. J'ai l'impression d'un regard humain surgi d'un visage mort. Un regard qui sécréterait du sang et pas des larmes. Un spectacle rare.

Mon métier m'a appris à dominer mes réactions et à faire abstraction de mes sentiments lorsque je travaille. Je ne suis pas l'acteur des drames que je rencontre, seulement un témoin. Ne pas être partie prenante dans les tragi-comédies des humains est une des clés de mon boulot, sinon il deviendrait insupportable. Certains collègues ne résistent pas à la pression, hélas. Là, je ne me domine pas et une angoisse inconnue me gagne brutalement. Les vagues sont noires, ourlées à leur sommet d'une écume écarlate, elle aussi. Les lames se fracassent sur le sommet du promontoire. Un lacis de traits blancs évoque une brume ou une dentelle étalée à la base droite du tableau. C'est pratiquement l'illustration picturale de la photo découverte chez Robert Croissel.

Marco semble fasciné par le paysage.

– C'est beau, très beau. Ce tableau dégage toute l'angoisse de Domino.

– Vous connaissez ce paysage ?

– Non. Je n'avais pas le droit de venir ici. Lorsqu'il plongeait dans la mélancolie, il me parlait souvent de son « pays » sans me donner d'autres précisions.

– La ville d'Eu ? Ça vous dit quelque chose ?

– Pas du tout, pourquoi ? En dehors de Paris, je ne connais rien de la France. Bob organisait une tournée pour l'été prochain. Le succès de notre spectacle devait me donner, enfin, l'occasion de découvrir ce pays. Elle est dans quel coin, la ville d'Eu ?

– En Normandie, à la limite de la Picardie.

– Pourquoi m'interrogez-vous sur cet endroit ?

– Une idée, comme ça. Nous allons tout fouiller.

Examen des autres toiles. Toutes sont des variantes du tableau de la falaise. On dirait des études pour l'œuvre exposée. Chacune présente le même « V » de lumière projeté sur l'horizon ; seule la nuance varie, passant du blanc classique au mauve, au sépia, au rouge sang. Sans être psy, je ressens tous ces tableaux comme l'œuvre d'un obsédé. Je repense à Jacky, un copain de Trébeurden, et à son obsession du phallus. Il en dessinait sans cesse, partout, sur les murs, les livres de classe. L'école avait fini par l'éjecter. Être obsédé sexuel à treize ans ne me paraît pas anormal. Domino avait, lui, passé l'âge de la puberté. Si le mot « fou » avait un sens pour le novice que je suis, je dirais que la fillette préférée de Maman Toinet avait une case en dérangement dans sa jolie tête.

Rapide vérification des tiroirs du bureau. Ils sont vides. Je suppose que les objets personnels de Dominique se trouvent chez sa mère. Va falloir y retourner.

– OK. J'emporte la toile.

– Vous avez le droit de faire ça ?

– Évidemment pas. Qu'est-ce que ça peut bien vous foutre ?

– Mais… Domi ! Ce tableau, c'est lui. Tout lui. Ses paniques, sa tendresse, sa culture, tout est là. On dirait qu'il n'a jamais peint autre chose que cette mer en furie.

Vous pourrez me le donner lorsque l'enquête sera terminée ?

– Non, elle appartiendra aux héritiers de votre copain. Si vous en faites partie, vous pourrez la revendiquer.

– Avec sa mère… Ça m'étonnerait. Elle obligeait Domi à faire tout ce qu'elle voulait. Il ne vivait que par procuration. Lorsqu'elle lui interdisait de me rencontrer, il le faisait en cachette. Dominique m'a avoué un jour qu'elle le tenait par le cou comme la corde tient un pendu dans le vide.

– Qu'est-ce qu'il voulait dire ?

– Je ne sais pas. Il n'a jamais voulu me faire de confidences.

– OK. Terminé pour vous. Vous pouvez disposer. Passez, la semaine prochaine, aux services de l'immigration. Votre carte de séjour vous y attendra. Je vais faire le nécessaire aujourd'hui même. Mais vous ne quittez pas Paris sans mon autorisation. Pigé ?

– Pigé. Au revoir.

– Oh ! Vous pourriez me remercier, non ?

– Pour me faire insulter ? Merci bien.

Je lui tends mes Gitanes.

– Un phare… vous fait penser à quoi ?

– À la mort de mon ami Juan. C'est au pied d'un phare qu'on l'a retrouvé. Pourquoi cette question ?

Je n'ai pas répondu et l'ai salué de la main lorsqu'il a quitté la pièce.

Nouvelle inspection des lieux. Rien. J'ai embarqué l'œuvre de Dominique Toinet.

Remords : je me sens coupable en repensant à la mère de mon peintre-chorégraphe.

J'appelle l'hôpital.

Elle sort du service des soins intensifs. Le toubib pense qu'elle va s'en remettre sans trop de dégâts.

Sur le trottoir, j'ai rencontré le propriétaire de Dominique, Christian Mornier.

– Qu'est-ce que vous faites dans mon quartier, capitaine ? « L'assassin habite au 21 » ?

– Allez savoir ! Je m'intéresse à la peinture.

Son sourcil droit esquisse un accent circonflexe interrogateur au-dessus d'un œil fureteur.

– Peinture ? Quelle peinture ?

Je fais pivoter la toile.

– Celle-ci.

Mon danseur accuse le coup.

– Où avez-vous trouvé ça ?

– Chez Dominique. Il avait du talent, me semble-t-il, encore que ma compétence dans ce domaine soit limitée.

– Mais comment êtes-vous entré ?

– En tant que flic, je me débrouille. J'ai tripoté la serrure.

– Mais c'est de la violation de domicile !

– Oui, pourquoi ?

Il ouvre des yeux effarés.

– Eh bien ! Elle avance, votre enquête ?

– Comme tout le travail de la police, à petits pas. *Chi va piano*… Rien de nouveau dans votre entourage ?

– Non, et je n'ai même pas de piano, moi.

Grand rire.

– Au revoir, capitaine.

– Bye, Chris, je vous salue. Dites-moi… Où êtes-vous né, déjà ?

– Dans le Briançonnais, au pied du Lautaret. Pourquoi ?

– Pour rien, comme ça. Il n'y a pas de phares en montagne ?

– Qu'est-ce qu'on en ferait ? Vous avez déjà vu des bateaux varapper, capitaine ?

Réunion de l'équipe.

Les morceaux de notre puzzle sont passés au crible.

Impala rend compte de l'examen du carnet d'adresses de Claudio.

– J'ai tout appelé, vérifié. Il ne contient que des noms et adresses de théâtres ou des numéros d'imprésarios avec, aussi, les points de chute des acteurs de la troupe du Baba's. Un seul indice pour nous : Ferguson, le nom du photographe qui figurait sur le cliché trouvé chez Bob Croissel se trouve aussi dans son agenda. Un simple patronyme sans adresse et sans numéro de téléphone.

– Je crois que nous irons prochainement faire une balade en Normandie. Impala, demande au juge Ferber d'établir une commission rogatoire. Oh, la Marmotte, as-tu reçu le compte rendu de la comptabilité de notre directeur de spectacles ?

– Oui, en apparence rien d'anormal, sauf... Les salaires des Argentins de la troupe sont inférieurs de cinquante pour cent à ceux des danseurs français.

– Je le savais pour Marc Mendoza. Avec le Pottock, tu vas rendre visite aux deux Sud-Américains de la seconde équipe. Être exploité n'est pas un élément à exclure dans un motif de meurtre. Ils habitent où, ces garçons ?

– L'un à Saint-Ouen et l'autre à Boulogne.

– Allez-y demain matin. Et faites attention ! Nous avons un tueur sur les bras, et pas un amateur. Qui a des nouvelles du Chameau ?

– Il va bien. La semaine prochaine, il rentrera chez lui mais restera en convalescence.

– Le Pottock… Fais décoder le disque dur prélevé sur l'ordinateur de Robert Croissel. Tu peux, bien entendu, m'appeler chez moi si tu as du nouveau. J'emporte le tableau de Toinet. Je veux l'examiner à tête reposée. J'ai besoin de m'imprégner de cette image sombre.

Autoroute : à l'heure où les prolétaires, les cadres supérieurs et inférieurs accompagnés de leurs sous-fifres lassés d'un dur labeur, rentrent chez eux. Circulation dense de nénettes suspendues entre un portable et un volant, de camionnettes d'artisans, de camions. Les routiers de nuit sont déjà au travail. Une légère brume traîne au ras des pâquerettes.

Ma radio ronronne. J'écoute le flash d'informations. Rien à signaler en dehors des massacres habituels et des commentaires idiots qui les accompagnent. Charité bidon et pseudo-diplomatie sont les deux mamelles de la politique internationale. Le suppositoire de la compassion permet toujours aux fouteurs de merde de faire passer une connerie pour de l'habileté. Je change de poste. Bof ! du sirop. Oh, Brel, Ferré, Brassens ! Réveillez-vous ! On s'enlise dans la guimauve.

La voiture a surgi de la droite, m'a doublé, s'est rabattue sans avertissement.

Réflexes. Je braque à gauche, quitte ma file, perçois le feulement des freins du trente tonnes qui me suit. Hurlement d'un avertisseur. Choc. Ma Clio part en crabe. Fanfare de klaxons. Deux camionnettes s'accrochent sur ma gauche. Concerto pour ferraille et insultes. Le chaos déboule sur l'A4. Je braque. Le volant ne répond pas. Je freine. Silence radio de ce côté-là aussi. J'essaye de m'en sortir en accélérant. T'as qu'à croire… comme disait Tatie Marthe. Ma Renault n'est plus qu'un ovni sans réaction. Je suis suspendu à l'aile du Volvo comme un goujon à un hameçon. Panique. Jamais devant un adversaire, même armé jusqu'aux dents, je n'ai perdu mon sang-froid. Mais là… Un diplodocus de métal me pousse irrésistiblement en avant. Au mieux, je m'en sortirai avec les jambes broyées. Je m'entends hurler. Ma portière gauche, derrière moi, se décroche dans un roulement de tambour déclenché par son impact avec la chaussée. Ouf ! Le volant répond. Clignotant. Je dégage vers la droite, me gare sur la bande d'arrêt d'urgence. Le camion suit et s'immobilise près de moi. Derrière nous, la houle d'acier s'est arrêtée. L'anaconda de fer expire pour former un gigantesque embouteillage. Infarctus de métal à la sortie de Paris.

Le routier s'éjecte. Il est blême. Je ne dois pas, moi non plus, être « jojo » à voir. Je le rejoins et fais face à un civilisé. Pas d'insultes, pas de cric menaçant à la main.

– Ça va ?

Je réponds d'un hochement de tête positif.

– Bon, on va faire un constat. Vous n'y êtes pour rien. L'autre a volontairement cherché à vous envoyer sous mes roues. De mon perchoir, là-haut, j'ai une autre vision de la route que vous dans vos pots de yaourt.

– Vous avez pu mémoriser son numéro ?

– Non. J'étais trop occupé à essayer de vous décrocher. Heureusement que j'ai ralenti. Le bahut devant vous a pu dégager, sinon… Visiblement, vous avez un ami qui vous veut du bien.

Paperasse remplie, je vérifie si ma voiture accepte de repartir.

OK. Il me manque seulement une portière et j'ai une aile en accordéon.

Mais comme disait Tatie Marthe : « Du moment qu'on a la santé… ! »

Mon pavillon, ce soir, a des airs de Versailles.

J'appelle une dépanneuse. Ma Clio me quitte pour une cure de rajeunissement chez le concessionnaire le plus proche.

Lumières allumées, j'inspecte toute la baraque. RAS. Je n'ai toujours pas acheté de rhum. Je m'offre un verre de framboise, puis un second. J'éprouve une énorme trouille rétroactive. Les armes, je connais, les truands aussi. Mais l'accident provoqué demeure une première pour moi. Les tripes encore nouées, je me verse un troisième verre. Stop ! Je dois rester lucide.

La phrase du routier me revient en mémoire : « Visiblement, vous avez un ami qui vous veut du bien. » Cette fois, c'est une tentative de meurtre. Qu'est-ce que ce sera lorsqu'il me voudra du mal ?

Je pose mes pieds chaussés sur la table basse du salon. Au diable les convenances.

Le tableau, récupéré chez Toinet, trône maintenant sur le canapé. Il fait face à mon fauteuil.

Cigarette. Une seconde, suivie d'une troisième. J'allume chaque clope au mégot de la précédente. Bof ! Un cancer du poumon différé est moins dangereux qu'une balle de .45 tirée sans préavis.

Le téléphone. Pas envie de parler. Le répondeur se met en marche. C'est Astrid. Je ne décroche pas.

Demande des nouvelles. Ma douce et tendre m'explique qu'elle pense beaucoup à moi, qu'elle est au restaurant avec deux marchands anglais, qu'ils veulent acheter sa production future et qu'ils sont très beaux, ces galeristes d'outre-Manche. Pour ma part, je m'en fous. Ce soir, moi aussi, je me trouve beau, très beau, comme un beau cadavre ! Depuis la mort de Loup, je suis visiblement devenu une menace pour quelqu'un. Probablement son assassin. OK, p'tit gars, tu veux la guerre, tu vas l'avoir !

9

J'empoigne ma bouteille de framboise. Elle aussi, tire à sa fin. J'avale, au goulot, les deux dernières gorgées.

Face à moi, la toile de Domi me regarde de ses jets de couleurs mortes.

Téléphone, de nouveau. Cette fois, je réponds.

– Oui !

– Tu vas bien, poulet ? Tu t'es remis de ta frayeur ?

Le poing m'arrive dans l'estomac. Je reprends mon souffle. Le salaud ! Il me nargue ! Pas question d'entrer dans son jeu. J'ai affaire à un pervers, le genre de malade qui ne respecte rien, et surtout pas « l'autre ». Pour lui, je ne suis qu'un objet. T'as qu'à croire, l'ami. Tu vas voir quel genre d'objet je suis.

Je ne réponds pas. J'entends son souffle.

– Oh ! Poulet ! Tu m'entends ? Connard de flic ! Tu n'es bon qu'à essayer de défendre les faibles. Ça te donne bonne conscience ? Prétexte, mon gars, prétexte ! En fait, tu es au service de l'État. Simple larbin tu es, simple larbin tu resteras. Moi, je ne sers que mon guide, mon chef, *mein führer* ; chez moi, les crevards, on les élimine. Seuls les forts survivent. La police doit servir à ça, pas à protéger les biens et les vies. Il se croyait invincible, ton pote, Loup ! Encore un titre usurpé. Il était de la race des moutons, de ceux qu'on égorge. Tu ne veux pas répondre ou tu essayes d'appeler tes potes sur ton portable ? Comme tu voudras, je raccroche, mais n'oublie pas que je suis Thor et qu'en dehors du marteau, je possède d'autres armes. Je vais vous faire danser, les flics, danser sur une balançoire. Tu connais celle de Boger ? Renseigne-toi dès maintenant, tu gagneras du temps pour n'arriver à… rien ! Je reviendrai bientôt te rendre visite. Pour l'instant, je pars à Londres.

Fin de communication.

Je cherche mes cigarettes. Merde ! Le paquet est vide, lui aussi. Boger ? Quoi, Boger ? Quel Boger ? Inconnu, Boger ! Qu'est-ce que ce cinglé a voulu dire par là ? Je me lève, fouille dans les tiroirs des meubles à la recherche d'une Gitane oubliée par hasard. Nada !

Je m'immobilise, soudain pétrifié. Quelque chose d'autre me revient en mémoire. Je réalise brutalement, comme si une gifle inattendue m'arrivait en pleine face. Nom de Dieu ! Si ce n'est pas une menace directe, c'est quoi cette phrase anodine d'un tueur psychopathe ? « Pour l'instant, je pars à Londres. » Le lâche ! J'ignore ce qu'il peut avoir contre moi en dehors de ma relation avec Loup. Il vient de dépasser une ligne rouge invisible. S'en prendre à mon entourage, à la femme de ma vie, me donne des envies de meurtre. L'ardoise, entre Thor et moi, atteint une longueur limite. Pas question d'aller plus loin.

Comment sait-il qu'Astrid est à Londres ? À croire qu'il me suit. Désormais, je regarderai derrière moi. L'accrochage sur l'autoroute confirme cette supposition.

« Pour l'instant, je pars à Londres. » Pas besoin de sous-titres. Mon travail m'a appris à dominer la panique. Elle est la source de presque toutes les bavures. Il faut que je calme le jeu, ce soir mon cœur bat à un rythme insolite.

Je m'empare du téléphone. Numéro du Park Lane, l'hôtel où Astrid est descendue. Réponse du réceptionniste : Astrid Lambelle est sortie. Je laisse un message lui demandant de me rappeler d'urgence. Je tourne en rond dans mon living. Sur le canapé, le tableau de la falaise semble me dire de faire quelque chose. Mais quoi ? Le salaud qui a tué Loup, ce ne peut être que lui, veut m'éliminer aussi. Soit. J'en ai vu d'autres. Mais Astrid... Oui, le tueur est un pervers. Mais je ne suis pas une souris et le petit jeu du chat aux griffes rétractiles ne marchera pas avec moi.

J'appelle la Marmotte.

– Viens vite me chercher. J'ai besoin d'aide.

Coup de fil à Air France. Le dernier vol pour Londres est à 20 heures.

Impossible d'y arriver.

J'essaye le Minitel. Il me reste encore une petite possibilité d'avoir l'Eurostar de 21 heures 13.

Le temps coule. La Marmotte ne met qu'une demi-heure pour arriver.

– Fonce à la Gare du Nord, je t'expliquerai en roulant.

La Marmotte m'écoute.

– Allume-moi une cigarette.

Je lui glisse une Gitane allumée entre les lèvres.

– Je suppose que tu vas ramener Astrid ?

– Évidemment.

– Ton tueur t'a bien parlé de la balançoire de Boger ?

– Oui. J'avoue que je n'ai pas compris de quoi il s'agissait.

– C'est un nazi, ton mec. Tu sais que l'histoire, c'est mon dada. Surtout celle de la Seconde Guerre mondiale. Boger était un SS « spécialisé » dans l'interrogatoire des détenus. Questionné sur ses méthodes, il a eu cette réplique lors de son procès : *« Le succès était là, quand le sang coulait dans le pantalon* [1]. »

À mon tour, j'allume une cigarette.

– Elle consiste en quoi, cette balançoire ?

– Je ne m'en souviens plus. Je sais que c'est une méthode de torture inédite inventée par ce furieux. Il faudrait que je me replonge dans mes bouquins pour me souvenir des détails. Je le ferai, sois sans crainte.

Gyrophare sur le toit, sirène gueulante, la voiture stoppe devant la Gare du Nord.

– Laisse-moi là.

– Non, je t'accompagne jusqu'à l'embarquement.

Ma carte de flic me sert de priorité. Poignée de mains avec la Marmotte.

– S'il m'arrivait quelque chose, tu demanderas à Letellier de s'orienter vers les milieux néonazes. Les décès de Dominique Toinet et de Claudio Perhain font référence aux méthodes de ces cinglés. Et ce que tu viens de me raconter sur ce…

– Boger.

– C'est ça, Boger… renforce encore mon idée là-dessus.

La Marmotte a un geste imprévu. Il me serre dans ses bras.

---

1. Phrase prononcée, en 1963, lors du « procès d'Auschwitz », à Francfort.

– Ferme-la, Malo ! Il ne t'arrivera rien. *Good bye*.

– Tu parles anglais ?

Il éclate d'un grand rire.

– J'avoue que, jusqu'à ce soir, j'ignorais mon bilinguisme. Bon vent.

Londres. Waterloo Station.

Mon premier contact avec cette ville dont on m'a dit qu'elle était vraiment une capitale. Ce qui est capital, ce soir, c'est de retrouver Astrid en vie.

Je me précipite vers un taxi.

Les rues défilent. J'ai peur pour Astrid, oui, peur. J'entrevois Nelson debout sur sa colonne à Trafalgar Square. Le vainqueur de Trafalgar… Bravo, Horatio ! Bravo ! Il n'y a vraiment plus que les Bristish pour utiliser encore ce prénom. Moi, je me prénomme le Chien ! Non, je ne suis plus que Malo, un gamin breton égaré sur une lande urbaine, un gosse apeuré qui frappe du poing sur un rocher invisible. Pourvu que j'arrive à temps.

Il pleut. C'est novembre sur l'Angleterre. Heureux qu'il n'y ait pas de brume. La lueur des lampadaires se reflète sur la chaussée brillante de laque noire. Les phares des voitures, les feux arrière laissent sur le bitume des écailles mouvantes de lumière blanche et rouge. Les passants, devenus rares sur Picadilly, marchent vite, mus par la même pensée : se mettre à l'abri. La pluie est fine et cisaille les silhouettes. Son humidité pénètre dans la Rover et m'enveloppe dans ses lacets. J'ai froid soudain. Chaque ville sécrète ses fantasmes et ses morts violentes. Jack l'Éventreur ne pouvait être qu'anglais, le Vampire de Düsseldorf est en prise directe avec la culture germanique et Landru est un pur produit de la France profonde. À chacun ses tueurs. Le flic refait surface dans mes pensées. J'ai froid. À moins que ce soit de la peur. Le Chien devenu peureux ! C'est l'âge, Rottweiler, ou de l'amour pour Astrid ? Va savoir…

Le taxi me laisse devant Green Park.

Hôtel.

– *Sorry, sir !* Miss Astrid Lambelle n'est pas là.

Je m'installe dans le hall. J'attends.

Le temps saute à l'élastique. Tout est mou, moite, l'air, les aiguilles de ma montre. Rien ne bouge dans ce hall d'hôtel de luxe. Deux heures du matin. Trois. L'angoisse me serre le cœur.

Les réceptionnistes du service de nuit me dévisagent parfois mais ne bronchent pas.

Des noctambules arrivent, prennent leurs clés, s'éloignent vers les ascenseurs. Je ne perds personne de vue.

Quatre heures. Je suis crevé.

La voilà enfin, la femme de ma vie.

Elle passe la porte tournante. Hilare, épanouie. Du bout des doigts, elle envoie un baiser vers une silhouette que je distingue mal. Femme ? Homme ?

M'en fous ! Je suis jaloux, épuisé, soulagé, heureux de la retrouver. Une silhouette pareille se remarque, même de nos jours, alors que les femmes sont de plus en plus belles dans un monde sans vieillissement apparent.

– Astrid !

Regard étonné. Brève étreinte.

– Mais qu'est-ce que tu fais en Angleterre ?

Je lui explique très vite le danger qui la menace. Pas effrayée, ma tendre et douce.

– Personne ne t'a suivie, ici ?

Elle éclate de rire.

– Mais, imbécile, tout le monde me suit. En dehors

des Horse Guards, la ville entière est à mes trousses, tous sexes confondus, hommes, femmes, hommelles, femmelles. Je plais… Qu'est-ce que j'y peux ?

– Cesse de jouer. Tu es en danger.

– Tu ne deviens pas parano en vieillissant ? Qui peut bien me vouloir du mal ? Je suis peintre, amoureuse d'un flic idiot, aussi sentimental qu'un banc de pierre dans Hyde Park, j'adore ma vie de célibataire, ses imprévus, et voilà que mon amant tient à me persuader qu'un inconnu en veut à ma peau. Elle est douce… c'est vrai, même toi, tu me l'as dit, mais de là à tenter de m'écorcher pour en faire un trophée… Mon Malo, tu dérailles. Mais dis-moi… Tu m'épates… débarquer à Londres en pleine nuit pour me protéger… Ça ne te ressemble pas ! Ou alors, tu es amoureux, toi aussi ? Viens.

La nuit a été brève. Je me suis endormi aussitôt couché.

Au réveil, Astrid n'a pas prononcé un mot.

British breakfast. Rien à dire, ça réconforte.

– Tu repars quand ?

– J'ai un train en fin de matinée.

– Je rentre avec toi.

– Tu as changé d'avis ?

– Je reviendrai dès que possible. Ils gagnent à être connus, les mâles de ce pays. Souviens-toi de la raideur de Churchill en 1940. Mais le fait qu'un mec amoureux se soit offert un aller et retour depuis Paris pour me protéger et qu'il s'écroule dans mon lit au lieu de me faire l'amour m'oblige à me poser des questions. Peut-être, après tout, as-tu raison.

– OK. Mais tu ne logeras pas à la maison, provisoirement bien entendu.

– Pourquoi ?

Je la mets au courant des mes dernières aventures.

Pas effrayée, la môme Astrid. Elle m'écoute, réfléchit.

– Tout part de la mort de ton boss. Tu ne m'avais pas raconté qu'il avait démissionné peu de temps avant de se faire assassiner ? Cherche pourquoi et tu régleras ton problème.

– Merci, Agatha Christie, merci. Alors tu rentres avec moi ?

– D'accord, je prendrai l'Eurostar.

– Quelqu'un peut t'héberger ?

– Iris, ma galeriste parisienne. Elle vit seule dans un grand appart. De plus, c'est une lesbienne pur jus mais pas vraiment mon type ; ça la fera espérer de me voir chez elle. Depuis le temps qu'elle me harcèle... Va prendre ta douche, ça te détendra.

Effectivement, ça m'a détendu. Surtout lorsque, nue, elle s'est glissée à côté de moi sous le jet brûlant.

La douche aurait été inventée, au XIXe siècle, par un médecin normand pour laver les détenus d'une prison de Rouen. Utilisée par Astrid, sous sa forme british, je dois dire que c'est intéressant, très intéressant... d'autant plus que nous avions, tous les deux, notre liberté de mouvement dans cette vaste cabine.

Paris.

Je dépose Astrid. Elle logera rue de Seine en attendant que les choses rentrent dans l'ordre.

Passage au bureau. Toute l'équipe est en mouvement mais les choses n'avancent pas. Nous piétinons.

Le concessionnaire Renault m'a prêté une voiture pendant qu'il retape la mienne. Je roule calmement et surveille sans cesse mon rétro. La surprise m'attend chez moi.

Encore une fois, la porte est ouverte. Va falloir que j'élucide le mystère des clés que semble posséder mon tueur.

Le Beretta bien en main, je fais le tour de la baraque. Je sonne chez mon voisin. Son jardinet est mitoyen au mien. Il me connaît et la vue de mon arme ne l'impressionne pas. Il sait que je suis flic. Deux mots d'explication et un conseil.

– Restez chez vous. Surtout ne sortez pas si vous entendez des coups de feu. Je passe par votre jardin. Il y a un intrus chez moi. Éteignez la lumière.

Un carré noir se découpe maintenant sur la porte de derrière que je viens d'entrebâiller. Seule la silhouette d'un énorme sapin, pendant végétal à deux nains de jardin posés à sa racine, forme une masse plus sombre et se détache par flocage sur le support de la nuit.

J'attends. L'obscurité me protège. « Il » ne peut pas me voir. Très lentement, je me glisse le long du mur du pavillon. Mes pas sont légers et le gravier ne crisse pas.

La clôture de buis marque la ligne de démarcation entre les deux maisons. Je passe.

L'huis vitré qui donne sur mon gazon est fermé. Plaqué au mur, je réussis à ouvrir. La poignée tourne. Je pousse un interrupteur et plonge en avant.

Affalé sur le carrelage, je m'oblige à respirer calmement. Rien ne bouge. Arme au poing, je crapahute lentement. Seul un silence de cette densité peut faire écho au bruit des battements de mon cœur.

Je fais le tour de chaque pièce, regarde, referme

ensuite chaque porte derrière moi. Pas de parano. Mon visiteur est parti. Mais les traces sont là. Le chaos est partout étalé sur le plancher, sur les meubles. Il a poussé le vice jusqu'à renverser une bouteille d'huile sur mon lit.

Tout a été visité, chaque meuble retourné.

Le sol n'est qu'un amoncellement de vaisselle, de verres, de couverts. La cuisine ressemble à celle d'un cuisinier fou ; tout ce que le frigo, les placards, les éléments de rangement contenaient est étalé sur la gazinière, le plan de travail. Le beurre a fondu et des filets de graisse jaune jalonnent le sol. Mon vin pose des traces de sang sur le carrelage. Un sac en papier crevé laisse couler un ruisseau de farine qui maquille de blanc un magma innommable.

Dans mon bureau, l'ordinateur et son écran ne sont plus qu'un tas informe de matières plastiques et de fils électriques. Tout mon matériel électronique est en miettes. Plus question du DVD d'un film attendrissant, de Capra ou de Minnelli. Jimmy Stewart et Fred Astaire sont absents ce soir. Je hais le cinoche d'aujourd'hui. Le talent n'a pas de place entre les films « pan-pan » et les effets spéciaux. Le ciné est fait pour les cinéastes, pas pour les informaticiens.

Mes dossiers ont tous été sortis de la bibliothèque et s'étalent en vrac sur le tapis ainsi que mes livres, transformés en confettis de papier prêts pour une dérisoire parade dans Broadway. Seul un Melville a échappé, par hasard, au meurtre de mes bouquins. Rassure-toi, brave Achab, tu n'es plus seul à courir après la baleine blanche ! La mienne, hélas, a une gueule humaine que je ferai éclater comme du verre… quand je mettrai la main dessus.

Le tableau récupéré chez Dominique Toinet a disparu de mon inventaire.

Le salaud qui a saccagé ma maison l'a sans doute emporté.

Et, pour couronner le tout, ma Fender, mon bijou, surmonte les débris accumulés. Mais ce n'est plus une guitare, il n'en reste que des vestiges avec les cordes pendantes comme des nerfs sectionnés.

Flash-back : Tatie Marthe.

Je venais de toucher mon premier salaire, la richissime paye d'un apprenti ébéniste. Le cœur débordant d'un sentiment de liberté jamais éprouvé, je m'étais précipité chez un disquaire de Lannion pour m'offrir un microsillon, un 33 tours ! Le summum à cette époque. Je n'avais pas de tourne-disques mais j'étais sûr de trouver un copain qui me permettrait d'écouter le rock dont je raffolais. Je fréquentais une petite, une copine, une vraie. Amours enfantines… J'étais sûr qu'elle me tomberait dans les bras en écoutant « mon » disque !

Le lendemain, j'ai laissé mon trésor dans le cagibi qui me servait de dortoir et suis parti au travail en sifflotant.

Soir. Retour du prolétaire. Mon disque tordu me narguait sur le sommier qui me servait de lit. Ma douce grand-mère était passée par là.

Comme tout le monde, j'ai connu maintes déceptions dans l'existence. On s'en remet même si, comme disait l'instit, « c'est à coup de frustrations qu'on devient adulte ». Merci, m'sieur ! Message reçu cinq sur cinq, mais on peut aussi tuer pour moins que ça ! Tatie Marthe a eu de la chance ce soir-là. Moi aussi ! La vieille était partie veiller une voisine décédée.

Ma crise passée, j'ai longuement marché sur la

lande. J'ai dormi dans une grotte qui servait habituellement de nid d'amour aux ados du coin et suis reparti bosser le lendemain sans repasser par la maison. Quelque chose venait de se briser en moi.

Nouvelle fugue. Lannion… Arrêt-buffet. Après une nuit de dérives, je me suis retrouvé devant Loup. Il m'a écouté, entendu.

– Ne bouge pas d'ici. Je vais voir ta grand-mère.

À son retour, je me suis installé chez une de ses amies. Elle disposait d'une villa et m'a laissé la chambre d'un de ses fils parti à l'armée.

Elle m'a hébergé un long moment, puis il m'a fallu regagner ma cagna, la case départ.

Bien après… lorsque Marthe est décédée, j'ai refusé d'assister à ses obsèques. Elle m'avait nourri… c'est vrai. Mais si un homme ne vit pas que de pain, un enfant ne grandit pas sans tendresse. Elle en avait à revendre, mais la destinait uniquement aux chiens. À tous les chiens, sauf aux rottweilers.

Sans un mot, je contemple le désastre.

Les morceaux de la guitare reposent sur mon bureau. Je les enterrerai demain.

Nouvel éclair. Je viens de comprendre ce que le tueur voulait : visiter la maison en toute sécurité. Il n'a cherché, tout simplement, qu'à m'éloigner de chez moi en m'envoyant… à Londres !

Mais que veut-il donc ? Je repense au pavillon de Loup, au désordre qu'il a laissé là-bas aussi. Ici, il n'a emporté que le tableau de Domino. Pourquoi ?

Je commence à décoder son mode de fonctionnement. Si Thor est le meurtrier, il m'a d'abord appâté par ses révélations sur un réel trafic de voitures. Devenu crédible, il m'a mis dans l'obligation de tenir compte de ses lettres anonymes. Bien joué, salopard ! Il avance masqué, joue à cache-cache, m'envoie en Angleterre. J'essaye d'imaginer ma réaction si Astrid avait été sa victime… Il mise à coup sûr, mon tueur. Ou du moins il le croit. *Mon*… tueur… oui, c'est désormais le mien, une affaire dont l'un de nous deux sortira les pieds devant.

Le téléphone marche. J'appelle Astrid. RAS. Je la mets au courant de ma mésaventure.

Ce soir, je me passerai de dîner.

Nouveau coup de fil pour María-Carolina, la femme de ménage. Elle comprend vite la situation et, détail touchant, me recommande de prendre soin de moi. Pas de souci de ce côté, elle remettra la maison en ordre demain.

Machinalement, je commence à ramasser les feuillets épars.

Il m'arrive, dans des affaires délicates, de rapporter chez moi des copies de pièces officielles. Ainsi, coupé de la tension du bureau, à tête reposée, je peux réfléchir.

Les papiers forment maintenant un tas cohérent sur le bureau.

Je les trierai lorsque la maison sera de nouveau en ordre.

Tour du propriétaire. Avec un calibre 9, on se sent plus fort.

Je cadenasse toutes les ouvertures, pose le pistolet sous mon oreiller et m'affale tout habillé sur le lit.

Bêche en main, j'ai creusé dans le jardin. Il fait frais et beau. Les nuages ont disparu. Même le ciel se fout de ma gueule et rigole devant mon deuil.

La Fender, enveloppée dans une serviette blanche, a

échoué au fond du trou. Loup vient de mourir pour la deuxième fois.

J'ai aussi l'impression, à quarante-cinq ans, d'enterrer ma jeunesse définitivement. Oui, je suis devenu adulte, mais un adulte pas décidé à tendre la seconde joue. La rage... Je comprends enfin ce que certains gamins entendent par là. La rage... Et je suis un chien.

Il m'est arrivé de faire des promesses que les circonstances m'ont empêché de tenir. Cette fois, je me jure d'avoir la peau de celui qui a fait ça : tuer mes seuls amis, Loup et ma guitare.

10

Je roule vers le boulot.

C'est jour de revendication chez les cheminots. L'embouteillage classique des jours de grève m'engloutit aussitôt.

Ça m'arrange de conduire sans hâte. Pas question de nouvelle queue de poisson sur l'autoroute. De plus, je suis certain que Thor m'a suivi, ainsi qu'Astrid, ma princesse des neiges. Sourire attendri. La glace et le froid peuvent parfois se révéler ardents. Je l'appellerai du bureau, j'ai très envie de la voir. Une bonne douche me ferait du bien…

Sous mon blouson ouvert, j'ai dégrafé le holster. Mon Beretta est à portée de doigts. En attendant, je surveille la piste de béton. Les rétros ne sont pas faits pour les borgnes. L'angoisse, cette inconnue, ne me lâche pas. Je sens une menace énorme sur mon entourage. J'ai l'impression d'être le centre d'une cible et ressens ceux que j'aime comme les cercles concentriques qui entourent le « mille » de l'objectif.

Bureau. L'équipe est informée de ce qui vient de se passer chez moi.

Compte rendu d'activité et des visites de mes équipiers à la seconde troupe de danseurs du Baba's Club.

La Marmotte et le Pottock se sont rendus d'abord chez le *señor* José Aguilar, puis chez Miro Vasques, son alter ego, tous deux danseurs non étoilés de la troupe de Bobby Croissel.

Le Pottock m'explique qu'Aguilar habite Boulogne, près du Pont de Sèvres.

– Je m'attendais à trouver un travelo, mais je suis tombé sur un bon père de famille. Il vit là avec une Savoyarde et son mouflet, un blondinet d'un an. Les renseignements de voisinage sont excellents. La fille travaille, élève son môme avec l'aide de sa mère, gardienne de l'immeuble. Lui est un vrai pro de la danse venu faire carrière en Europe, mais il ne possède pas un talent suffisant pour le « classique ».

« Faut bien manger, m'a-t-il dit, j'ai fait de la figuration, à la télé, dans des accompagnements bidon pour des chanteurs ayant le même avenir que moi : le néant. J'ai rencontré Bobby. Il m'a permis de gagner ma vie, sa mort me désole et me force au chômage. »

Interrogé sur son salaire, il m'a précisé que Bobby l'exploitait, mais que même avec la moitié de la paye, il arrivait à s'en sortir. Lorsque je lui ai dit que ça lui donnait un prétexte pour le tuer, il m'a sorti un alibi impeccable. Un anniversaire chez des voisins dans la même baraque. Ils sont quinze prêts à témoigner qu'il n'a pas bougé de la soirée lorsque Bobby s'est fait dessouder.

– Et le second, ce Miro Vasques ?

– Beaucoup plus intéressant. Il a disparu le lendemain de la mort de son patron.

– L'entourage ?

– Pas de contact avec le voisinage. Il n'est pas sud-américain mais français de parents portugais. Un solitaire. Il occupait un studio derrière les Puces de Saint-Ouen, ne recevait pas. Nous avons fouillé chez lui… Nitchevo ! Sauf un abonnement autoroutier pour la

Normandie ; comme celui dont tu nous a parlé et que tu as déniché chez Loup.

– Lance un avis de recherche.

– C'est fait, Malo.

– Et toi, Impala ? As-tu vu les deux autres danseurs de la seconde équipe ?

– Oui. Rien à leur reprocher. Ils ont pu justifier d'un emploi du temps correct.

– As-tu des nouvelles du Chameau ?

– Il est sorti de l'hôpital. J'espère que nous le reverrons bientôt. Autre chose, j'ai demandé au juge Ferber la commission rogatoire dont tu m'as parlé. Il l'a refusée. D'après lui, rien ne justifie une balade en Normandie. Il veut des faits, pas des états d'âme. Maigret est mort, Agatha Christie ne se sent pas bien, m'a-t-il dit en rigolant, et les crédits des flics ne sont pas illimités.

– Tu vas m'accompagner chez Pierre-Jacques Rolland, l'ami de Croissel. Il perche à la limite des anciennes Halles. La Marmotte... va revoir Letellier et fais le point avec lui. Toi, le Pottock, tu te mets en rapport avec le lieutenant Musard, aux Renseignements généraux. C'est un gars de ma promo à l'école de police. Il s'occupe des groupes marginaux de fêlés qui ne savent toujours pas que la Seconde Guerre mondiale s'est terminée en 1945. Raconte-lui tout ce que nous savons sur les morts bizarres que nous avons sur les bras. Vu ?

– Vu. SNCF : Sans Nous, Cours Frère ! Les cheminots ont renversé la vapeur !

– La ferme, le Pottock, je m'en suis aperçu. Réunion à cinq heures.

Le briefing a pris une drôle de tournure.
J'ai eu droit à un appel de Thor.
– Salut, poulet ! Ta copine est en forme ? Tu es sûr d'avoir bien fait de la ramener de Londres ?
Déclic. Il a raccroché.

J'appelle la galerie. Sonneries. Personne au bout du fil.
Coup de fil sur le portable d'Astrid. Ouf ! La réponse arrive immédiatement.
– Où es-tu ?
– À la Fnac, à Montparnasse. J'achète des BD pour l'anniversaire de mon petit neveu.
Je l'informe de la menace renouvelée du tueur. Cette fois, elle m'écoute.
Rendez-vous est pris pour sept heures à La Rhumerie, sur le boulevard Saint-Germain.
– On s'offre des ti-punchs avec quelques accras. Avec un plus… si affinités. Ça marche ?
– Ça marche… pour le rhum, quant aux affinités… depuis que je connais les British, j'ignore ce qu'on peut inventer de plus.
Jaloux, je raccroche. Toutes des salopes… sauf ma mère. Mais comme je ne l'ai jamais connue, je garde le moral. L'espoir fait vivre.

Non, ça n'a pas marché. Un appel hystérique d'Astrid m'informe d'un nouveau désastre. Iris, sa galeriste, est morte, découverte étalée sur le sol dans l'arrière-salle de sa galerie de la rue de Seine.
Une voiture de police stationne devant l'immeuble.
Je suis accueilli par une Astrid au bord de la crise de nerfs. Je me présente à mes collègues du quartier, m'informe.

– À première vue, Iris Gémenos a été étranglée. Elle porte des traces de strangulation visibles. L'autopsie nous en dira plus long. Les choses ont dû aller très vite : l'assassin arrive dans la galerie, se précipite sur la femme, l'étrangle, fiche le camp. Trois minutes suffisent. Un visiteur imprévu pouvait entrer et tomber en plein meurtre.

L'homme qui a trouvé le corps d'Iris est là. La trentaine cradingue, selon les canons actuels de la mode, avec sa barbe rasée tous les deux jours sur un visage très régulier à la chevelure aux boucles brunes. Une tignasse qui, visiblement, a besoin d'un shampooing.

Stéphane Bolinsky, c'est son nom, cligne des yeux, sa figure a viré au gris, un tremblement nerveux agite sa lèvre inférieure.

– C'est moi qui ai appelé la police. Je venais chercher Iris pour un pot chez une amie commune. C'était très important pour nous deux ; ça devait nous ouvrir l'accès de New York pour une prochaine expo. Nous sommes de vieilles relations d'affaires, sans parler d'une amitié de dix ans. Elle était la première à m'avoir fait confiance et je la voyais pratiquement tous les jours. Lorsque je suis arrivé, la porte du magasin n'était pas fermée, seulement entrouverte. À croire que le tueur a filé très vite.

Astrid confirme l'ancienneté de la relation d'Iris et de l'artiste polonais, un peintre en pleine ascension, que la galeriste avait sous contrat.

– Vous nous accompagnez au commissariat pour faire votre déposition et resterez à notre disposition.

Les formalités habituelles achevées, le corps enlevé,

les scellés apposés, je repars avec Astrid accrochée à mon bras.

– J'ai peur, Malo, très peur. C'est moi que ce furieux a voulu tuer.

– Tu deviens parano, toi aussi ? Qu'est-ce que tu me chantes ?

– La robe que portait Iris... cette robe m'appartenait. Je la lui avais prêtée cet après-midi pour le cocktail où elle devait aller.

– Tu dérailles ou quoi ?

– Non, le tueur a cru que c'était moi. J'avais ce vêtement sur le dos hier. Il m'a certainement suivie lorsque je suis rentrée me changer. Iris portait mes fringues en sortant de la maison. Elle est morte à ma place, Malo, je te jure que c'est moi qu'il visait. Je suis sûre d'avoir raison.

Plus question de prendre le moindre risque.

– C'est possible. Tout part de la mort de Loup. À travers toi, c'est moi qu'il menace. Il doit croire que « le secret » de mon boss m'a été transmis et il essaye de faire le vide autour de moi. Quel secret ? Et ça n'explique pas les décès chez les danseurs du Baba's Club. Il faut que tu quittes Paris le plus vite possible pour te mettre à l'abri. As-tu un point de chute en province ?

– Oui, au Pays basque. J'ai des amis à Saint-Jean-de-Luz.

– Je demande un congé de vingt-quatre heures et je t'accompagne. Tu ne me quittes plus.

Nous passons chez Iris. Astrid se charge seulement d'une mallette garnie d'un minimum d'objets.

– J'achèterai sur place ce qui me manque.

Coup de fil à mon boss pour l'informer de la situation et demander l'autorisation de partir.

Taxi. Je me fais déposer à l'Opéra, change de voiture. Pas question que quelqu'un me suive désormais. La Peugeot me lâche à Denfert où je prends le bus pour l'aéroport. Pas trace d'un quelconque pisteur. Personne, en dehors de moi, ne sait où j'emmène Astrid.

Étape suivante : Orly, et vol pour Biarritz, où l'avion se pose à l'heure.

À Saint-Jean, accueil chaleureux d'Astrid par un couple d'architectes, des proches de sa famille. Je les mets au courant des dangers que court la femme de ma vie. En réponse, j'obtiens un sourire, un repas au foie gras et une chambre avec vue sur le port.

La nuit a été calme. La tension nous a fait dormir comme frère et sœur. Il y a un temps pour aimer et un temps pour dormir, dirait la Marmotte. Il y a aussi, hélas, un temps pour les cauchemars, surtout éveillés, les pires…

Je hais les adieux sur les quais de gare. Astrid aussi, elle me quitte sur un simple geste amical de la main.

Paris.

Et le boulot repart… Toute la Ménagerie est sur le trimard.

Le Pottock me rapporte le décodage du disque dur saisi sur le PC de Robert Croissel.

Je parcours les mails. La plupart, sans intérêt pour moi, ne concernent que ses affaires de cœur. Visiblement, cet homme avait du sentiment, beaucoup de sentiments… Stop ! Un mail de Pierre-Jacques Rolland, l'amant de Bobby. Un texte d'un érotisme brûlant mais, de mémoire d'informaticien, on n'a jamais vu rougir un ordinateur par excès de confidences intimes. L'important concerne un très bref passage où il est question d'une promenade au bord de l'eau : « Te souviens-tu de la couleur du ciel lorsque nous marchions sur la falaise, face aux flots tambourinant dans la baie ? »

Je montre le texte à mes équipiers. Pas de réaction. Pour eux, c'est une phrase anodine. Pas pour moi. Le tueur a tout cassé dans ma maison mais il a épargné le tableau de Domino, qu'il a emporté. Autre texte intéressant : un courriel récent signé Carole Croissel, la brave maman maquerelle qui prétendait qu'elle ne parlait à son ex que par avocats interposés. Là, elle évoque quelque chose de précis. Elle cite un nom qui m'intéresse, Ferguson, et une soirée photos.

Il me faut du renfort. Ma garde rapprochée ne me suffit plus.

Rencontre brève avec Turpin. Ambroise Turpin, mon chef hiérarchique, m'a toujours appuyé dans les affaires délicates lorsque les services de l'État intervenaient dans des enquêtes où la politique pointait son nez sale. Lorsque les affaires des poulets et des politicards interfèrent, gare.... Ça pue !

Ambroise reste un flic de la vieille école, au garde-à-vous devant les hommes du ministère, mais aussi un gars fidèle qui défend ses hommes.

Cette fois, il me donne un coup de pouce et se met en rapport avec les RG, que j'ai déjà approchés par le Pottock.

– Tu peux y aller, Malo, ils me communiqueront tout ce qu'ils auront sur les fêlés nazes.

En avant, marche !

Le meurtre d'Iris. Une perquisition à son domicile n'a rien donné qui puisse la lier à mon enquête. J'ai vu, en compagnie de Bolinsky, le peintre, toutes les œuvres qu'elle détenait, uniquement de la peinture figurative.

Rien à voir avec des marines. Je cherche un tableau et une falaise. Avec le Polonais, j'aborde la question.

– Non, ce n'est pas le genre de toiles qu'elle aimait ; pour elle, tout était dans le visage ou le corps.

– Lui connaissiez-vous des ennemis ?

Il rit.

– Quelqu'un sans ennemis dans un métier comme celui-là n'existe pas. C'est presque un critère de qualité. Plus on médit de vous, plus on vous trouve de défauts, et plus vous existez. Heureux les mal aimés !

Toutes les connaissances de la galeriste ont été épluchées. En vain. En dehors de sa relation avec Astrid, rien ne la rattache de près ou de loin au milieu du spectacle ou à celui de la police. Loup et Bobby, même combat… sans point commun. La seule certitude qui ressort de la mort d'Iris tient dans le fait qu'elle portait les fringues de ma nana et que l'autre… Oui, mais quel autre ?

J'abandonne le peintre à son chagrin réel ou simulé. Les collègues reprennent l'affaire en main.

Retour à mes travestis.

Le Pottock et Impala m'accompagnent chez Pierre-Jacques Rolland.

La rue du Mail comporte encore des constructions du XVIIIe ; le siècle, pas l'arrondissement. Notre ami loge dans un immeuble qui donne sur la place des Victoires. Pas d'ascenseur dans ces vénérables et magnifiques baraques aux relents aristocratiques. Le mur est orné d'une plaque de cuivre portant la mention : *P.-J. Rolland – Conseil.*

Je suis un peu essoufflé en arrivant au but. Fatigue ?

Angoisse ? Surmenage ? Va falloir que je me remette à la gym et je n'aime pas ça.

C'est notre hôte qui nous déclenche lui-même l'entrebâillement de la porte après l'annonce légale : « Police ! Ouvrez ! »

Son visage ne marque aucune surprise. Ce gars est une caricature du genre beau mec, aux yeux marron autoritaires, grand, carré d'épaules, les cheveux coupés en brosse. Une protubérance du menton, une mâchoire allongée, lui donne l'air d'un gavial guettant une proie. Une gueule virile à servir dans l'armée, dans une arme dure.

Il s'efface pour nous laisser entrer.

– Je vous attendais. Il était logique de vous voir débarquer chez moi après la mort de Bob. Asseyez-vous.

La pièce est vaste, sol en marbre, meublée en style Louis XV avec ces bahuts tout en rondeurs aux pieds courbes que je déteste. Une très belle copie du *Baiser* de Rodin orne une console.

Visiblement, ce n'est pas un smicard, mon locuteur. Pour vivre dans un décor pareil, cet homme doit, dans son métier, se faire des « golden glaouis » comme dirait le Chameau.

Je l'informe des buts de ma visite. Très rapide interrogatoire d'identité.

– Quelle profession pratiquez-vous exactement, monsieur Rolland ? Vous êtes conseiller en quoi ?

Grand sourire découvrant des dents que, visiblement, il a payées. Il porte une prothèse.

– En finances, capitaine. J'ai une clientèle nombreuse, surtout dans le show-biz, des gens qui gagnent de l'argent et ne savent pas le placer. Alors je les aide de mes conseils.

Ce métier de « conseiller financier » m'a toujours paru bizarre. Si vous avez des dispositions pour aider les autres à devenir riches, pourquoi ne les utilisez-vous pas, d'abord, pour votre propre compte ? Il est vrai que les conseilleurs ne sont pas les payeurs, et ceci explique peut-être cela.

Mais je ne suis pas ici pour philosopher…

– Robert… du Baba's Club… faisait partie du monde du show-bizz, non ?

– Et alors ?

– Vous occupiez-vous de la gestion de son affaire ? C'est ainsi que vous l'avez connu ?

– Absolument pas. Je l'ai connu par sa femme. Mme Croissel est une fort jolie personne et… je l'avoue, je marche à la voile et à la vapeur, capitaine.

– Ce qui vous rend suspect, monsieur Rolland. Vous avez très bien pu tuer Robert par jalousie.

J'ai droit de nouveau à un sourire grand angle sur ses quenottes artificielles.

– Vous faites fausse route. À ce prix, Carole aurait pu, elle aussi, être la meurtrière. La jalousie n'est pas le monopole des hommes, si je vous ai bien entendu, capitaine.

Il m'énerve à étirer mon grade. Dans sa bouche, ça devient *ca-pi-tèèène*.

– Que savez-vous de Ferguson ?

Quinze pour moi. Il marque le coup, se mord les lèvres.

– Ferguson ? Quel Ferguson ? Qui vous a parlé d'un Ferguson ?

– Mais Carole, tout simplement. Votre petite camarade nous a dit que vous en saviez long sur ce monsieur.

Il se passe la main sur le visage. Visiblement, mon bluff a fait mouche.

– Ferguson… Jamais entendu parler.

– La ville d'Eu, en Normandie, ne vous dit rien non plus ?

– Si, on la trouve souvent dans les définitions de mots croisés. En dehors de ça, inconnue au bataillon. Je n'ai rien à voir dans la mort de Bobby. J'ai du chagrin, oui capitaine, beaucoup de chagrin, même si vous ne me croyez pas, mais le devoir m'appelle. J'ai deux rendez-vous dans l'heure qui vient. Revenez me voir si vous avez du nouveau, je serai toujours à votre disposition.

Cet homme me nargue alors que, visiblement, il sait quelque chose. La phrase, enregistrée sur le disque dur du PC de Bobby, me revient en mémoire.

Je récite d'une voix monocorde : *« Te souviens-tu de la couleur du ciel lorsque nous marchions sur la falaise… »*

Il avance vers moi. On dirait un animal qui a reçu un coup de pied dans le ventre. Instinctivement, j'ai glissé la main vers mon holster.

– Qui vous a dit ça ? Qui ?

– Mon petit doigt, monsieur Roooo-lland, mon petit doigt, lui, ne me cache rien. Je vous reverrai avec joie, monsieur le conseiller financier, avec beaucoup de joie. À bientôt. J'en saurai plus sur votre façon poétique de déambuler sur le bord de mer. Je suis prêt à parier que le ciel était rouge durant votre promenade, monsieur le conseiller, rouge… Je vais vous faire une confidence, Pierre-Jacques Rolland, je suis né en Bretagne et je n'ignore rien des différents aspects du ciel lorsqu'il joue avec les vagues ou quand, de sang, il inonde la mer avant de se noyer dedans. *J'aime les nuages… les nuages qui passent… là-bas… là-bas… les merveilleux nuages !* Méfiez-vous, monsieur Rolland, méfiez-vous et prenez un parapluie. Les nuages ont la fâcheuse manie de se transformer en pluie. Gare à la saucée, monsieur le conseiller, gare ! À très vite ! Comme on dit chez les gens de la télé.

Son regard est devenu fixe. J'ai touché quelque chose chez lui. Il se reprend.

– Au revoir, capitaine.

La brigade financière contactée me donne un renseignement précieux. Pierre-Jacques a fait l'objet d'une longue enquête dans une affaire de blanchiment d'argent. Non-lieu. Aucune preuve matérielle n'a été retenue contre lui.

Dans l'heure, j'ai demandé au magistrat la mise sur écoute de la ligne téléphonique de M. Pierre-Jacques Rolland, le célèbre donneur de conseils financiers du show-biz.

Grâce à Turpin, deux flics d'une autre brigade ont été détachés dans mon service. Mission : surveiller le domicile de Rolland et le filer. J'ai trop d'éléments épars et n'arrive pas à les réunir. Cette enquête ressemble à une partie de pêche dans un étang. On appâte partout, on pose des lignes. Encore faut-il que le poisson morde, et les brochets de ma pièce d'eau sont d'une sacrée méfiance.

En compagnie du Pottock, je file vers le bordel de dame Carole.

Cette fois, pas de tergiversations, la porte s'ouvre immédiatement. On dirait que le téléphone arabe a fonctionné et que nous sommes attendus.

Toujours avenante, Mme Croissel, une vraie gueule d'amour. Décolleté abyssal, jambes largement découvertes jusqu'aux attaches de son porte-jarretelles, grand sourire à mon égard. La belle Carole a sorti le grand jeu.

Je n'ai, hélas, pas le temps de jouer. Un tueur furieux court en liberté et je suis, ainsi que mon entourage, sur la liste des futures victimes.

Pas de salamalecs.

– Madame Croissel, vous avez eu tort de me raconter des craques à notre dernière rencontre. Mon « ex » ceci, mon « ex » cela ! Nous ne nous parlons plus que par avocats interposés. Taratata ! Avant sa mort, Robert a reçu un mail dont vous êtes l'expéditrice. Nous possédons le disque dur de son PC. Vous parlez d'un fantôme. De qui s'agit-il ?

– Faux ! Je ne me sers jamais d'un ordinateur. Lorsque je veux parler à un homme, j'ai beaucoup mieux à offrir que le bla-bla informatique.

– Comme vous voudrez. Le disque dur du PC de votre « ex » fera une excellente pièce à conviction devant un jury d'assises.

– Oh, cessez de me faire peur, voulez-vous ?

– À quel fantôme faites-vous allusion dans votre message ?

– Fantôme ? Moi, je fais allusion à des spectres ? Mais réveillez-vous, capitaine, je n'ai eu affaire dans toute ma vie qu'à des êtres en chair et en os. En peau, aussi. J'aime la peau douce. Pas vous ?

Elle se fout de moi, la maquerelle de luxe.

– Qui est Ferguson ?

– D'après son nom, un British, pourquoi ?

– Dans votre mail, vous parlez de séances photos d'un certain Ferguson. De quoi s'agit-il exactement ?

– Je vous répète que je ne connais pas de Ferguson. Et si quelqu'un a usé d'un ordinateur, je n'ai rien à voir avec. Je vais interroger Mélina.

Elle s'empare du téléphone, appuie sur une touche.

La soubrette au grand cœur paraît presque aussitôt.

– Mélina, mon petit, est-ce que tu t'es servie récemment de l'ordinateur du bureau ?

– Non, madame.

Sourire aux lèvres, Carole me fait face.

– Vous voyez bien, capitaine, que le mail ne vient pas de moi ni de ma douce Mélina.

– Pour quel blanchiment de fonds Pierre-Jacques Rolland a-t-il été inquiété ?

Là, je marque un point. Son sourire disparaît.

– Pierre-Jacques mêlé à une histoire d'argent ? Non, je ne vois pas.

– Votre honorable bordel vous rapporte énormément de fric. Pensez-vous que le fisc verrait un inconvénient à éplucher vos comptes ?

Elle est maintenant au bord de l'explosion. Adieu douceur, volupté et autres promesses. C'est la fureur, et aussi l'inquiétude, qui pointent leur nez.

– Je paye mes impôts rubis sur l'ongle, capitaine, et votre chantage n'y changera rien.

– Qui est Ferguson et de quelles séances photos s'agit-il ?

– Je ne sais pas de quoi vous parlez. Allez-vous faire foutre, capitaine.

– Non, il y a des heures pour se faire foutre et des heures pour ne pas le faire. Je suis dans la seconde partie du programme.

Je me tourne vers le Pottock.

– Vas-y, embarque l'ordinateur du bureau.

Elle a du ressort, Carole.

Téléphone en main, elle se lève, avance vers moi.

– Touchez à quoi que ce soit dans cette maison et j'appelle la police. Vous agissez sans mandat, sans commission rogatoire, c'est donc de la violation de domicile. Flic ou pas, vous allez voir ce que ça va déclencher.

OK. Je décroche. Cette fois, pas d'adieu touchant, pas de promesses.

La voiture roule. Je conduis.

Le Pottock sort de son habituel mutisme.

– Cette femme est fortiche, tu auras du mal à la coincer. Pourquoi la menacer du fisc ?

– Les truands n'ont jamais peur d'aller en tôle. Ils n'aiment pas… c'est évident, mais ça ne les arrête pas. Par contre, ils changent d'attitude si tu sors de ta poche un atout infaillible, les gars des impôts. Perdre sa liberté ? Soit. Se faire vider son portefeuille, c'est une autre affaire. Là, vraiment ils n'apprécient pas. Pas du tout, même. Al Capone s'est fait avoir par le fisc et non par le FBI. Je me sers de toutes les armes à ma disposition.

– Oui, mais elle a des protections, cette nénette.

– Je n'en doute pas. Notre société a besoin de maquerelles. Hors du cul, point de salut !

– Tu blasphèmes, Rottweiler.

– Je constate. C'est tout. Des filles de ce genre, j'en ai connu quelques-unes dans des enquêtes passées. Loup disait : « Elles se font lifter les fesses pour avoir un visage plus lisse. Il suffit donc de tirer sur les fesses pour qu'elles retrouvent quelques rides sur la figure. »

– Ce qui signifie ?

– Ce que Loup m'a appris. On va alpaguer la peau du joli petit derrière de Carole Croissel, ça mettra quelques plis dans ses certitudes.

Il m'interroge du regard.

– Tout se tient. Dans n'importe quel boulot, l'un

travaille, l'autre regarde. Tout énarque te le dira. Elle bosse, Carole, elle bosse. Qui regarde ?

– Rolland ?

– Je le crois. On va accentuer la pression selon la méthode de Jean-Loup Fresnel.

– Méthode ? Quelle méthode ?

– Tu n'étais pas encore dans le Groupe lorsque c'est arrivé.

Flash-back.

Loup… À côté d'une sensibilité imperméable à l'attendrissement, je l'ai vu écraser quelques affaires et les classer sans suite. Les coupables de certaines conneries de jeunesse lui doivent leur liberté. Entre la loi et le bon sens, il lui arrivait d'oublier qu'il était fonctionnaire. La douce Carole Croissel ne va pas tarder à s'apercevoir qu'il m'arrive aussi de faire des confusions.

C'est une leçon que je n'ai jamais oubliée. J'étais en stage dans son service.

… Un matin, son boss demande à Loup d'enregistrer une plainte pour coups et blessures. Il s'agissait d'un cafetier, un indic aux informations souvent précieuses. Une raclée monumentale avait envoyé le bistrotier à l'hôpital. Le blessé avait appris à coups de bouteilles que la jalousie est un sentiment moteur. La gueule en sang, deux côtes cassées, la figure métamorphosée en cube aux angles saillants, il s'était retrouvé aux urgences de l'hosto le plus proche.

Rétabli, l'agressé, brave homme, avait retiré sa plainte sur les conseils de Loup qui lui avait mis le marché en main : ou une condamnation pour esclavage, détournement de mineures et proxénétisme, ou le coup de l'amnésie, le style *« Je ne sais plus, je ne me souviens pas, non... je ne connais pas ce garçon ! »*

Le bonhomme employait une fille de son bled comme barmaid. La gamine avait seize ans. Il l'obligeait à « monter » avec certains clients. En échange, elle était nourrie, logée, enfermée, battue, violée.

La petite avait un copain. Mis au courant par hasard, il s'était armé d'une canette de bière. L'excès d'alcool peut tuer. Une bouteille de bière vide aussi, lorsqu'elle cogne sur un crâne plein, un ventre gras ou les côtes d'un individu normal.

Plainte. Loup enregistra donc et ne moufta pas.

Le mac amateur croyait l'affaire close. Il ne connaissait pas mon patron. Moi, si... Ça a commencé par un service des fraudes. Le bistrotier arrosait son sol avec de l'eau qu'il tirait du robinet et transvasait dans une bouteille d'eau minérale. Un matin, les poulets débarquent, le prennent avec le récipient en main, lui dressent contravention pour tromperie.

« C'est de l'eau minérale, ça ? »

L'autre a fini par craquer. On ne peut pas voir débarquer chaque semaine une bande d'agités qui retournent votre bistrot alors que la flicaille ne fait rien pour vous protéger. Il s'était interrogé : « Mais que fait donc la police ? »

– Après le retrait de la plainte, la petite a regagné son patelin, épousé son gars qu'elle a fini d'ailleurs par larguer parce qu'il voulait la mettre, lui aussi, sur le tapin. Elle a compris et s'est installée à son compte... Charité bien ordonnée... tu sais ça, toi aussi. C'est la vie, mec. La nôtre va consister à expliquer à Mme Carole et au conseiller financier du show-biz que la police, parfois, fait quelque chose.

J'ai des potes aux mœurs. Je vais leur demander de

s'occuper de ma chère Carole, la maquerelle sans peur et sans reproches.

La réponse n'a pas tardé. Impossible de toucher à ma dernière conquête, trop de protections s'y opposent. Sa maison joue un rôle régulateur dans la surveillance de certains faux agités qui, sous couvert de passeports diplomatiques, agissent en lobbyistes pour toutes « les justes causes » de la planète, pour les trocs humanitaires du genre nourriture contre dope ou toute autre saleté recherchée en Occidentanie. Une cause étant toujours juste lorsqu'elle dépasse un certain seuil de victimes mensuelles. Les autres ne relevant que des ONG.

Bof ! Assez de naïveté, Malo. Tu vas te battre avec tes seules armes et tes équipiers de la Ménagerie.

J'obtiens une voiture supplémentaire que je place devant le lupanar de ma copine Carole. Pas un engin avec le mot *Police* et le gyrophare bien visible, non. Je doute que les clients de Mme Carole acceptent d'entrer dans l'immeuble sous l'œil clignotant de la loi. Il s'agit d'un « sous-marin », une banale camionnette camouflée. Elle porte une inscription rassurante : « Antonio Perez, plombier ». Pour une fois qu'on en trouve un… lorsqu'on n'en a pas besoin… La voiture stationnera là le temps nécessaire. C'est la Marmotte qui assurera la surveillance. Je lui fais adjoindre un photographe. Plus un seul refoulé de n'importe quelle ambassade n'entrera ici sans que sa trombine soit archivée par mon service. Le Pottock assurera la relève en temps utile.

Je repasse chez moi. Entrée prudente, la main sur le Beretta. Tout respire le calme.

María-Carolina a fait un formidable travail. J'ai

même un lit potable pour me coucher. Elle a beau être espagnole, ma femme de ménage, et se signer à tout bout de champ, je la soupçonne d'avoir une mère juive. Comme me l'a raconté la Marmotte : *« Lorsqu'un homme se lève la nuit pour aller pisser et, qu'en revenant, il trouve son lit fait, c'est qu'il a une mère juive. »*

Sur la couverture, la femme de ménage m'a laissé quelques lignes :

« J'ai rempli le frigo. Vous avez de quoi dîner. Je vous ai aussi acheté du sucre, du rhum et du citron. À bientôt. »

Petit pincement côté cœur lorsque je regarde la tache blanche sur le mur : l'emplacement de ma Fender. Manque aussi à l'inventaire mon ordinateur. Le compte de mon tueur devient de plus en plus lourd côté débit.

J'appelle Astrid. Elle me paraît plus calme. Bisous-bisous, à bientôt.

Une tranche de saumon fumé formera l'essentiel de mon repas.

Je déguste tristement mon plat. Ça rend mélancolique de manger, seul, un poisson qui a l'air de s'emmerder autant que vous. Un salmonidé, même fumé, ne ressemble à rien d'autre qu'à un morceau de chair taillé dans une moquette couleur saumon ! Le comble… Rien de tel pour accentuer encore ma déprime.

Un CRS me retapera. Je force un peu sur le rhum. Ou je vieillis ou je deviens sentimental. Bof ! Un pléonasme de plus !

Astrid me manque.

Pulsion : je repousse mon verre et quitte mon pavillon.

J'embarque dans la voiture que l'on m'a prêtée.

Je roule... machinalement. Le film des derniers jours remonte à la surface. Que cherche donc le salopard en liberté, pas encore surveillée, qui tue comme il respire ? Je repense à la mort d'Iris. Elle n'avait rien à voir dans la tragédie que je traverse depuis la disparition de Loup. C'est bien Astrid, et moi par ricochet, qu'il visait, Monsieur X. Tout part de Loup, de sa démission, de son assassinat.

Les morceaux du puzzle se baladent dans ma tête. Thor... Le gros malin qui est entré en contact avec moi en jouant les indics.

Déclic : ces voleurs de voitures que j'ai fait boucler grâce à Thor... Il les connaissait... Forcément...

Réciproquement : eux aussi devaient fatalement le connaître.

Un vague sentiment de jubilation monte de mes tripes.

Petit nazillon de merde, je crois que tu as commis une faute. Je vais demander au magistrat chargé de l'affaire de m'autoriser à les interroger. Mais c'est peut-être Loup qui a dérangé un trafic dont il ne m'avait jamais parlé.

Loup... On dirait que la voiture lit dans mes pensées. Le progrès sans doute... Elle a pris la direction de Joinville. Je roule sans hâte vers Saint-Maur et le pavillon de mon ex-boss. La route est déserte. Je suis sûr de ne pas être pisté. Mon Beretta, au chaud dans son holster, me réconforte.

Devant le bungalow, la rue vide renforce mon malaise.

Elle n'est pas grande, la maison de Loup. À l'étage, il n'y a que sa chambre et une salle de bains. Un petit grenier, muni d'un vasistas, sert de débarras. Visite soigneuse des lieux. Je laisse la lumière uniquement dans son bureau.

Cigarette. Je m'imprègne lentement de la fumée. Ma tension baisse.

Je reprends le courrier de Loup.

Nouvelle lettre de Marine. Toujours sans mention de lieu, ni de date.

Jean-Loup, mon Loup !

Plus le temps passe et plus l'attente est insupportable. La guerre va s'achever. Autour de moi, tout le monde est en ébullition dans cette impatience faussement paisible qui domine le pays comme chaque fois qu'un conflit se termine.

Au diable, l'Algérie algérienne, l'Algérie française et le droit des peuples à disposer d'eux-mêmes lorsqu'une femme amoureuse n'a pas le droit de disposer d'elle ni de son amant.

Mon amant ! Un mot enchanteur puisque tu m'as enchantée. Mon amant, mon magicien, puisque notre amour porte ses fruits. La preuve ? Je n'ai plus le droit de te cacher un événement important. Je suis enceinte.

Je le sais depuis plusieurs semaines mais je n'ai pas voulu ajouter à tes soucis quotidiens.

Tu vas être père, mon Jean-Loup, un papa, un père solide et tendre comme ton prénom. Je ne me lasse pas de répéter ces deux syllabes... Jean... Loup ! C'est mon chant d'amour que tu es seul à partager avec moi. Jean... Loup ! Une sonate dont nous serions, moi le clavecin, toi le virtuose. La sonate de Marine et Loup.

En septembre, tu auras la joie, je le pense, je l'espère, je le crois, de tenir contre toi un paquet de tendresse folle transformée en nouveau-né. Fille ? Garçon ? Quelle importance ! Ce sera notre fils ou notre fille et nous seuls saurons dans quel délire amoureux nous l'avons conçu.

Hier, la tempête d'équinoxe s'est enfin arrêtée.

Tu sais avec quelle violence la mer, le vent, les nuages se déchaînent parfois dans notre région.

Le ciel bleu revenu, j'ai marché sur la falaise. Seule. Je ne supporte personne lorsque je vis en symbiose avec toi. Rien, sinon le cri d'un fou de Bassan, la plainte sans cesse répétée d'une mouette, le crissement perpétuel des vagues lointaines, les friselis de la brise accompagnant ma marche dont chaque écho annonce à voix basse ta prochaine arrivée.

Toi, tu étais là... Tu me devançais, tu étais cette nuée d'argent sur l'horizon et la brume légère prenait ta forme et renvoyait ta silhouette jusqu'à l'infini, jusqu'à l'endroit où Ferguson... l'Indien... Je sais que tu n'as pas oublié. Et je marchais vers toi,vers cette éternité toujours renouvelée, ma passion, celle que je ressens pour mon fauve adoré : Loup.

Chaque jour, je guette le courrier, cette lettre de délivrance qui m'apprendra ton retour et m'annoncera le prénom que tu choisiras pour l'enfant, le nôtre.

Je ne t'embrasse pas puisque tu es déjà couvert de mes baisers. Il ne reste plus un centimètre carré de peau disponible. Sauf tes lèvres... Voilà, là aussi, tu viens de faire le plein.

Marine.

J'ai posé le feuillet comme s'il s'agissait d'une relique. Ainsi, Loup avait peut-être un enfant. L'allusion à Ferguson me confirme que la mort du père que j'ai, moi, adopté, et les meurtres en série sont liés. Qui est Ferguson ?

Cigarette. Je fume en regardant les volutes grises. Moi aussi je vois les nuages, la mer et cette Marine en route vers l'infini sur une falaise.

Nouvelles lettres. Toujours aussi tendres, aussi impudiques. Il y a là un voyeurisme qui me gêne. Il faut que j'épluche tout ce courrier et ces archives.

Un dernier pli attire mon attention. Une dernière missive, toujours sans date. Un appel au secours.

J'ai vainement essayé de te joindre au téléphone. Où es-tu ? Loup, viens ! Je suis en danger. Fais vite, mon amour.

Je t'aime.

M.

Un craquement me fait sursauter.

Dressé d'un jet, armé, prêt à faire feu, j'attends, j'écoute. Rien ne se reproduit. Avec les gestes d'un film au ralenti, je vérifie tout dans la maison. En vain. Décidément, je suis à bout de nerfs. Ce minuscule incident m'a sorti de ma fuite dans le passé. Retour au réel.

Je range soigneusement les papiers dans leur enveloppe.

Toujours aux aguets, je regagne ma voiture. Saint-Maur dort. Je vais en faire autant. La fatigue commence à se faire sentir. J'ai fait le plein d'émotions. Je suis certain que Loup m'aurait demandé d'être le parrain de son gamin. L'espoir fait vivre, Malo. Chronologiquement, c'est impossible ! Ce sera pour une autre vie. *Mañana será otro día*.

11

Par l'intermédiaire de Turpin, j'obtiens un permis de visite pour rencontrer le caïd du groupe de truands impliqués dans l'exportation des voitures de luxe volées. Tuyau fourni par Thor.

Je le verrai, en tête à tête dans une cellule aux fenêtres grillagées. Pas de témoin, pas d'avocat. C'est illégal, je sais, mais les morts s'accumulent et si les médias s'en mêlent le merdier deviendra insoluble. Le temps commence à manquer.

Alfred B., dit Freddy-Teuf-Teuf, me fait face. Vingt-cinq ans, une carrure de gringalet, des boucles noires sur un visage triangulaire avec un nez en lame de couteau proéminent du genre « Fends la bise ». L'œil est vif.

J'attaque sans préambule.

– Alfred... tu vas passer trois années à l'ombre sauf...

Regard fixe, il me dévisage, reste muet.

– Teuf-Teuf... Je connais ton casier. Un beau CV, pas vilain pour un jeunot. Tu ne mourras pas vierge. Et, avec mon intervention, le juge ne te fera pas de cadeaux, sauf...

Ses yeux ressemblent aux canons d'un calibre 12 dirigé sur un lièvre en pleine course dans une prairie. Je me sens soudain une âme de léporidé.

– Oui, Freddy, je sais tout de toi, de tes fugues, de

l'instit que tu as assommée au temps où tu essayais d'apprendre à lire. Le cambriolage de caves n'a rien donné, le vol à la tire… non plus. Tu as été un casseur minable. Forcément… t'as pas eu une enfance heureuse. Rassure-toi, tu n'es pas le seul ! Reconversion : c'est à la mode. Je sais que tu as failli tomber comme proxo. Éliane… La belle Éliane… Elle t'a sauvé la mise, ta petite camarade. Enfin, tu as trouvé ta voie… voler et exporter des tires de grand luxe. Bravo ! Tu peux maintenant aller à la télé raconter ta vie dans une des poubelles de l'antenne. Éliane… Paraît que tu y tiens ? Mais si tu passes trois ans à l'ombre, sa fidélité risque de devenir à géométrie variable. Sauf…

– Arrête, poulet, tu vas me faire pleurer. Tu mes les brises menues, avec ton… sauf. Sauf quoi ? J'ai perdu, je paierai.

Moi, j'ai gagné. Lorsqu'un truand la boucle, j'ai du souci à me faire. Mais s'il répond, ça devient bon pour moi. Il est entré dans la partie. Mais tenter de faire comprendre la psycho à un malfrat équivaut à expliquer la politique agricole commune à un ayatollah iranien ou la sexualité infantile à un mollah afghan. J'avance un pion.

– Et tu vas payer cher, mon Freddy. Tu possèdes un garage à Épinay, non ?

Son regard est devenu plus fixe.

– Et alors ? C'est une affaire clean. Registre du commerce, taxes professionnelles, numéro siret, Urssaf, impôts, tout est nickel. Ma boîte n'a rien à voir avec les histoires de Béhème ou de Mercédès pour lesquelles vous m'avez enchristé.

– Clean ? Sûrement. Mais le fisc pourrait s'informer sur l'origine des fonds qui t'ont permis en cinq ans de posséder cette boîte, d'être un revendeur coté d'accessoires automobiles, sans oublier la douane, qui pourrait s'intéresser aux fabricants des pièces détachées que tu fourgues… Et là… Je te vois bien sortir de cabane dans trois ans, mais le cul nul. Adieu veaux, vaches, cochonnes, Porsche et cocotiers. Fini d'aller flamber au poker avec tes copains. Bye, bye, la villa à Saint-Tropez, sa piscine olympique et ses orgies aquatiques. Out ! Le casino de Monte-Carlo, les plaques dorées de la roulette, les cantines étoilées du guide rouge. Il te restera les Restos du cœur, sauf…

J'ai failli être surpris lorsqu'il a décollé de sa chaise pour se ruer sur moi.

Les murs sont bons, titrait, sous l'Occupation, Henri Bordeaux, un académicien heureusement oublié de nos jours ; les miens sont excellents, ainsi que mes réflexes. Dans un synchronisme parfait, mon pied droit l'a cueilli à la hauteur de ses bijoux de famille tandis que mon poing atterrissait sur sa figure.

Gémissant, il est resté sur le sol, se tenant le bas ventre.

Cigarette. J'en crèverai peut-être mais je ne connais rien de mieux pour ramener le calme en moi.

Je laisse le temps récupérer, lui aussi.

Freddy-Teuf-Teuf respire plus calmement. Il se redresse.

Je lui désigne la chaise et lui tends mon paquet. Il accepte. Je lui offre du feu. Je pousse la délicatesse très loin lorsque j'interroge un truand.

Et, toujours délicat, je reprends.

– Résumons. Acceptes-tu de répondre à mes questions ? Si c'est oui, tape « 1 », si c'est non je te renvoie en cellule, mais avant je taperai « 2 ». Et plutôt deux fois qu'une. C'est le progrès, mon petit, le progrès. Irréversible, hélas ! Regarde !

Je lui tends mes poings sous le nez. Il paraît qu'ils sont impressionnants.

Il rejette la fumée, redresse la tête.

– On vous a déjà dit que vous étiez une ordure ?

– Oui, mon poussin. C'est pour ça qu'on va s'entendre. Mettre deux ordures face à face est la meilleure manière d'arriver à un *gentleman's agreement*. Tu ne sais pas ce que c'est ? Normal, tu n'es pas diplomate. Vole donc des voitures anglaises pour changer un peu. Voilà le deal : tu réponds à mes questions, en retour je te promets de faire le maximum pour atténuer ton affaire. Tu prendras le minimum et tu pourras continuer tranquillement à t'occuper d'Éliane, de tes moteurs et de tes pièces détachées. Sauf…

– Sauf ?

– Si tu me mènes en bateau. Thor… Ça te dit quelque chose ?

– Qu'est-ce qu'il vient faire là-dedans ?

– Donc tu le connais. Qui est-ce ?

– Un excité de la casquette. Il en veut au monde entier pour des raisons que j'ignore.

– Quels sont tes liens avec lui ?

– Il m'indiquait des coups à faire, uniquement dans le domaine de la bagnole. C'est lui qui m'a passé le tuyau sur les deux remorques chargées de Porsche qui me valent d'être là aujourd'hui. Il touchait un pourcentage sur la vente des tacots.

– Quel est son nom ?

– Je l'ignore. Pour toute la marge, il était Thor, sans autre blaze.

– Où le rencontrais-tu ?

– Il m'appelait, me fixait un rencart dans un bistrot.

– Lequel ?

– Jamais le même. C'est un prudent, Thor, et un mauvais.

– Freddy de mon cœur… Mon Teuf-Teuf adoré, je te rappelle notre accord. Pas de dérobades, d'autant plus que c'est lui qui vous a donnés, tes potes et toi.

Il se lève d'un bond.

Je suis prêt. Mon truand reprend son calme.

– Vous mentez ! C'est un fêlé, pas un donneur.

– Ah, oui ? Et qui nous a mis au parfum, mon poussin ? Qui nous a indiqué votre plan, votre horaire et l'itinéraire que vous avez choisi ? Je suis flic, pas fakir ou faiseur d'horoscopes, Freddy. Ton signe astral, je m'en contrefous, je ne m'intéresse qu'au passé de mes clients, par à leur avenir vu dans une boule de cristal.

Sa main balaie sa joue.

– Nom de Dieu ! Quelle époque ! On ne peut même plus faire confiance à un malfrat. Qu'est-ce que vous voulez savoir ? Je suis pas une balance, mais pas de pitié pour les canards boiteux, et c'en est un.

– C'est aussi un tueur.

– Quoi ? Thor ! Impossible. Il a pas assez de couilles pour ça.

Je lui résume mon dossier.

Il hoche la tête, vide son sac.

– Thor s'occupait d'un groupe néonazi, des rockers bidon pour la plupart. *Les esprits blancs*, qu'il appelait ce ramassis de tarés. Pour eux, tout ce qui n'était pas blanc-blanc n'avait pas le droit de vivre. Les basanés, les crépus, les chrétiens, les juifs, les Blacks, les Chinks, tous ceux qui n'avaient pas le même groupe sanguin qu'eux, tous ceux qui étaient un peu moins cons, devaient disparaître. *« Tout non-Blanc est soluble dans le Zyklon B »*, affirmait Thor. C'est quoi, ce machin, le Zyklon chose ?

– Le gaz employé par les nazes dans les camps d'extermination.

– Je vois… Oh, poulet, j'suis pas un tueur moi, me mêlez pas à ça !

– Tu y es mêlé, poussin, que tu le veuilles ou pas ; mais tu n'es pas inculpé pour ça. Ils vivaient de quoi, tes virtuoses ?

– De petites rapines. Les sacs des vieilles dames arrachés à la sauvette, les vélos des collégiens, le pillage d'entrepôts, bref… des gagne-petit !

– Qu'est-ce que tu faisais avec eux ?

– J'aime le rock et je les ai connus par hasard mais ils étaient nuls, ces mecs, nuls dans leur tête, nuls dans leur musique. Je me suis tiré.

– Où les as-tu connus ?

– En Normandie.

– À quel endroit ?

– M'en souviens pas. Un bled près de Dieppe.

– Ils étaient nombreux ?

– Non, cinq. Un beau jour, ils se sont dispersés.

– Il te reste bien un nom ?

– Aucun.

– Tu mens !

– Non, poulet, c'est qu'un épisode dans ma vie.

– Tu connais la ville d'Eu ?

– Non. C'est où ?

– En Normandie. Tu m'as bien dit que c'est par là que tu as rencontré ton pote, Thor ?

– Oui, j'étais de passage dans la région pour affaires. J'suis né à Pantin. La banlieue, c'est mon truc, pas la cambrousse. Pas besoin d'aller là-bas pour trouver un bon calendos. Y en a chez tous les fromagers.

– Pourquoi crois-tu que Thor t'a mouchardé ? Il gagnait sa vie avec toi ?

– C'est vrai, je ne comprends pas.

– Vous avez servi de leurres, tes potes et toi. Si tu préfères, ton copain, le naze, t'a intoxiqué. Je dois dire que nous aussi, nous nous sommes fait avoir. Il doit avoir un objectif plus rentable que le pourcentage que tu lui versais sur tes exploits. Préviens-moi par ton avocat si quelque chose te revenait en mémoire. Ça pourrait t'aider dans ton affaire pourrie. Autre chose, tu vas nous filer un coup de main pour établir un portrait-robot de Thor. Je t'envoie un dessinateur.

– D'accord. Je hais les mouches et Thor n'est pas autre chose.

– Tu aimes Eric Clapton ?

Il me regarde ahuri.

– Vous connaissez Clapton ?

– Je joue presque aussi bien que lui, sauf…

– Sauf ?

– … que je n'ai pas son talent. On va te ramener en cellule ; je ferai le maximum pour t'aider, salut Teuf-Teuf.

– Salut, poulet.

Appel sur mon portable. C'est le Pottock.

Je reçois un coup de massue sur la tête. Philippe Grouillet, le joggeur qui a découvert dans les bois de Chaville le corps de Domino, a été assassiné.

– Ne touchez à rien ! J'arrive !

Le feu aux fesses, je me glisse dans la corrida de la circulation parisienne.

Grouillet a été découvert dans la salle de gymnastique qu'il possède dans le XVIe.

Décor habituel. Les voitures de police barrent la chaussée, deux flics, en casquette « Lustucru » [1], jouent les sentinelles devant la porte d'un immeuble récent surmonté d'une enseigne : *Salle de fitness.*

J'entre dans une salle vaste comme un entrepôt, avec de hautes fenêtres en verre cathédrale. La clim ronronne en sourdine. Des machines aux formes de sauriens préhistoriques occupent la moitié de la pièce. Des trucs faits pour pédaler sans rouler, courir sans avancer, des sacs de sable pour recevoir les coups d'un apprenti boxeur, des engins conçus pour la « gonflette » musculaire, destinée à obtenir des mollets de grimpeurs cyclistes dopés ou pas, bref pour ceux, innombrables, qui se veulent « beaux ». Extérieurement, bien entendu. L'intérieur restant aussi propret qu'un sous-vêtement porté huit jours d'affilée. Les outils vitaux d'un monde où chacun se doit d'être mince, longiligne, souple et malléable pour avoir une chance de passer à la télé et exhiber un corps standard et un cerveau apte à supporter le conformisme ambiant, sont là.

L'autre partie de l'immense gymnase est occupée par les agrès habituels : barres fixes, cordes, poutres, anneaux.

Sur les barres parallèles, un paquet de linge attaché à une longue tige de métal attire mon attention. Le colis

---

1. Surnom récent donné, par certains chauffeurs de taxis parisiens, aux agents de la circulation en raison de leurs nouvelles casquettes à damiers qui rappellent le dessin des boîtes de pâtes Lustucru. Pub gratuite…

repose sur cette lance placée perpendiculairement sur les bras porteurs de l'engin.

Impala s'avance vers moi. Elle semble perturbée, ma fliquette de choc.

– Viens, le Chien, tu n'as jamais vu un truc comme ça.

Ce que j'ai pris pour un ballot de fringues est un corps humain. Les restes de Philippe Grouillet.

J'ai beau avoir une assez bonne connaissance sur les différentes façons de passer l'arme à gauche, c'est, effectivement, la première fois que je découvre un mort comme celui-là.

L'ex-joggeur est suspendu dans le vide entre les points d'appui des barres parallèles. Sa position inédite lui donne l'air d'un tas de chiffons. Suivi de la Marmotte et d'Impala, je fais le tour de l'appareil de gymnastique. Je me penche, me baisse, examine mon client par en dessous.

Sa tête pend vers le sol, ses yeux sont ouverts, il tire la langue. Du sang caillé obture ses narines. Les fesses sont tendues vers le plafond. Il est ficelé sur la tringle porteuse. J'ai l'impression de voir une hampe dont l'étamine du drapeau serait le corps d'un humain.

La Marmotte s'arrête, regarde. Un gars comme lui est dur à épater. Pour la première fois depuis que nous travaillons ensemble, mon équipier semble sidéré.

Nouveau tour de l'ensemble. La Marmotte s'agenouille, examine la victime sous toutes les coutures. Il se redresse, revient vers moi. Son visage a la couleur de la craie.

– Boger ! Nom de Dieu ! C'était ça, la balançoire à Boger.

Il se tourne vers moi.

– Je t'en ai parlé lorsque Thor y a fait allusion. C'est une saloperie inventée par Boger. C'était un SS à tête de mort, surnommé « le bourreau d'Auschwitz ». Il avait aussi droit au blaze de « la mort ambulante » en raison de ses déplacements à vélo à l'intérieur du camp. Mieux valait ne pas se trouver sur sa route lorsqu'il pédalait. C'est un nazi qui a tué Philippe Grouillet, notre client du jour. La balançoire à Boger [1]… Faut vraiment avoir une case vide pour inventer un truc pareil.

Imagine : un détenu à interroger. Des barres parallèles, à défaut les deux bords d'une baignoire, une ceinture de cuir ou une corde, une barre de fer.

Mode d'emploi :

Premier épisode. « L'interrogé » est assis sur le sol.

Deuxième mouvement. Tu demandes à ton prisonnier de relever les jambes vers le ventre.

Scène III. Dans cette position, tu enfiles la lourde tige de métal sous les genoux repliés en direction du nombril.

Quatrième chapitre. Le supplicié glisse les bras sous la tringle.

Cinquième et dernier geste. Une paire de menottes aux poignets immobilise totalement un garçon qui se demande ce qui va lui arriver.

Surprise du chef : la barre soulevée par deux hommes inaugure une figure jamais vue. Celle d'un homme perché sur un long timon. Un être incapable de faire un mouvement. Seul son visage indique qu'il s'agit d'un humain et pas d'une volaille passée à la broche. Lui, ce

1. Inventée par Boger et utilisée au block 11, prison d'Auschwitz (le bunker). Les SS l'appelaient « Der Sprechmaschine », la machine à faire parler.

sont les barres parallèles qui l'attendent. Il est là, assis sur le vide.

Le bourreau s'approche, le pousse. Il bascule. Sa tête est en direction du sol. Il voit le monde sous un angle original, à l'envers et en deux dimensions, verticale et horizontale. Et l'autre, celui qui pose les questions, les souligne d'une matraque. Un coup sur les reins, un autre sur les fesses, un troisième sur la zone génitale ou sur la figure en redressant l'étrange canari assis sur son perchoir spécial. Et hop… un petit tour de manège en faisant tournoyer le corps sur l'axe porteur en mouvement sur les barres parallèles. On ne le dira jamais assez, si ce sont les Arabes qui ont enseigné aux Croisés la géométrie dans l'espace et permis ainsi la création des merveilles gothiques, ce sont les nazis qui l'ont transformée en méthode de torture.

La Ménagerie écoute…

– Le Chien, tu es le boss, mais à ta place, je foncerais sur les copains de Thor.

12

Dans ma tête, ça tourne à dix mille tours minute.

Cadavre dégagé, formalités terminées, je donne l'ordre de faire dresser le portrait-robot promis par Freddy-Teuf-Teuf. Je n'y crois pas vraiment, mais rien ne peut être laissé au hasard. Le Pottock supervisera l'opération.

La Marmotte se charge de fouiller dans le passé de Philippe Grouillet. Sur mon portable, je demande au lieutenant Musard, des RG, de me rejoindre. J'ai besoin d'infos sur un groupe de truands qui n'est pas dans mes normes.

Le voilà, Musard.

Un grand type aux épaules larges, au regard endormi. Ne pas s'y fier. Certains malfrats l'ont sous-estimé et payé cher. Il suçote un éternel fume-cigarettes vide, ce qui déclenche un sifflement continu parfois jalonné de salive. Ils sont peu nombreux à apprécier... Il s'en fiche et répond toujours : *Vaut mieux ça que de cracher en l'air. On sait, au moins, où ça retombe.*

Nous avons été amis autrefois. Mais les ambitions de chacun, les affectations diverses ont fait diverger nos chemins.

C'est un flic à l'ancienne. Pas impressionné par les séries américaines, pas un super mec tenu en laisse par un ordinateur et une batterie de bigophones portables, mais un homme de terrain sans illusion sur les humains, sur leurs besoins, leurs rêves et leurs perversions. Bien que lointaine, la retraite est dans sa ligne d'horizon ; il la voit venir comme un bain de pureté.

Il s'installe. Je lui fais un bref topo de la situation.

– Parle-moi de l'extrême droite. Je t'ai expliqué que le tueur qui me vaut des nuits blanches appartient à un de ces mouvements issus du Néandertal.

– Lorsqu'une idéologie s'écroule et toutes, un jour ou l'autre, finissent dans le ruisseau, tu ne peux pas éviter de traîner très longtemps des nostalgiques plongés dans leurs archaïsmes. Cette engeance est peut-être la plus belle incarnation du surréalisme ; elle continue à vouloir faire vivre des idées et des formules qui se sont écroulées dans le sang pour devenir la poussière de l'histoire.

– Même chez nous ?

– Oh, le Chien ! Ouvre les yeux ! Inutile de te rappeler que nous avons encore, en France, deux courants monarchistes qui regrettent un roi, mais pas le même, ce serait trop simple ; des bonapartistes prêts à créer une ONG pour sauvegarder la mémoire de leur idole et à défiler en criant : « Vive l'Empereur ! », des adeptes de Pascal Paoli hurlant : « À bas Napoléon ! », sans parler des anars en retard d'un siècle ou des fascistes qui regrettent Mussolini ou Franco et de ceux qui pleurent de tristesse en évoquant la mort de Pétain, de Staline ou de Ravachol, sans oublier ceux qui s'excitent encore sur l'héritage fantôme de Trotsky. Demain, certains porteront le deuil de Pinochet et de Castro. Ça ne mène nulle part mais ça permet d'exister en rêvant ou en cauchemardant. Humain, non ?

– Et tes groupes ne sont pas capables de tuer ?

– Bien sûr que si ! Ils atteignent parfois un niveau de

délire qui les fait sortir du néant. Ça nécessite une surveillance constante pour éviter une récidive et les métastases d'un cancer méchant. C'est là que nous intervenons.

– Ils sont nombreux ?

– Ce ne sont que des groupuscules qui se forment au gré des circonstances mais ces nazes, par le triomphe du diable sur Dieu lorsqu'ils avaient le dessus, jouent en plus sur une mythologie de gamins immatures et s'enferment dans des ghettos, ce qui est un comble, pour célébrer le culte de leur génie, le Führer. Ils ne disent plus « Heil Hitler » mais « 88 ». Le chiffre « 8 » correspondant à la lettre « H » de notre alphabet. Ce sont des bandes d'asociaux unifiés par la haine, des gars qui comblent leurs vides familiaux, affectifs, sexuels et culturels, leur néant existentiel, dans des associations qui durent l'espace d'un matin. La bière à forte dose, le rock détourné, les discours incohérents, un SDF matraqué de temps en temps, forment leur toile de fond.

– Mais mes cadavres ne relèvent pas du folklore sanglant !

– Sûrement pas, mais tu vois, le Chien, tes clients assassinés me semblent un peu *too much* ! Les miens sont trop tordus pour élaborer un scénario comme celui que tu vis.

– Ce qui veut dire ?

– Ton tueur commet des meurtres « siglés ». Des assassinats hors normes. Flinguer un gus est une chose simple. Tu appuies sur la détente et hop… Liquider un homme en le hissant sur ce que tu appelles « la balançoire de Boger », relève d'un psychopathe doublé d'un fin manœuvrier. Il t'envoie à Londres pour se débarrasser de toi et avoir la paix. Et, évidemment, tu ne peux pas faire autrement que d'y aller. Lui, se marre. Malo

Rottweiler est un policier coriace, un vrai dur... mais ce fêlé arrive à le tenir en laisse. Il jubile, ton mec. Tes victimes sont mortes de la même façon que les déportés. Il « sait » que tu vas le remarquer. C'est inévitable. Tu t'embarques donc dans la direction que lui a choisi. Tu te comportes en flic avec des réflexes de flic... Lui te fait croire qu'il est cinglé. C'est un pervers mais qui cherche quelque chose de précis. Quoi ?

Je repense à l'interrogatoire de Freddy-Teuf-Teuf, lorsque j'ai eu l'impression que lui et moi, le truand et le flic, avions été manipulés. La réaction de Musard confirme ce que je pressentais confusément.

– Et Loup... là-dedans ? Tout semble partir de sa mort.

– C'est vrai et inexplicable. Je l'ai bien connu professionnellement, Fresnel. Il était à des années-lumière des adorateurs d'Hitler. Loup allait à la messe lorsque son travail le lui permettait. Ensuite... il disparaissait. Tu le savais ?

J'approuve d'un hochement de tête.

– Ton boss était un vrai croyant, intouchable dans ses convictions mais respectueux de celles des autres. Il les haïssait, les nazes. Sur le plan privé, il n'était pas liant. Un bon équipier et un mauvais voisin, voilà ce qu'il était. Il avait toujours l'air de traîner avec lui un sac de mélancolies. Certains le disaient ronchon, je crois qu'il n'était que triste. Appelle-moi lorsque le labo aura examiné les bandes trouvées chez Grouillet.

Téléphone.

Chose rare, c'est un avocat qui m'appelle, le défenseur de Freddy-Teuf-Teuf. Message bref. Mon voleur de taxis de luxe tient parole et me passe un tuyau, un texte bref mais une vraie bible pour moi.

– Pour l'amateur de Clapton. Votre client pourrait bien se trouver chez un autre guitariste, Paulo Faullet, dit le Fol. Il loge dans une baraque près de l'A7, à la sortie d'Arcueil, dans la banlieue sud. Vous avez de quoi écrire ? Parfait, notez… 19, rue… OK ?

J'embarque dans une des deux voitures banalisées. C'est Musard qui conduit. Mes équipiers sont là. Chacun a vérifié son arme avant de partir.

Sortie de Paris. Zone pavillonnaire. Arrêt non loin de l'énorme pâté de béton formé par l'hôpital où l'on soigne le cancer. Pour nous, les flics, c'est d'une autre maladie qu'il s'agit. Aussi grave.

Nous sommes devant un bâtiment qui tient plus d'un atelier désaffecté que d'une habitation.

Musard sonne. Silence.

Il recommence. Toujours rien.

Finalement, une voix répond.

– Ouais ! Bande de tarés ! On n'a pas idée de réveiller les gens à l'aube. Qu'est-ce que vous voulez ?

– Police ! Ouvrez !

– Et si je refuse ?

– Vous pouvez, mais vous aurez la porte à remplacer. Vous ouvrez ou je la fais défoncer ? J'attends cinq secondes et je tire dans la serrure. Mettez-vous de côté, ça vous évitera une indigestion de plomb.

À nouveau, le silence.

Je fais signe à la Marmotte et au Pottock de sortir leurs armes. Le Béarnais a été relevé de sa planque, devant le lupanar de dame Carole, par un flic de l'équipe Letellier.

J'égrène à haute voix : « Un… deux… trois… quatre… cinq ! »

Rien ne bouge. Arme au poing, je désigne le système de fermeture.

– Tous ensemble ! À trois !

« Un… deux… trois ! » Une vraie rafale. Le métal s'est déboîté et la porte bâille. Un hurlement s'élève : « Tas de salauds ! Vous n'aviez pas le droit ! »

Ruée en avant. Nous formons maintenant un cercle autour d'un échalas maigre, vêtu d'un jean et d'un tee-shirt malgré la fraîcheur de l'automne. Il a vingt ans à tout casser, des cheveux bruns d'Aryen authentique et il nous regarde ahuri comme si un ovni était tombé dans sa courette.

Mes équipiers fonctionnent comme un groupe commando. Les mots sont inutiles. D'un geste, Impala a braqué son Beretta sur Paulo. Les autres se ruent vers la porte du palace, un hangar. J'empoigne le beau Paulo, lui rabats les bras derrière le dos et lui passe les menottes. Un coup de genou dans les reins l'envoie sur le sol. Ce tordu se redresse furieux, avance sur moi. Mon pied droit a des réflexes idiots. Il s'est détendu jusqu'à la rotule de mon client ; il est maintenant assis sur la caillasse. Son regard me fusille à bout portant. Pas un mot, pas une plainte, même pas une insulte ne sort de sa bouche. C'est un dur. Un vrai. C'est comme ça que je les aime… « À saisir » et à ramollir.

– Debout ! Si tu fais encore un geste à mon égard, tu n'auras plus une seule dent ! Vu ? Allez, marche ! Tu es seul ?

Silence.

– Je te préviens que si tu as des copains à l'intérieur et que quelqu'un touche à mes compagnons, tu te retrouveras, ce soir, dans un tiroir à la morgue.

Nous voilà au cœur de la maison. Une vaste pièce s'offre à nous, une ancienne blanchisserie industrielle, me semble-t-il en voyant certaines machines à l'abandon sous leur couche de rouille.

L'éclairage vient d'un vitrage au toit. Trois des murs sont décorés de drapeaux rouges à croix gammée. Le quatrième d'un portrait d'Hitler, encadré de deux cierges allumés. La photo est ornée du cri-rythme des années 40 : *« Ein Volk ! Ein Reich ! Ein Führer*[1] *! »*

Sur fond blanc, de larges phrases noires, peintes au pochoir, soulignent le slogan. Des couleurs de faire-part. Normal, le nazisme n'est rien d'autre que la forme politique de la mort.

> « ***Questions :***
> *Peut-on recycler :*
> *Un bougnoule en savon noir ?*
> *Un youpin en engrais ?*
> *Un raton en abat-jour ?*
> *Un intello négroïdé en penseur blanc ?*
> ***Réponse :***
> *Oui, avec le Zyklon B. Le gaz qui lave plus blanc. »*

– C'est toi, qui as écrit ça ?

Pas de réponse.

Visite de la baraque. Une pièce, plus petite, fait suite à la salle des machines. Pas une âme. En dehors de Paulo, c'est le vide intégral.

Un sommier fait office de lit. Un bureau et des

1. « Un peuple, un empire, un guide ! »

étagères sont garnis de livres divers. Coup d'œil. Aucune surprise, j'ai déjà vu ce genre de littérature, l'exutoire de tous les ratages. Je me suis toujours demandé où ces zinzins trouvaient les fonds pour se faire éditer.

Un placard fermé à clé résiste à mes efforts.

– Ouvre ça.

– Je n'ai pas la clé. Ce n'est pas à moi. Je le prête à un copain.

Dans un angle, des instruments de percussion forment une batterie impressionnante. Sur la pile de bouquins, une guitare de bonne qualité, une Gibson, tranche avec la tristesse des lieux.

– Tu es musicien ?

Mutisme total.

– Moi aussi, je gratte. J'avais une Fender.

L'œil de mon nazillon s'est allumé. Sa bouche reste close.

– Parle-moi de Thor.

– Qui est-ce ? Un musicien ?

J'hésite. Je connais ce genre de crétins. Ce sont de vrais idiots et des durs authentiques. Je n'obtiendrai pas grand-chose en lui éclatant le nez.

Mon arme braquée sur le placard ne déclenche aucune réaction. J'appuie sur la détente.

Paulo hurle. La poussière se dissipe.

Tirage du loto : j'ai gagné. Un tableau masque le fond du placard. Une toile que je connais, la vue d'une falaise peinte par Dominique Toinet et que le tueur a embarquée chez moi. Je déniche aussi un trousseau de clés. Le mien, celui qui ouvre mon pavillon. Je l'avais confié à Loup et oublié depuis. Je sais où mon voleur les a récupérés.

L'icône, ornée de son paysage marin, est maintenant

posée le long de la plinthe du mur. Fascinante et triste avec la déchirure laissée par ma balle comme des lèvres déchiquetées.

Fouille rapide du placard.

C'est la caverne d'Ali Baba lorsque je mets la main sur une arme. Un Beretta 9 mm, que je connais par cœur. Celui que le tireur m'a volé lors de ma visite chez Loup. Machinalement, je passe la main sur la bosse invisible laissée en souvenir sur la nuque.

Tout est devenu lent. Mes gestes, mes mots. Je m'entends parler à voix basse.

– Paulo ! Écoute-moi bien, je ne me répéterai pas. Tu vas me raconter tout ce que tu sais, tout. Ça va se passer sans témoin, entre toi et moi. Entre mon copain assassiné et ta gueule de con. D'où vient ce pistolet ?

Ce gars-là doit avoir un défaut au larynx. Lèvres serrées, il me dévisage. L'équipe fait cercle autour de nous. Seul, le Pottock tient son artillerie au bout des doigts. Impala, armée d'un coupe-ongles, s'occupe d'un de ses index.

Je me tourne vers elle.

– Oh ! Tu n'es pas chez ta manucure ici. Passe-moi ça.

Elle ouvre de grands yeux, me tend l'instrument demandé.

– Merci. Sortez, vous autres ! Je vous appellerai tout à l'heure.

Nous sommes face à face, Paulo, dit le Fol, et moi. Deux haines qui se regardent sans un mot.

Il me fixe, immobile, réduit à l'impuissance par les menottes. Ce garçon sait quelque chose qui est maintenant toute ma vie depuis que Loup a été tué. Il va me le dire. Pas de gré ou de force. « À l'insu de son plein gré », plutôt !

– Dernière question. D'où vient le pistolet que je viens de dénicher ?

Sa bouche s'ouvre enfin et un gros crachat atterrit à mes pieds.

J'avance d'un pas. Il recule, se colle au mur. Je lève mon poing. Non, ce n'est pas comme ça que je l'aurai.

Très lentement, je passe le coupe-ongles d'Impala sous les narines de Paulo. C'est un instrument de pédicure dont se sert mon équipière. Une lueur de peur apparaît dans le regard de mon client. Je lève l'outil, le glisse dans ses cheveux, m'empare d'une petite touffe que je coupe, poil après poil, en prenant mon temps. Pas facile. Pour raccourcir le jeu, je tire à la main sur une ou deux mèches. L'autre grimace mais ne dit toujours rien.

– Qui t'a passé ce Beretta ?

Seul le silence est grand… Ce minus est sûrement poète…

Le morceau de métal étincelle au bout de mes doigts. Je saisis le nez de Paulo entre mon pouce et mon index et le tords sans méchanceté.

– Je vais te couper les poils du nez. Ce n'est pas beau, de laisser un bouquet pareil surgir de tes naseaux. Tu vois, j'innove… Je trancherai les filaments de ton pif avec un coupe-ongles.

L'acier brille. Les yeux de mon bonhomme sont exorbités. Au ras de la peau, je tranche deux fils noirs.

– Ensuite, c'est dans ton tarin que je taillerai. Tu as un blair juif ! T'as pas honte ? Tu trahis ta race ! C'est dégueulasse de faire une chose pareille pour un Aryen de ton espèce. Après tu pourras arborer partout ton nez d'homme supérieur. À sa place, au milieu de ta sale gueule, tu n'auras plus qu'un trou.

– T'oseras jamais, connard de flic.
– Tu crois ça ? Tu le crois vraiment ?
Je ne parle plus, j'aboie.
– Assis ! dos au mur !
Il s'accroupit. Trop lentement à mon gré. Mon pied part. Paulo part à la renverse, glisse sur le sol.
– J'ai dit : dos au mur !
Ses yeux me flinguent à bout portant. Un regard est moins efficace qu'une balle de 9 mm. Tous les tueurs vous le diront.
– Fais un seul mouvement et je t'envoie une bastos entre les yeux.
Je sors mon flingue, le pointe sur Paulo. J'appuie sur la détente. Une fois, deux. Son et lumière. Le tonnerre d'un 9 mm et la lueur qui illumine son canon font bon ménage.
Chaque balle s'encastre à dix centimètres de la tête de mon suspect. Une à droite, une à gauche.
Double réaction : Paulo vomit d'un jet et éclabousse son pantalon.
Mes équipiers surgissent de la porte violemment entrouverte.
Je gueule.
– Foutez le camp ! Il n'a rien. Enfin, pas encore.
La guitare de mon client entre dans mon champ de vision. Je m'empare de l'instrument, égrène un trémolo.
L'autre, visiblement étonné, me dévisage sans un mot.
La Gibson en main, j'avance sur mon Paulo toujours à croupetons sur le ciment.
– Qui t'a donné mon Beretta ?
Un tic secoue sa joue droite.
Je me sers à nouveau du coupe-ongles, le pose sur

une des cordes de l'instrument et la sectionne. Les violons n'ont pas le monopole des sanglots longs. Une vibration lente et basse retentit dans la pièce. Avec, en écho, la voix de Paulo.

– Non ! Touchez pas à ma gratte !

– Qui t'a donné mon Beretta ?

Sa maîtrise m'étonne. De nouveau le silence règne.

Je lève l'instrument de musique, avance le coupe-ongles vers un second fil.

Clic ! La corde de *mi*, la sixième, pend à son tour.

Un filet de bave coule de la bouche de Paulo. D'un coup de reins, il est debout. Mon poing part, atterrit dans son estomac. Il s'écroule à mes pieds. Je glisse le coupe-ongles dans ma poche.

Face à mon nazillon, je ressemble à la statue du Commandeur.

– Qui t'a donné mon pistolet ?

Il halète comme s'il terminait un marathon.

– Vous laisserez ma guitare tranquille ?

– On verra ce que tu me donneras en échange.

– C'est Thor qui l'a planqué ici.

– Et le tableau ? Mes clés ?

– C'est lui aussi. Je ne pouvais pas refuser. C'est un vrai mauvais, ce mec.

– Et toi, qu'est-ce que tu es ?

– Un musicien sans boulot.

– C'est pour ça que tu badigeonnes des slogans nazis sur les murs ?

– Mais non ! J'me fous du moustachu. C'était un con ! Quand on fait la guerre, on la gagne ou on la boucle ! Ma politique consiste à nourrir mon idiot d'estomac. Il lui faut au moins deux repas par jour. Je suis guitariste et j'étais dans la dèche. J'suis pas un bon, qu'il m'a dit mon agent. Forcément… Un youtre !

C'est la faute à ces musiciens youpins et aux agités bougnoules si je n'arrive pas à percer. Y en a plus que pour ces décadents. Même les crouilles s'y mettent. T'as pas vu qu'ils essayent de nous imposer de la musique andalouse ? J'te demande un peu. Tu vois les gitans, faire du rock ? J'ai rencontré Thor et il m'a branché sur des rockers blancs de blancs pour jouer de la musique aryenne écrite sur des notes aryennes par des Aryens pour des Aryens. *Sieg heil !*

– Et tu manges mieux depuis ?

– Non, mais je peux au moins bander avec des Blancs.

– Thor est recherché pour plusieurs meurtres. Dis-moi tout ce que tu sais sur lui.

– Rien de plus que ce que je viens de vous raconter.

– Parfait. Tu vas être inculpé de complicité de meurtre. Si tu t'en sors avec moins de trente ans, je me fais curé.

– Je n'ai jamais tué personne.

– C'est à voir. Où rencontrais-tu ton boss ?

– Dans des cafés.

– Tu mens.

– Non. Personne ne connaissait l'adresse de Thor. Il était aussi méfiant qu'une nana à qui on fait du gringue après sa première tournante. Quand il voulait me voir, il m'appelait ici.

Du doigt, je lui montre la toile de Domi.

– Le gars qui a peint ça a été assassiné. Est-ce que Thor t'a parlé de ce tableau ?

– Non. Je ne sais rien à ce sujet.

– Et tu veux que j'avale tout ça ? Je vais te faire boucler et tu resteras bien au chaud à composer. Mais avec quoi ?

– Qu'est-ce que tu me chantes, poulet ? J'ai une guitare, non ?

– Tu avais.

Je m'empare de la Gibson, la fais tournoyer devant le visage de Paulo.

– Regarde ! Regarde bien !

J'empoigne la guitare par le manche et la balance d'un seul jet sur l'encoignure du mur. Le bois éclate, les cordes pendent.

Paulo ne me quitte pas des yeux. C'est la première fois que je vois un nazillon avec une larme à l'œil.

– Salaud ! C'était ma seule amie, la seule ! Pourquoi t'as fait ça, connard de flic ? Pourquoi ?

– Pose la question à Thor. Il connaît la réponse.

Paulo bouclé, mon ancien pistolet de service remis à mon boss, la toile de Domi est installée dans mon bureau.

Pas le temps de souffler. En compagnie de Musard, je fonce vers Sèvres où, maintenant, m'attend mon équipe.

De plain-pied, une villa de belle allure, pierres de taille et jardin, trône dans une impasse calme face au parc de Saint-Cloud.

Un vaste living à l'ameublement standard, une table et un fauteuil à roulettes, précède trois chambres en enfilade. Un secrétaire ne contient que des dossiers. Rapide coup d'œil. Il s'agit des pièces comptables de la salle de gymnastique de feu Grouillet. Elles seront embarquées et examinées par nos services financiers.

Banale chambre à coucher attenante à une salle de bains à la baignoire noire de crasse.

La dernière pièce semble plus intéressante. Les murs

sont entièrement couverts de photos. Sur un seul thème : des couples batifolant dans un sous-bois dense. Un cliché nous permet d'identifier les lieux. La tour hertzienne apparaît à l'arrière-plan, presque à l'endroit où nous avons déniché le cadavre de Domino.

Ainsi, le jogging de notre ancien champion se résumait à ça, au voyeurisme photographique et clandestin. Il va falloir revenir sur sa déposition et fouiller dans le passé de ce petit cachottier.

Après l'assassinat, l'exploration continue. Descente dans le garage.

Un scooter trône dans un angle. Pas de voiture. Mais un labo de photos à l'ancienne, avec ses bacs, s'offre à nous. Trois appareils de prise de vues reposent dans des étuis de cuir. Un Canon numérique voisine avec un Nikon et un Leica.

Je m'y connais un peu et j'examine soigneusement le matériel. Rien n'est chargé. Sous une table, un Caméscope, ouvert, bâille. La bande magnétique a disparu. Question simple : Qu'a donc vu et filmé notre brave gymnaste pour avoir été exécuté ?

Musard fouille dans les placards, sort les réactifs utilisés pour le développement. Rien qui puisse nous intéresser. Il passe une salle de bains au peigne fin pour un résultat négatif.

Une dernière porte s'ouvre sur les toilettes. Je grimpe sur la cuvette, ôte le couvercle de la chasse d'eau à l'ancienne. Manche de chemise retroussée, je plonge ma main dans le liquide, tâtonne, heurte une surface métallique. Je tire, manque de m'étaler et réussis à sortir une boîte métallique que je passe à mon collègue.

Je cherche un linge, déniche une serviette breneuse pour essuyer ma découverte. Pas le moment de faire le dégoûté. C'est un récipient d'aluminium que je tiens en main. Un petit malin l'a rendu étanche en l'entourant soigneusement de bandes gommées.

Avec mon Laguiole, je découpe les lanières isolantes, soulève le couvercle. J'ai peut-être mis la main sur un trésor. J'en sors un bobineau de magnétophone.

J'écouterai son contenu au bureau.

La fouille continue, en vain.

Les scellés posés, l'équipe fonce vers le QG du Groupe.

Ordre est donné de fouiner dans le passé de notre joggeur.

La garde postée devant le bordel de Carole n'a rien donné sinon un paquet de clichés reçus du labo et que j'ai examiné rapidement. La dame a vraiment des relations et le Groupe a reçu l'ordre de la laisser s'occuper en paix des branlettes et des horodateurs de ses diplomates.

La piste Rolland se révèle aussi improductive. L'écoute de ses conversations n'intéresserait, à la rigueur, que des banquiers ; il n'est question que de virements, de placements dans des titres dont je n'ai jamais entendu parler. Pas un nom de banque d'un quelconque paradis fiscal n'apparaît. M. Pierre-Jacques Rolland est un citoyen modèle. La seule chose qu'on puisse, à la rigueur, lui reprocher est une visite, tôt un matin, chez Carole, la belle dame qui aime dresser les chiens. L'équipe en planque, rue du Mail, l'a escorté jusqu'à la porte.

Malgré tout, je maintiens la surveillance sur ses bureaux. Si Carole, sa petite camarade, semble intouchable, je reste persuadé qu'il est lié à mon enquête. Il me paraît vulnérable par le fric. Occupons-nous donc de son portefeuille. Faut toujours frapper là où ça fait mal, affirmait Loup. Le reste ne relève que de la charité et du budget de la Sécu !

Arrivent les renseignements sur le passé de Grouillet.

Ex-athlète reconverti dans le body-building, il n'a pas menti sur ce point. Par contre, il nous a caché une condamnation dans une affaire de mœurs.

Après un démarrage précoce dans les vestiaires des stades, il était passé à plus sérieux. Leica en main, mon sportif s'essayait à surprendre l'intimité de ses voisines. Ça lui a valu un cassage de gueule en règle suivi, un an après, par un passage au tribunal. Tout le monde n'est pas exhibitionniste et certains n'apprécient pas d'être vus dans l'intimité. Il est vrai que la laideur physique, si elle se vend mal, est une des choses les plus répandues sur notre planète. Heureusement que seule la morale est belle. Même le moins doué des philosophes sait ça.

13

La bande sonore tourne sur le magnétophone du bureau.

La voix de Philippe démarre un dialogue pas inintéressant du tout.

– Bonjour. J'ai un message pour vous.

Une voix inconnue répond. Inconnue de mes équipiers mais, pour ma part, je la connais. « Pour l'instant, je pars à Londres. » Ça résonne encore dans un coin de mon crâne.

– Qui êtes-vous ?

– Un photographe amateur.

– Quel est le message ?

– Les balades en forêt peuvent être dangereuses.

– Et alors ?

– Alors... Vous connaissez le bois de Chaville ?

Silence. Le « blanc » dure.

– Je répète ma question : Vous connaissez le bois de Chaville ? Celui dont parle la chanson : « Tout ça parce qu'au bois de Chaville, y avait du muguet ! » Vous savez bien, cette petite fleur à clochettes, qui porte bonheur. J'ai plein de bonheur à vous offrir. Du malheur aussi, d'ailleurs. Vous n'avez que l'embarras du choix.

– Qui êtes-vous ?

– Vous le saurez en temps utile.

– Que voulez-vous ?

– Vous rencontrer.

– Pourquoi ?

Philippe devient coléreux.

– Ne me prenez pas pour un con. Vous pourriez le regretter.

L'autre ne paraît pas impressionné.

– Les regrets ne sont importants que s'ils sont éternels, non ? Reste à savoir qui regrette qui, ou quoi ?

– Je détiens une chose qui vous intéressera sûrement. Je veux la vendre.

– Vous regardez trop la pub. Le fameux « Votre argent m'intéresse », vous est monté à la tête.

– Ça reste à prouver mais, effectivement, votre fric m'intéresse.

– Allez vous faire foutre !

– J'ai passé l'âge. Voulez-vous, oui ou non, que nous nous rencontrions ?

– Pour quoi faire ?

– J'ai une histoire à vous raconter, une vision que j'ai eue, une vision féroce. Un homme en étouffait un autre avec un sac plastique. Les écolos ont raison. C'est un truc dangereux, lorsqu'on le met sur son visage. J'ai beaucoup aimé... Surtout lorsque les dents du mort ont sauté. Vous avez réussi, à mon âge, à me faire bander, c'est dire...

– Comment m'avez-vous trouvé ?

– Vous le saurez en écoutant le prochain épisode de mon odyssée. Je vous rappellerai une fois, une seule. Après...

Déclic.

La bande continue à tourner. Nouvel entretien.

– C'est encore moi. Vous avez réfléchi ?

– Combien voulez-vous ?

– Jusqu'où êtes-vous prêt à aller pour payer votre liberté ?

– Et vous ? Comment aimeriez-vous mourir ? J'ai un catalogue entier à ma disposition. Je peux vous tuer à coups de manche de pioche, vous pendre, vous noyer dans une baignoire ou une chasse d'eau, vous étrangler, vous abattre d'une balle... si je suis gentil, ou vous découper vivant en lanières. Et pas à la tronçonneuse... c'est trop rapide. Si vous avez d'autres préférences, dites-le-moi. Mais soyons raisonnables, vous n'avez que peu de choix possibles. Que se passera-t-il si vous me livrez aux flics ?... Vous n'obtiendrez rien sinon votre condamnation pour non-assistance et une autre pour avoir dissimulé des preuves dans une affaire de meurtre. Seconde solution : je vous tue... salement, car, au préalable, il faudra bien que vous me donniez les clichés que vous détenez, si j'ai bien compris le personnage que vous êtes. Donc, dans un désaccord commun, négocions. Combien ?

– Arrêtez de me faire peur, j'en tremble dans ma culotte.

– Pourquoi ? Vous avez quelque chose dedans ?

– La ferme ! Je vous propose un paiement à crédit. Votre premier versement sera seulement de cinquante mille francs. J'ai horreur de compter en euros.

– Et le second ?

– Chaque chose en son temps. Nous en reparlerons ultérieurement.

– En somme, si j'accepte, je deviendrai votre rente viagère.

– T'as tout pigé, mec.

– Oh, connard, on ne se tutoie pas. Vous n'êtes pas de mes amis.

– Mais tu es susceptible avec ça. Si j'accepte de négocier, que me proposes-tu ?

– De vous tuer d'abord et de parler ensuite.

Nouvelle coupure dans la communication.

Le dialogue reprend.

– Oh, le tueur ! Tu m'entends ?

Silence total.

Toussotement. Réponse.

– Je vous écoute mais c'est la dernière fois. Je peux très vite savoir qui vous êtes et arrêter votre jeu de cons. Vous êtes tombé par hasard sur un truc qui ne vous concernait pas. La curiosité a toujours été un vilain défaut, très vilain même. Même si vous m'avez logé, vous ne savez pas qui je suis.

– Mais si. La prochaine fois que tu voudras tuer quelqu'un, ne viens pas avec une voiture que l'on puisse identifier. Voles-en une, c'est plus simple. La tienne portait ses vraies plaques. Tu n'es qu'un amateur, cher ami, un petit amateur. Tu m'entends ou tu joues au sourdingue ?

– Je vous entends. Mais ce n'était pas ma bagnole.

– Je sais. J'étais planqué devant le domicile de ton boss lorsque tu l'as ramenée. Tu me dois, en plus, deux nuits à faire le guet dehors, en automne, à mon âge. Je crois que vais augmenter ta cotisation, oui, les prix vont monter. Lorsque je suis remonté au propriétaire et que je l'ai vu au volant j'ai compris que tu n'étais qu'un sous-fifre, un porteur d'eau comme disent les coureurs cyclistes. Ton patron va aussi payer son entrée dans mon club. Chaque chose en son temps.

– Ne vous faites pas d'illusions, minus dégénéré, à force de semer des embrouilles, vous allez récolter du plomb. Ou pire…

– J'ai réfléchi, faut qu'on se rencontre. Combien d'oseille peux-tu m'apporter d'ici demain ?

– L'équivalent de dix mille francs.

– C'est insuffisant.

– Je ne peux pas disposer de plus dans l'immédiat. Il me faut quelques jours pour réunir le premier versement.

Nouveau silence.

– OK, mais tu n'auras pas un second délai. Connais-tu le gymnase qui fait l'angle du boulevard des Maréchaux et de la rue du Reposoir ? Je m'y entraîne souvent.

– Pas de souci, je trouverai. Comment vous reconnaîtrai-je ?

– Je t'ai déjà vu, tu es très photogénique, sais-tu ? Je viendrai vers toi. À quand le premier rendez-vous ?

– Demain soir, à 20 heures. Et pas d'entourloupe, je sais me défendre.

– Moi, aussi. Sois sans crainte.

Fin d'enregistrement.

J'invite l'équipe à dîner dans un bistrot à la bouffe « canaille », comme disent les guides. Les cons ! Les canailles… ils ne connaissent pas. Et je ne vois pas ce qu'on peut reprocher à une bonne blanquette de veau pour la baptiser ainsi.

Atmosphère de copains. Ça détend.

Banlieue.

Je gare ma voiture à deux mètres de la maison et m'en vais tranquillement à pied. Rapide tour du pâté de villas. Tout semble paisible.

Je rentre sans allumer. L'éclairage de la rue me suffit. J'ai des yeux de chat. Chaque recoin de mon pavillon est inspecté. Tout est clean. Les volets sont désormais fermés par la femme de ménage.

Ouf ! Je suis crevé. J'ai des journées qui durent

35 heures. De véritables RTT. Un petit CRS bien tassé me remettra d'aplomb.

La sonnerie du téléphone me tire de la ma rêverie. C'est Astrid.

Son angoisse disparue, elle explose de vie, ma Dulcinée. J'ai droit à un long discours sur les plaisirs physiques que procure la chistera, un speech détaillé sur la force basque. Si ça continue, il va falloir que je m'habille d'un kilt, suivi d'une assuétude au whisky, que je déteste, et que j'installe un fronton de pelote dans le jardin.

Mes brèves onomatopées n'arrêtent pas le babil de ma princesse des neiges. Un choc contre un volet interrompt son discours. Sans raccrocher, Beretta en main, je fonce vers l'extérieur.

Une grosse pierre enveloppée d'une feuille de papier patiente sous ma fenêtre. Un message. Bref : « Tu es mort, poulet ! »

Je me replie vers la maison, raccroche le combiné devenu muet.

Bref sentiment de satisfaction. On dirait que mon raid sur Paulo déstabilise mon tueur.

Je prends une douche brûlante avant de me mettre au lit.

L'eau gicle. J'aime. Association d'idées : la chasse d'eau dans laquelle j'ai trouvé la bande du magnétophone de mon voyeur de Chaville. L'écoulement de mon installation est partiellement bouchée. Va falloir appeler un plombier.

Peignoir. Je traîne un instant, m'offre un nouveau CRS et m'habille.

J'appelle la Marmotte.

– Tu ne dormais pas ? Parfait ! Note simplement que je retourne à Sèvres.

Connaissant le côté tordu de Philippe Grouillet, je suis certain que ce petit futé a doublé Thor. Quelque chose me tracasse et j'ignore ce que c'est.

– Je vais avec toi.

– Niet ! J'ai un compte personnel à régler. Je te rappellerai dès que je serai rentré chez moi. Salut !

A86. L'autoroute est déserte et j'appuie sur le champignon.

Sèvres. Je me gare assez loin pour faire une approche prudente.

RAS. Mon « rossignol » me permet d'ouvrir sans problème dans la chiche clarté qui arrive de la rue.

Je n'allume pas. J'ai toujours, avec moi, une minuscule torche de poche.

Exploration d'un lieu déjà connu. Je suis sûr d'avoir tout examiné ; non, pas tout. Pas la salle de bains. La pièce n'a pas de fenêtre. J'éclaire tout. Je vide les placards des tubes et lotions diverses qui les garnissent. Nada.

Un bac à linge subit le même sort. Je patauge dans les chemises et slips sales de Philippe-le-Voyeur. Ne reste que la baignoire. Toujours aussi crasseuse. Comment peut-on cacher quelque chose dans un sabot de plastique ? Et la réponse arrive, foudroyante. Je me revois sous la douche, il y a deux heures à peine, l'eau qui ne s'écoulait pas. Le plombier que je dois appeler et… Une trappe de visite.

Il me faut un outil. Je redescends au labo de développement de Philippe, déniche une lame fine qui fera l'affaire.

À genoux, je m'affaire pour desceller le carreau de faïence qui ferme l'accès à la tuyauterie. Je tâtonne. Néant. Allongé sur le sol, avec ma petite lampe, j'éclaire le soubassement de la baignoire. Il est là, mon

Graal ! Hors de portée de ma main. Je fonce à la cuisine, reviens avec un balai. Le manche va me servir de canne à pêche.

Je le tiens. Une boîte rectangulaire en métal contient mon trésor. J'ai un doute soudain. Et si ce n'était qu'une des bobines pornos tournées par mon dingue ? J'ouvre le petit récipient. Il contient bien une bande de Caméscope. Reste à savoir ce qui est imprimé dessus.

Portable à l'oreille, je fonce vers Paris en conduisant d'une main. Il est deux heures du matin. Je réveille mes équipiers qui m'insultent tous. Du moins, je l'imagine. Rendez-vous au bureau. Nous avons le matériel pour visionner le film.

Ils sont venus, ils sont tous là... Crevés, râlant intérieurement, mais ils savent que je ne les ai pas dérangés sur un caprice.

Action... comme disent les cinéastes français qui n'y connaissent rien. Action !

La vision de la bande magnétique nous révèle comment Dominique Toinet est mort.

Nous connaissons le décor.

Le bois de Chaville. Un boqueteau d'arbres dans une zone aux plantations serrées. Une Mercedes noire est rangée sur la berme de la route qui mène à la tour hertzienne. Ses plaques minéralogiques sont invisibles en raison de la position de la voiture, dont on ne distingue qu'un des côtés. L'aile avant droite porte une éraflure et la peinture a sauté.

Une portière s'ouvre. Dominique en descend, suivi par un homme aux traits non identifiables. Il porte des lunettes noires et un chapeau à larges bords protège son visage. Le tueur.

Dominique s'engage sous les arbres. L'autre, une main dans la poche de sa parka, marche à deux mètres en arrière. Je suppose qu'il tient une arme.

Les deux hommes sortent du champ de la caméra. Malgré l'absence de feuillage, ils restent invisibles. L'image projetée ne montre plus qu'un sous-bois en automne.

Mais mon voyeur n'a pas renoncé. Je l'imagine, planqué derrière un arbre, glissant en silence de fût en fût, un chasseur guettant sa proie. Une silhouette réapparaît. Toujours non identifiable. Elle tient une des tenailles dans la main droite, avance droit sur la caméra, pivote, sort du champ.

Je repense au bridge arraché à la mâchoire de Dominique Toinet.

La Ménagerie entière manifeste sa déception par un mutisme total.

C'est le Pottock qui rompt le silence qui s'est installé après le visionnage de la bande magnétique.

– En somme, notre témoin n'était qu'un petit maître chanteur.

– Oui, et ça lui a coûté la vie. Il n'avait pas les moyens de sa politique face à Thor. Le scénario est probablement le suivant. Notre gymnaste a dupliqué la bande originale qu'il va essayer de vendre à Thor. Rencontre et duel au sommet entre deux salopards. L'un de ces fauves est un tueur. Conclusion : la balançoire à Boger pour l'amateur de photos « X » tournées à la sauvette dans les bois. Dommage que ce film ne nous apporte rien.

C'est encore le Taiseux qui intervient. Je l'ai rarement vu aussi bavard.

– Dis, le Chien, peux-tu repasser cette bande ? Je voudrais revoir la voiture.

– Ses numéros ne sont pas visibles. Nous sommes dans un tunnel.

– Envoie la bande.

Bis repetita...

– Stop !

Arrêt sur image.

Décor connu. La tour hertzienne ferme l'horizon.

– Satisfait, le Pottock ?

– Vous voyez cette éraflure sur l'aile avant droite ?

– Où veux-tu en venir ?

– J'ai vu la même, sur une Mercedes, lorsque j'étais en planque chez la mère Carole. As-tu les clichés que j'ai pris ?

Réponse d'Impala.

– Les photos sont revenues hier du labo. Elles sont dans ta case courrier, Rottweiler.

– Fonce les chercher.

L'enveloppe ouverte laisse filer son trésor. Tout le paquet de clichés réalisés par le Pottock s'étale sur la table.

Tri. Tout ce qui ne ressemble pas à une Mercedes est éliminé d'office.

J'ai maintenant deux tas devant moi. Deux minuscules piles de papier glacé montrant des voitures et des hommes.

Choc ! Elle est là, noire, luisante, cossue, *gemütlich*, garée correctement, avec son immatriculation bien visible. Une éraflure sur l'aile avant droite où la peinture disparue a laissé une tache blanche. Aucun doute. Cette voiture est le clone de celle révélée par le film trouvé sous la baignoire de Philippe-le-Voyeur.

Téléphone. J'attire le combiné vers moi.

Longue attente pour avoir la permanence et, après un bref accrochage sur l'heure tardive de mon appel, j'obtiens un nom, celui du propriétaire de la belle allemande.

L'atmosphère du bureau a brutalement changé. Tout est devenu lent, lourd, poisseux. Nous ne sommes plus que des humains spectateurs-acteurs d'une tragédie qui nous enveloppe inexorablement comme un fleuve en crue, avec une seule issue : la mort.

J'allume une cigarette, fais passer le paquet aux flics, ramassés sur eux-mêmes comme des fauves prêts à bondir. Ils attendent la sentence. Les visages sont tendus. Chacun sait que nous arrivons au cœur de notre traque : l'instinct policier joue son rôle dans la partition. Un nuage de fumée enveloppe mes équipiers. On dirait des fantômes jouant Hamlet sur les murailles d'Elseneur.

Impala intervient.

– On rentre faire dodo chez soi ou on prend le petit déjeuner ?

Le Pottock m'interroge du regard.

– Non, Impala, pas question d'aller dormir. La séance continue ! Nous allons rendre une petite visite au citoyen Rolland, le conseiller du show-biz, titulaire de la carte grise de cette Mercedes.

Le groupe replonge dans le mutisme. Une voix brise la tension.

– Eh… Le Chien ! Il fait nuit. Nous sommes en dehors de l'heure légale d'intervention.

– Je sais, la Marmotte, je sais, je suis border line. Qu'est-ce que je fais ?

Je laisse une chance de filer à ce citoyen honorable ? Loup a eu la sienne, n'est-ce pas ? Domi et Perhain ont eu la leur ? Iris la galeriste a été étranglée par qui ? Le Chameau sort à peine de l'hosto. Si je tarde, le furieux qui tue nous attendra-t-il ? J'agirai seul. Vous resterez en planque près de l'immeuble, au cas où… En route, les gars. Impala ! Tu peux rentrer te coucher.

Elle hausse les épaules, sort son pistolet de l'étui qu'elle porte à la hanche, vérifie le chargeur, fait monter une balle dans le canon.

– Au fait, le Chien, tu ne m'as pas rendu mon coupe-ongles.

Je tâtonne dans mes poches.

– Je l'ai sans doute laissé chez Paulo. Je t'en offrirai un autre, sois sans crainte.

Place des Victoires. Je laisse l'équipe prendre position près de l'immeuble du sieur Rolland. Inutile de donner d'autres consignes à la bande. Si je ne reviens pas, monsieur le conseilleur et pas payeur ne s'en sortira pas.

J'avance seul.

Pépin : je n'ai pas le code de l'immeuble. Si j'ameute le quartier, l'effet de surprise disparaîtra. Va encore falloir que je me serve de mes clés de truand.

Je monte très lentement l'escalier aux marches larges.

Voilà, j'y suis. La porte à double battant est blindée ; pas question de forcer la serrure cette fois.

Je sonne. En vain.

Nouvel essai. Je garde le doigt sur le bouton de la sonnette.

Le temps semble s'être arrêté.

Trottinement derrière l'huisserie.

– Que se passe-t-il ? Qui êtes-vous ?

C'est la voix de mon client.

– Capitaine Rottweiler. Vous vous souvenez de moi ?

Le silence retombe. Je le laisse mijoter.

– Rottweiler ? Vous avez vu l'heure ?

– Je sais, monsieur Rolland, je sais, mais c'est vraiment important. Votre vie est en danger. Ouvrez-moi ! Vous ne croyez quand même pas que je débarquerais chez vous en pleine nuit si ce n'était pas vital ? Je suis seul.

Bruit de verrous que l'on déboucle. La porte s'ouvre.

– Entrez, mais soyez bref. Je fais partie des braves gens qui dorment la nuit, capitaine.

Pierre-Jacques Rolland se tient dans le couloir.

Sur un pyjama gris, il porte une robe de chambre en soie, d'un beau bordeaux. On en boirait presque, si le Colt qu'il braque sur moi ne m'en ôtait pas l'envie.

– Alors, Rottweiler, vous ne pouvez plus vous passer de moi pour jouer ainsi au passe-murailles ?

– Il n'y a pas d'heure pour les braves, monsieur Rolland et vous en êtes un. Vous venez de me le rappeler. Un brave homme, un brave conseiller financier, un brave tueur aussi. Je vous arrête pour meurtres, au pluriel, on ne prête qu'aux riches, n'est-ce pas ?

– Et moi, je vais vous coller une balle dans le cœur, pour effraction de nuit chez un brave citoyen.

– Effraction, dites-vous ? La serrure est intacte.

– Dans l'immédiat, oui. Mais lorsque vous m'aurez donné votre arme, je vous tuerai. Ensuite, avec votre Beretta, je tirerai dans la serrure. Un homme, vous, qui pénètre de nuit, par effraction, chez un honnête homme, moi, et qui se fait descendre, n'a que ce qu'il mérite, comme n'importe quel homme marié lambda. L'honnête homme, moi, pas vous, dans ce cas, est en état de légitime défense. Assez joué ! Face au mur, les bras levés, Rottweiler !

Je sais que j'ai connu des situations plus paisibles dans mon existence. Pas le choix, j'obéis.

– Débouclez votre holster et posez-le à vos pieds. Je vous préviens que je tire vite et bien ; vous ne m'aurez pas par surprise.

Je crois que je n'oublierai jamais le bruit mat de mon 9 mm tombant sur la moquette. C'est la première fois que ça m'arrive. Mais, en toutes circonstances, je crois qu'il y a toujours une première fois. Là, j'aimerais bien un second épisode.

Il s'approche de moi, me palpe sous toutes les coutures. Je ne joue pas dans un thriller américain et n'ai donc pas de pistolet de secours à l'affût dans une chaussette, ni une navaja planquée dans un étui accroché entre mes épaules. Fin de partie. Je n'attends aucune aide. La caravane de secours n'arrivera pas à temps.

– Comment êtes-vous arrivé jusqu'à moi ?

– Grâce à la voiture utilisée par l'assassin lors du meurtre de Dominique. Le photographe avait filmé la scène avec son Caméscope. Votre belle auto y faisait de la figuration.

– L'imbécile ! Tous pareils, ces nazillons, des débiles. Je lui avais demandé de faire réviser ma Mercedes. J'étais trop pris par mon boulot. Au lieu d'en voler une, lui en a profité pour gagner du temps. Le grain de sable…

– Le nazillon… Vous parlez de Thor, bien sûr ?

– Hé, oui !

– Pourquoi l'utilisiez-vous ?

– Pas facile de trouver des tueurs sur le marché. Vous me voyez passer une petite annonce du genre : « Regard échangé à la station Miromesnil ! Cherche assassin pour travail facile et plus si affinités. Téléphonez au… » ? Non ! J'ai pris ce que j'avais sous la main. Je finançais leur littérature. Un simple investissement. Leurs idées me sont étrangères, mais ça me permettait d'avoir facilement des hommes de main. Ils n'ont que des pois chiches dans la tête mais de gros bras et des couilles énormes. Des castagneurs ! Voilà ce qu'ils sont. C'est parfois très utile dans mon métier. Il arrive que des malfaisants essayent de me faire chanter ; il n'y a plus de morale nulle part et je me dois de défendre les intérêts de mes clients.

– Que faites-vous dans cette affaire ? De la morale, sans doute…

– Il est écrit : « Cherche et tu trouveras ! » L'argent est mon seul but, ma seule religion. Entre Dieu et le fric, pas d'hésitation possible. J'ai longtemps prié le premier pour n'arriver à rien. Avec le second, j'ai pu me payer toutes les idoles de la terre. Suffit d'assez de capital pour en devenir une soi-même ! Sachez, capitaine, que je ne m'occupe que de finances ; un jeu subtil, la finance, pas à la portée de tout le monde. Je jouis lorsque je réalise une belle opération. Dans cette affaire, le moteur, mon moteur, n'est que l'argent, beaucoup d'argent. Mais la tête ne suffit pas toujours. Il faut avoir aussi un bras… pour exécuter.

– Et la belle Carole…

– La ferme ! Assez de discours. Demi-tour !

Je pivote.

– Pourrais-je avoir une cigarette ?

– Celle du condamné ? Pourquoi pas ?

Ma main droite glisse vers la poche de ma veste. Je sors mon paquet de Gitanes.

– Je n'ai pas de feu.

Il rit.

– Forcément, il est à vos pieds. Tenez !

Il me balance un briquet. Je fume.

– Lorsque vous aurez terminé, vous reculerez jusqu'à la porte d'entrée. Je vais vous flinguer là. Le tabac tue, mais ce n'est qu'une hypothèse. Une balle de calibre .45 aussi, mais c'est une certitude.

– La vie, aussi, tue.

– Mais ça, c'est de la philo.

– Dites-moi, Rolland, pourquoi avez-vous tué Loup ?

– Je n'ai tué personne. Je me suis servi d'un débile, Thor. Pour moi, il n'est que l'homme de Cro-Magnon, mon homme à tout faire, mon exécutant. Point.

– Mais Loup, qu'est-ce qu'il vient faire là-dedans ? Pourquoi l'avoir liquidé ? Pourquoi ?

– Vous ne le saurez jamais. Le juge de touche a levé son drapeau. Et c'est moi qui arbitre. Vous êtes hors jeu, l'ami, *out* ! Pigé, monsieur Rottweiler ?

Pour piger, je pige.

– Puisque vous êtes si aimable, je tiens à vous avertir que vous ne vous en sortirez pas. La maison est cernée par mes équipiers.

– Je ne vous crois pas.

– Regardez par la fenêtre.

De nouveau, son rire retentit.

– Oh, Rottweiler, du calme ! Ce coup-là, on ne le fait même plus à la télé dans le polar navet de la semaine. Écrasez votre mégot et avancez d'un pas.

Une voix surgit du couloir ; je suis dans un château hanté. Une voix que je connais, un son capable de vous murmurer des choses douces : *« … J'aime parfois apprivoiser les chiens méchants… »*

Sa silhouette, aux courbes à négocier en dérapages

incontrôlés, surgit de l'obscurité du couloir ; elle avance, vêtue d'une nuisette transparente. Elle est plus excitante que si elle était nue. Je vais avoir une mort agréable, l'œil fixé sur la ligne rose de ses tétons.

Elle n'est pas seule, Carole, elle aussi est armée, et pas seulement de sa beauté. À première vue, c'est un .38 Spécial qu'elle tient en main.

– Laisse tomber, Pierre-Jacques, il dit vrai. Regarde en face. Sous la porte cochère, il y a une nana que je connais. Derrière la camionnette blanche, sur la place, ils sont deux. Tous des flics. Il faut laisser tomber, mon grand. Je t'avais bien dit que tu n'arriverais à rien avec Thor. Un débile reste un débile. Point. File par l'arrière-cour. Je m'occuperai de Rottweiler.

Le Colt toujours pointé vers moi, Rolland recule vers la fenêtre.

Il est blême, maintenant.

– Tu ne crois quand même pas que je vais laisser ce chien profiter de sa victoire ; il ne peut rien prouver contre moi, rien. C'est Thor, le tueur, pas moi.

Ma légitime défense tiendra debout devant les enquêteurs. En arrière, toi aussi.

Son doigt s'est crispé sur la détente.

Le coup de feu a fait éclater le silence.

L'éclair a illuminé la silhouette de Carole.

Pierre-Jacques s'est replié sur lui-même. Il n'a pas lâché son arme. Une tache rouge sombre s'étale sur le bordeaux lumineux de sa robe de chambre. On dirait la lie d'une bouteille de vin qui se viderait sur lui au goutte à goutte.

Je récupère mon holster et enveloppe le Colt de mon tueur dans mon mouchoir.

Carole est debout, transformée en justicière. Au bout de ses doigts, le canon fume encore. Le sein droit de la dame émerge de sa camisole et son aréole semble me dévisager ironiquement.

Elle me tend son arme.

– Prévenez vos copains, capitaine, et n'oubliez pas que je viens de vous sauver la vie.

Avec le .38 qui vient de liquider Pierre-Jacques, je tire dans la vitre pour alerter mes équipiers. Je n'entends plus que les éclats de verre et ma voix.

– Je n'oublie jamais rien, soyez sans crainte. Le nom de Thor et son point de chute ?

Elle se penche vers moi. Je frôle un bouquet fait de tous les parfums terrestres. Est-ce la peur différée de ce que je viens de subir ? La sensualité qu'elle exsude par tous les pores de sa peau ? Ma violence que j'extériorise ainsi ? Je bande. Quelle femme !

C'est un murmure soyeux qui frôle mon oreille et me donne un nom et une adresse près du canal Saint-Martin. Thor s'appelle Lebœuf, Arthur Lebœuf.

Un trépignement sauvage retentit dans l'escalier.

On cogne à la porte.

– Police ! Ouvrez !

Je suis de la police. J'ouvre.

14

Si vous êtes insomniaque, faites œuvre utile, entrez dans la police ! Vous ne fermerez pas l'œil. Encore une nuit blanche en perspective.

Après les formalités d'usage, nous sommes maintenant dans le bureau d'Ambroise Turpin.

Mon témoignage évite à dame Carole de dormir en cellule. Elle restera seulement à la disposition de la justice jusqu'à son inévitable non-lieu.

Rien n'est fini. Thor en liberté, c'est une nouvelle séquence meurtrière qui nous attend.

Cette fois, je patiente jusqu'à l'aube.

Dans la brigade, la fatigue marque les visages. En dehors du Chameau, ils sont tous là, mes équipiers, crevés, tendus, enragés.

Briefing.

– Thor se planque près de la rue Eugène-Varlin, à deux pas du canal Saint-Martin. J'ai refusé l'intervention du Raid. Entre Thor et moi, il y a le corps d'un homme envers qui j'ai une dette. De plus, vous connaissez tous son bilan. Êtes-vous partant pour le dernier acte ?

Le jour se lève.

Petit déjeuner succinct dans un troquet ouvre-tôt de la rue Juliette-Dodu. Le comptoir bourdonne, c'est l'heure de la relève à l'hôpital Saint-Louis proche.

Ça fume, jacasse, s'embrasse, se salue.

L'équipe forme un petit groupe compact à l'écart des infirmières et des aides-soignantes qui vont prendre leur service.

Je regarde ma montre. Le moment est venu.

Inutile et dangereux d'arriver groupés. À tour de rôle, chacun traverse le pont sur le canal. L'eau verte clignote dans le petit matin. Ce n'est pas le moment de devenir poète.

Rapide visite des lieux par la Marmotte. Il n'y a pas de gardien. Thor loge dans une vieille baraque, de plain-pied dans la cour. Pas question de donner l'assaut. Il va nous tirer comme des lapins.

Reste la technique de la planque, mais ça risque de durer longtemps. Sans parler du danger de voir des pékins ramasser des balles perdues.

Une idée me vient en voyant un camion d'éboueurs se pointer le long du canal.

J'aborde le conducteur, exhibe ma carte.

– Allez, mon gars, range ton bahut et descends !

– Mais je n'ai rien fait !

– Je le sais. J'ai besoin de ta charrette.

– Ça va pas, la tête ? Et mon chef, qu'est-ce qu'il va dire ?

– Il te fera avoir une médaille pour avoir arrêté un terroriste.

Le driver est un Nord-Africain d'une quarantaine d'années.

– Oh, papa ! Je comprends mais j'suis pas flic, moi. Je me contente de ramasser toutes les merdes de la ville. Si tu veux mon camion, faudra que tu me passes les menottes ou que tu m'envoies au bistrot avec mes deux potes qui sont à l'arrière. Force majeure ! J'obéis ! Pigé, mec ?

– OK. Ça ne sera pas long. Appelle tes aides.

Il lance un petit cri.

Les auxiliaires se pointent. Deux Blacks longilignes, gantés, tout de vert vêtus.

Mon conducteur leur explique la situation.

L'un des gars interroge.

– D'accord, c'est les keufs, on n'a pas le choix et j'ai pas envie de retourner à Ouagadougou. Mais on va encore finir à pas d'heure avec un truc pareil.

J'interviens.

– Ça suffit. Exécution ou j'appelle police secours et on vous embarque tous. Toi, le caïd, prends un de tes potes et allez au tabac qui est là. Tu bois ce que tu veux, c'est sur mon compte, et surtout fermez-la. L'autre, tu restes dans la cabine, tu te fous à poil et tu me passes tes fringues. Tu es, à peu de chose près, de la même taille que moi.

– Mais…

Je sors mon pistolet, fais signe au Pottock, en planque dans une porte cochère.

– Aide-le. Fais vite, l'heure tourne.

Je me change à même la rue. Le coin est désert. Aucune femme ne me saute dessus. Mon paquet de vêtements file sur le siège vide près du nouveau conducteur en caleçon et tee-shirt.

– Range bien le bahut, je ne veux pas d'embouteillage et de klaxons. Ciao ! Attends ! Passe-moi ton tarbouche.

Il me tend un couvre-chef dont il est impossible de deviner la couleur originale et dont le gland a disparu.

Je place mes gars.

– OK. J'y vais.

Je m'empare d'une poubelle et la vide dans le corridor du petit immeuble, au déboulé dans la courette. Odeur indéfinissable d'ordures ménagères. Ça sent l'aigre, le pourri, la crasse, le vomi.

Le ciment, maintenant, entre les deux constructions.

J'ai glissé mon arme dans ma ceinture à hauteur des reins. Une balle est engagée, cran de sûreté relevé.

Un mètre. Deux. Plus d'angoisse, c'est l'heure de l'action. J'avance en hurlant.

– Oh, quel est le dégueulasse qui a vidé la poubelle ?

Je balance un grand coup de pied dans le récipient.

Derrière une vitre du rez-de-chaussée, un rideau s'est écarté légèrement.

De nouveau, je pousse ma gueulante.

– Non, mais, dans quel pays on vit pour qu'on balance les ordures dans la cour ? Vous êtes déjà bourrés à c't'heure, tas de pourris ?

Une porte pivote dans le bâtiment de la cour, s'entrouvre à peine. Je suis penché sur le tas d'immondices et je gueule.

L'autre fait un pas.

– Ferme-la, toi ! Tu m'empêches de dormir. Ramasse tes saloperies et tire-toi.

– Viens m'aider plutôt.

– T'es dingue, mec ! J'suis pas payé pour ça.

Il fait un mouvement dans ma direction.

– Tu devrais, pourtant. Tu t'y connais, en saletés. Les mains en l'air, Thor. La baraque est cernée.

Mon arme braquée n'a pas besoin d'explications supplémentaires.

Il m'a eu par surprise. En fait, non, je le veux vivant et je n'ai pas tiré.

Son pied m'a cueilli sous le menton, un coup de

karaté. J'ai basculé en arrière. Le ciel, le toit de la baraque, les fenêtres ont eu soudain un aspect bizarre. Je suis couché sur le dos et mon index a réagi en automate. Une fois, deux, j'ai pressé la détente. En écho, j'ai eu droit au bruit, en cascade, de carreaux de fenêtres qui explosaient.

Je me suis retrouvé assis dos au mur. Un tir groupé de mes équipiers sur la planque de Thor m'a permis de me replier vers le couloir.

Armistice.

La Marmotte avance, masse énorme plaquée contre le mur de l'entrée.

– Lève les mains, Thor, tu ne peux pas t'en sortir.

Réponse en forme de jets orangés. C'est un engin de gros calibre pour faire un boucan pareil et laisser des points d'impact aussi importants sur le mur.

Sur mon portable, j'informe Turpin de la situation et demande des renforts. J'ai présumé de mes forces devant un furieux pareil.

Silence. Les cris de frayeur des locataires se sont tus. Impala a fait sortir tous les habitants de l'immeuble ; ils s'égaillent dans la rue, s'arrêtent dans l'espoir suprême d'être encore là lorsque la télé arrivera.

Les armes se taisent. Round d'observation.

Une sirène retentit, puis une autre.

Turpin, en personne, s'est dérangé.

– Ambroise, laisse-le-moi, je le veux vivant.

– Je comprends mais je ne peux pas exposer la vie de mes gars pour un tueur furieux.

Sommations.

Une fois, deux, trois…

La première grenade lacrymogène est partie.

Réponse : au coup par coup, une mitraillette pose des pétales blancs sur les briques éclatées.

Deuxième grenade.

La porte de Thor s'ouvre d'un mouvement ; le visage couvert d'éclats de plâtre, il sort dans une ruée frontale précédée d'un tir en rafales.

Toute la rage que j'accumule depuis la mort de Loup, toutes mes humiliations lointaines ou proches remontent à la surface. Je me lève, fonce vers les jets de flammes en fusion au bout des mains de Thor.

Un chargeur de Beretta contient quinze balles parabellum. J'en ai déjà tiré deux. Thor braque sa Thomson dans ma direction. L'autopsie a prouvé que sur les treize cartouches qui me restaient, il en a pris six en pleine tête. Les sept autres, groupées, ont tracé un dessin inachevé à la hauteur de son cœur. Il paraît que même ces gens-là en ont un.

Je ne suis pas trop mauvais au tir à la cible. Mais ça, je le savais depuis longtemps.

Baisse de pression après l'action. Nous sommes tous crevés.

Des cris nous arrivent de la rue : mes éboueurs s'accrochent avec les flics en uniforme. Je les avais oubliés.

Explications. Les gars ne demandent que deux choses. Que je rende le costume appartenant au service de nettoyage de la ville et que je paye les consommations du bistrot.

Je récupère mes fringues et leur rembourse la bouteille de beaujolais qu'ils se sont offerte.

L'un des gars revient sur ses pas, se précipite vers moi.

– Oh, m'sieu le keuf ! Mon tarbouche, dis ! Il me vient de mon père.

Impossible de retenir un sourire. Je lui rends sa relique que j'avais gardée sur le crâne.

Pause.

Je laisse Turpin prendre le relais.

La Ménagerie tout entière s'offre un break d'une journée.

Quinze heures de sommeil d'affilée me suffisent. J'ai récupéré.

J'appelle Astrid. Les Basques m'expliquent qu'elle est passée en Espagne à Saint-Sébastien. Guidée par un certain Bitxente, elle visite un élevage de *toros* de combat. Ça fait deux jours qu'elle ne répond plus aux SMS de ses amis. Cette fille-là va devenir un monument de la culture européenne. Après Shakespeare, elle affronte Cervantès. À suivre…

15

L'enquête reprend maintenant pour des broutilles. L'affaire touche à sa fin. Le tueur et son commanditaire sont définitivement sur la touche : dans des placards réfrigérés à l'Institut médico-légal. L'origine de leur mort ne fait aucun doute pour moi. J'étais présent dans les deux cas.

La routine refait surface. Perquisitions poussées chez Rolland et Thor. Il détenait un arsenal, ce furieux. Personne n'a mis la main sur le .45 qui a tué Loup.

C'est la brigade financière qui va éplucher la paperasse du conseiller en finances. En voyant embarquer des caisses de papiers et une batterie de trois ordinateurs, je leur souhaite mentalement bonne chance.

Il ne m'était jamais arrivé de voir des éclairs dans un ciel calme. Ce jour-là, c'est la foudre qui m'arrive en pleine tête. Une simple note sur mon ordinateur : L'Identité judiciaire m'envoie le relevé des condamnations de Thor.

Ses empreintes digitales ont parlé, longuement. Il possédait un casier bien rempli, mon Aryen pur jus. Au supermarché des condamnations, le tueur a fait le plein. Ça va d'un dépucelage d'un mois pour vol à l'étalage à cinq ans pour coups et blessures. La fiche m'indique aussi son identité. Monsieur Thor, le dieu du tonnerre nordique, s'appelle simplement Édouard Ferguson, né à Eu, en Normandie. Le nom de Lebœuf correspond à une carte d'identité volée et falsifiée.

Moralement, je ne tourne pas rond. J'en ai vu des affaires réglées, archivées et oubliées. La mort de Thor et de Rolland clôture notre action mais elle me laisse un sentiment d'inachevé. Justice n'est pas faite. J'ignore toujours la cause de ces morts à la chaîne. Il ne s'agit pas là d'un tueur à l'américaine ou de cette forme d'enquêtes qui enchante les médias et permet aux cinéastes hollywoodiens de refaire vingt fois le même film. Je ne travaille pas pour la télé. Ni même pour mon administration depuis que je me suis trouvé impliqué physiquement par ma relation filiale avec Fresnel. La loi de l'État ? Oui ! Mais aussi la mienne.

Il me reste un seul fil pour essayer de retrouver la piste : Carole.

Pour la déesse des call-girls, les choses sont un peu différentes.

Elle va devoir fournir des explications qui seront forcément mensongères. Si elle parle, elle devra reconnaître qu'elle savait beaucoup de choses et se retrouvera inculpée de complicité de meurtres.

Il m'importe peu qu'elle soit bouclée. La plus grande prison du monde, à ciel ouvert, n'est autre que l'espace de liberté dans lequel se baladent des masses d'assassins et de truands en tout genre contre lesquels on ne peut rien prouver. Donc, que Carole continue de vivre sa vie entre deux matelas ne me gêne pas en soi. Ce que je veux, c'est comprendre pourquoi Loup est mort et, si je la charge, je n'en saurai jamais rien. Je vais donc m'en occuper. Façon de parler, c'est la seule chose qu'il me faut éviter de faire. Elle n'attend que ça et je ne crois pas que ce soit uniquement pour me dresser par la douceur.

Reste aussi la paperasse de Loup.

Je m'y mettrai avec le Chameau qui est maintenant en état de me filer un coup de main.

Soirée paisible.

Machinalement, j'ai quand même fait le tour de mon jardinet et vérifié les fermetures.

J'essaye de joindre Astrid. Introuvable à Saint-Jean-de-Luz, introuvable à l'adresse que l'on m'indique, en Espagne, un hôtel de Ronda, patrie des corridas. Une ville que je connais, une cité étrange suspendue sur ses ravins. Moi aussi, j'ai l'impression d'être à moitié accroché à une paroi qui donne sur un gouffre.

Mon CRS en main, j'allume la télé. Zapping. Du néant, encore du néant, toujours du néant et... on sonne à la porte.

L'image du vide disparaît de l'écran mort. J'enfile mes mocassins, m'empare de mon Beretta, me dirige vers l'entrée.

– Oui ?

Un silence.

– Bonsoir, le Chien, c'est moi, Carole.

Une lumière rouge s'allume dans ma tête. Mon signal d'alarme forgé par des années de routine policière. Mon instinct me dit de la renvoyer à son Kâma Sûtra personnel. Mais je ne suis, ce soir, qu'un humain solitaire et mélancolique soudain en rupture d'action, pas un robot. Je me souviens du parfum de Carole lorsqu'elle a abattu Pierre-Jacques Rolland. Réaction behaviouriste : mon corps a de la mémoire... et réagit.

– Vous êtes seule ?

Son rire me parvient de l'extérieur.

– C'est quoi chez vous, capitaine ? Un club échangiste ? Voulez-vous que je revienne avec une ou deux de mes protégées ?

Mon arme au poing me rassure lorsque je déverrouille la porte.

OK. Elle est seule.

Je m'efface pour lui laisser le passage.

J'oublie son visage, j'oublie son tailleur siglé haute couture sous l'imper doublé de vison, j'oublie le regard qui me dénude en une seconde pour ne percevoir que cette flambée d'odeurs, cette sensualité condensée qui émane d'elle.

Du menton, je lui désigne un siège. Sans hésiter, elle s'installe sur le canapé où elle s'affale comme une rose que l'on vient de couper.

C'est moi qui prends le fauteuil.

– Qu'est-ce qui me vaut l'honneur… Un instant… Un verre vous tente ? J'ai du rhum ou alors ceci…

Je lui tends mon verre à humer.

Elle se penche, inhale l'arôme de mon CRS, hoche la tête.

Je lui prépare sa boisson, la lui tends. Elle lève le bras.

– *Salud !* À vos amours, le Chien.

– Aux vôtres.

Nous dégustons nos alcools. Je ne dis rien. Sans jeu de mots, la balle est dans son camp. Je ne suis pas demandeur, même si sa présence m'excite fortement.

Sa main, aux ongles rouge vif, me tend sa coupe vide.

Sans un mot, je lui ressers une dose de mon poison préféré.

D'un geste du doigt, elle m'invite à m'asseoir près d'elle.

J'obéis. Je sens que le dressage marche.

Sa main frôle la mienne, se pose sur ma cuisse, reste immobile.

– Capitaine, vous vous demandez ce que je fais chez vous, non ?

Se taire, dans ce cas, c'est comme la fuite en amour, la seule victoire possible.

– Bon, vous n'êtes pas curieux, pour un flic. Rappelez-vous que je vous ai sauvé la vie. J'ai pensé que vous gagneriez à être connu.

– Au sens biblique du terme ?

– Dans ce sens-là aussi. J'ai eu une longue liaison avec Pierre-Jacques mais il voulait m'impliquer dans ses affaires. Je suis une courtisane, capitaine, une vraie, d'instinct, pas une femme d'affaires. Je gagne beaucoup d'argent dans mon métier, mais je ne sais pas le gérer ; c'est ainsi que nous nous sommes trouvés.

– Elles consistaient en quoi, ses affaires ?

– Le monde est divisé en deux. Ceux qui travaillent et payent des impôts et ceux qui font travailler et qui n'en payent pas. Certains métiers rapportent beaucoup, beaucoup de fric, des montagnes de fric, la guerre, la dope, le pétrole, le jeu, la contrebande, la corruption, et le cul, bien entendu. J'en oublie, forcément. Tout ce qu'on appelle l'argent sale vient de ces combines. Il faut du monde pour gérer ça. Disons que P.-J. était un de ces gérants. Mais il suffit, capitaine ! Je suis venue baiser avec vous, Rottweiler, et pas vous faire un cours sur les trafics clandestins de la planète, sur l'oseille comme carburant et le profit comme comburant ou vice-versa. Vous pigez la nuance ?

Pour piger, je pige… Sa main est devenue mobile et se balade de ma nuque à mes genoux.

Je me dégage. Elle m'offre un sourire pincé.

– Quelle était l'activité exacte de Pierre-Jacques ?

– Le blanchiment. À grande échelle. Dans certains pays, on l'appelait la Lessiveuse.

– Pourquoi l'avez-vous tué ?

– Mais pour vous défendre, Rottweiler. Et, pour être franche, j'avais vu vos copains planqués dans la rue. Il était fini, Pierre-Jacques, en dehors du coup. Je vous ai sauvé, et me suis ainsi refait une virginité.

Elle rit.

– Le terme est excessif, le Chien. Plus simplement, je me suis refait une santé.

– En quoi consistaient les séances de photos de Pierre-Jacques ?

– Oh, rien de méchant, la petite bourgeoise de province se défoule parfois, et comme le siècle est permissif, elle essaye le porno entre copains.

– Dans les cimetières ? Une petite messe noire de temps en temps ? Avec Thor dans le rôle du spectre ? C'est plus excitant, non ?

– Les hivers sont longs au bord de la mer.

– Elles se passaient où, ces sauteries ?

– Il m'a parlé d'un bled en Normandie.

– Où ? Je veux un lieu.

– Je n'ai pas la mémoire des noms. Des prénoms non plus, d'ailleurs ; pour moi, tous les hommes ont le même blaze : « Chéri ! » Ils sont ravis qu'on les appelle ainsi. Ils courent tous après leur enfance et rêvent d'une femme-maman-amante et pute. Je les comble, ces gentlemen.

Elle me mène en bateau.

– Qui est l'Indien ?

– Je ne sais pas.

– Lebœuf s'appelait Ferguson. Vous le saviez ?

Elle se redresse.

– Première nouvelle.

– Qui est Ferguson ?

– Vous êtes vraiment têtu, hein ? Je ne sais pas qui est cet oiseau. J'aime l'amour, j'en vis. Bien. Le reste est une activité de mecs qui ne me concerne pas.

– Toute l'affaire semble tourner autour de la Normandie. Thor est né dans la ville d'Eu. Son père et lui étaient photographes au même endroit. Quelle est la falaise qui apparaît dans les meurtres, celui de mon patron et des autres ?

– Je ne sais pas ou alors, voyez, dans le coin, l'Aiguille d'Étretat est idéale pour un polar. Mais je crois que d'autres y ont déjà pensé…

Elle s'est penchée en avant. D'un doigt, elle a fait sauter le premier bouton de son corsage.

– Allez, viens !

Je ne suis pas venu. C'est elle qui m'a basculé en arrière.

Tempête. Nous avons fini sur la moquette.

Ce serait mentir que d'affirmer que je n'ai pas aimé ça.

Est-ce dû à mon état nerveux, aux dangers courus ces derniers jours, à l'absence d'Astrid ? Le fait est que nous avons bissé, trissé en improvisant à chaque fois sur une partition originale. Je n'ai pas eu la révélation de l'amour moldave mais j'ai découvert le « Tiercé belge + ». Rien à dire, le talent se loge parfois dans de drôles de coins !

Il était quatre heures lorsque je l'ai raccompagnée à sa voiture. J'ai attendu jusqu'à la disparition des feux de sa BM.

Malgré la fraîcheur de la nuit, je suis resté un long moment immobile.

Mon corps est apaisé mais, à l'intérieur de ma tête, la lumière rouge ne s'éteint toujours pas. J'ai fait une chose impardonnable pour un flic : j'ai couché avec un témoin de première grandeur. Même si c'est dans l'intérêt de l'enquête, notre petite sauterie n'est qu'une faute vénielle si je la compare avec le fait de couvrir une meurtrière dans l'élimination de Pierre-Jacques. Quant à l'amour… Je me suis révélé être un bon dresseur. Ou alors…

16

Surmenage. Je n'ai eu aucune difficulté à obtenir un congé de courte durée.

L'acharnement et la fidélité sont les premières qualités des chiens rottweilers. La fidélité envers leurs maîtres, pas à l'égard de leurs maîtresses.

Si Astrid savait... Ma loyauté envers Loup reste inébranlable. Quant à la ténacité... Quoi qu'il puisse m'en coûter, je saurai ce qui lui est arrivé.

Mon Ariane se nomme Carole.

Je l'appelle à son lieu de travail. Normal pour une call-girl ! Ce genre de filles ne se siffle pas.

– Si tu disposes de ton temps demain, je t'emmène à la campagne.

– Pas d'objection.

– Je passerai te prendre avec ma voiture enfin réparée.

Son nid personnel se situe dans le hameau Boileau.

Je croyais tomber dans un boudoir. Non, j'atterris seulement dans une des rares villas encore debout à Auteuil et découvre un petit bâtiment d'un seul étage donnant sur un jardin. L'agencement intérieur se révèle fonctionnel. En dehors d'un divan « profond comme un tombeau », je pourrais me croire dans un bureau. Les murs sont décorés d'affiches de films qui connurent autrefois leur heure de gloire : *Les enfants du paradis*, *La grande illusion*, j'en passe.

Carole me regarde en souriant.

– Oui, j'adore le cinoche. Pas toi ? Bonne idée de m'emmener faire un tour.

– Où veux-tu aller ? L'ouest te convient ?

– Tu joues dans un western ?

– Forcément, puisque je suis le shérif !

Grand rire.

– OK, et moi je serai Sally, la fille du juge Owen, la malheureuse qui a mal tourné parce qu'elle s'est vendue pour une pépite d'or à Boum-Boum-City. Tu veux savoir comment ?

J'ai su… La plaque du bureau, en chêne cérusé, a servi de sommier.

Générique de fin !

Autoroute de l'Ouest. Nous roulons sur les bords de la Seine.

Le restaurant, étoilé, de la nouvelle cuisine qui a eu le temps de vieillir depuis qu'elle a été rebaptisée ainsi, est au ras des vaguelcttes. Le fleuve paisible chuchote, clapote et clignote de ses mille reflets.

La fille, à mes côtés, attire tous les regards. Je les entends bander dans leur tête, tous ces gars aux regards avides plaqués sur elle.

J'opte pour un volnay, un bourgogne qui déclenche des chansons douces dans mon crâne. Je nage entre deux eaux : un bonheur primaire à fleur de peau et une angoisse enfoncée dans mes tripes comme un poignard moucheté. Ça gêne, mais ça ne fait pas mal. Pas encore.

Excellent déjeuner. Des chinoiseries associées aux ressources normandes, lyonnaises ou kazakhs. Bref, on ne sait plus ce qu'on déguste mais c'est bon. Rien d'anormal pour le chef taïwanais qui vient nous saluer après le repas. Je me suis toujours demandé si c'était par courtoisie ou s'il s'assurait que ses clients avaient survécu.

Deuxième séance ! L'auberge possède aussi quelques chambres. Une seule nous a suffi pour l'après-midi. Remarquable digestif.

Retour. La tête de Carole repose sur mon épaule.

– Tu m'as tuée…

Les mots, murmurés dans un souffle, balancent, dans toute ma carcasse, une nouvelle bouffée de désir.

Je quitte l'autoroute, déboule sur Versailles, me retrouve dans le bois de Chaville. Pas par hasard. Depuis la mort de Loup, la tolérance n'est plus ma tasse de thé. Sans action, je n'arriverai à rien. De nouveau, j'en ai marre et replonge dans l'enfance. Il est temps que les victimes se rebiffent. L'impression d'être floué, la certitude d'être manœuvré me serrent la poitrine.

La voiture arrêtée et planquée derrière les arbres, Carole a brusquement ressuscité. Ce n'est sûrement pas un cadavre que mes mains caressent. L'horizon bascule en même temps que les sièges avant de la voiture. La tour hertzienne est toujours là mais je la vois à l'envers.

Pause cigarettes.

– Regarde, c'est là qu'on a découvert Dominique Toinet.

Un silence long, très long, se substitue soudain aux bruits de la forêt.

Carole me dévisage comme si j'étais un zombie sorti d'un cimetière. Elle écrase son mégot, se précipite sur moi les ongles pointés comme des lames rouge sang.

– Salaud ! Tu ne m'as invitée que pour ça… Pour ta saleté d'enquête ! Pourri de flic ! Et je mime les amoureux… et je joue les Don Juan ! Connard ! Tu n'es pas mal, c'est vrai, mais des hommes comme toi, je peux m'en offrir une demi-douzaine chaque matin à mon petit déjeuner ! Flicard ! Je ne sais rien sur la mort des danseurs ni sur celle de ton copain Loup ! Je ne sais rien, espèce de…

Je l'attrape par les poignets, rabats ses mains vers le volant. Elle hurle, gémit, grince des dents.

Je ne cède pas. Le calme revient.

– Je vais te relâcher, mais je te mets KO si tu recommences.

– Salaud !

– Tu te répètes. Je veux celui qui a descendu Loup, point. Tes histoires de fric ne me concernent pas. Je me moque que tu puisses continuer ton business toute ta vie. Je veux un tueur, Carole, je cherche celui qui a cassé…

Stop ! *No explain, no complain !* dirait Astrid après ses cours accélérés d'anglais. Carole n'a pas à savoir ce que la mort de Loup a fait ressurgir et brisé dans ma vie. Je reprends.

– Tu m'aides à trouver le meurtrier…

– Tu as déjà oublié que c'est par moi que tu es remonté à Thor ?

– Rassure-toi, je ne suis pas amnésique. C'est vrai, tu m'as facilité le travail ! Et je n'ignore pas que tu as agi dans ton propre intérêt. Si tu étais flic, tu saurais que l'assassin n'est pas obligatoirement celui qui appuie sur la détente. C'est comme dans un couple en rupture d'amour. Ce n'est pas celui qui part qui est fatalement le responsable de la séparation. Thor n'a été qu'un misérable petit exécutant. Je veux la tête, pas le bras.

– Rolland ! C’était lui qui manigançait tout.

– Si c’était vrai, tu ne l’aurais pas descendu.

– Mais, imbécile, c’était pour te sauver.

– Bénéfice secondaire, dirait un analyste. Tu as fait d’une pierre deux coups.

– Me parle pas de ces mecs, j’en ai un parmi mes clients, si tu savais ce qu’il demande…

– La ferme, Carole. Ne sors pas du sujet. Tu as tué Rolland pour l’empêcher de parler. Je reconnais qu’en le flinguant, tu m’as sauvé la vie. Et j’en tiens compte, sinon tu serais déjà bouclée à Fleury-Mérogis. En me donnant Thor, tu n’ignorais pas, connaissant ce furieux, que même si je le voulais vivant, il ne s’en sortirait pas. Tu n’as fait qu’effacer les témoins devenus acteurs. De quoi ? De quelle tragédie ? On reprend à zéro. Domi est mort là, derrière cet arbre. Pour quelle raison a-t-il été descendu ? Toi, tu le sais et tu vas me le dire.

– Compte là-dessus, mon poulet adoré, compte là-dessus. Tu vas compter longtemps. Un… deux… trois… dix mille…

Je sors les menottes que j’ai sur moi. Elle n’a pas eu le temps d’esquisser un geste de défense.

Les yeux exorbités par la fureur, une main attachée par les bracelets au volant de la voiture, Madame Carole hurle. Oh lala ! La fidèle amie des diplomates, la dame bien sous tous rapports me sort un répertoire d’injures et d’insultes comme j’en ai rarement entendu et ce en russe, en allemand, en arabe. J’ai été incapable d’identifier les autres langues employées.

– Tais-toi ! Si tu ameutes les foules, je te fais boucler pour meurtre.

J’allume deux cigarettes et lui en plante une entre les lèvres.

Seuls le bruit du vol et le cri d'un corbeau brisent la paix sécrétée par la forêt automnale.

– Pour la dernière fois, voici le deal. Tu passes vingt ans à l'ombre ou tu m'aides. Tu n'as que l'embarras du choix.

– Tu n'es qu'un…

Je ne me laisse pas interrompre et j'enchaîne.

– Calcule l'âge que tu auras en sortant, sans remise de peine possible avec le dossier que je vais te mitonner. Et, comme cerise sur le gâteau, la tentative de meurtre sur le Chameau. Un des mes hommes, un flic !

– J'ai des relations ! Les hommes importants que j'ai connus m'aideront. Tu vas voir ça !

– Pas cette fois, trésor, pas cette fois. La grâce, ta beauté, l'élégance, les fantaisies au lit et la considération du corps diplomatique, tu peux commencer à les oublier. Ces messieurs ont déjà fait leur deuil de la ravissante Carole. Regarde-les ! Ils ont dépassé la ligne d'horizon. Mais toi, tu vas voir ! Et c'est ton corps que tu verras. Sans assistance de personne. Fané, fripé, la peau jaune, les seins en fuite, un pneu de mauvaise graisse autour des hanches, tavelé de taches, avec des varices naissantes sur tes ravissantes jambes, car je ne connais aucune geôle possédant un centre de fitness, un Spa ou toute autre invention de ce genre pour rester belle à perpétuité, jusqu'à ce que mort s'ensuive. La mort, la tienne…

Je fume. J'enfonce le clou.

– Vingt ans ! Voilà ce qui t'attend. Sept mille trois cents jours, sans compter les années bissextiles. Les murs de ta cellule ne suffiront pas pour les marquer. Quatre traits verticaux et un trait oblique pour indiquer que cinq longues journées viennent de s'écouler, c'est le calendrier de tous les taulards de la planète. Quatre traits verticaux et un trait oblique égale cinq ! *Hamsa !* Qu'ils disent les Arabes, *Hamsa* ! Cinq ! Paraît que ça porte bonheur ! Bonne chance, Carole !

Ses yeux tirent une nouvelle rafale. Moralement, elle m'achève d'une insulte : « Ordure ! »

J'enchaîne.

– La prison, c'est comme la guerre, les années passées en cellule comptent double. Mais si tu m'aides, si tu t'aides… tu t'en sortiras, prête pour une nouvelle carrière. À toi, les émirs, les rois de la pub et de l'informatique, les as du sport spectacle, les blablateurs du petit écran, les fortunes faites avec un pied, une raquette ou un beau cul ! Bref, le monde entier et les médias à tes genoux. Tu finiras riche, honorée, mariée peut-être, dame patronnesse certainement, luttant contre le sida, la faim dans le monde, pour le droit des femmes esclaves à disposer d'elles-mêmes, bref… une pute, une tiers-mondaine, voire une sainte. Ou presque.

– Qu'est-ce qui me prouve que tu dis vrai et que tu m'aideras ?

– Tu connais les hommes, darling ? Tu sais bien que seuls les salauds de mon espèce tiennent, parfois, parole.

– Parfois ?

– Hélas ! Le risque zéro n'existe pas. Mais tu n'as pas le choix. Qui a tué Loup ?

– Rolland.

Je sors mon portable, compose le numéro du Groupe d'enquêtes.

Carole se tord sur son siège. La menotte accrochée au volant ne cédera pas.

– La Marmotte ? Oui, ça va. As-tu une voiture pour venir embarquer…

La main libre de ma voisine se pend à mon bras.

– Raccroche !

– OK, la Marmotte, laisse tomber. C'était peut-être prématuré.

Elle souffle comme un animal qui va charger.

– Qu'est-ce que tu veux savoir ?

– Tout. Mais d'abord, le lien entre les victimes.

– Allume-moi une cigarette.

Nous fumons tous les deux. On dirait deux vieux amants s'offrant une plage de détente entre deux étreintes.

Le temps s'étire. Je sais qu'elle est à point.

C'est elle qui casse le silence.

– Connais-tu cette comptine, *La chanson de saint Nicolas* ?

La fumée fuse de ses narines.

Elle chantonne. Faux.

Ils étaient trois petits enfants
Qui s'en allaient glaner aux champs !

– Cesse de te foutre de moi, Carole.

– Tais-toi, flic ignare ! Que tu me croies ou pas n'a plus d'importance, je n'ai jamais tué personne. Quant aux trois petits enfants... Eux ne glanaient pas, ils glandaient. C'était plus enrichissant à leur âge. Domi, Claudio et Bobby étaient des copains de classe.

Ses yeux regardent au loin, le même regard chez tous ceux qui fixent un horizon marin.

– Mes copains d'enfance... Trois gamins inséparables faisant les quatre cents coups de tous les mômes de leur âge. J'étais la seule fille de la bande, un peu plus jeune, mais ils m'avaient acceptée. Je faisais le guet lorsqu'ils chapardaient ou exploraient, sur la côte, les villas vides en hiver.

– Où ?

– En Normandie, près de Dieppe. Ils étaient les Mousquetaires, j'incarnais leur Milady. Il m'a fallu payer un droit d'entrée pour faire partie de la bande. Il fallait que je me montre nue à chacune de nos rencontres dans la cache que nous avions découverte. J'avais neuf ans. Et j'aimais ça ! Mais oui, flicard ! J'aimais ça, voir leurs yeux briller lorsque je relevais ma robe. Ce n'était que des mômes, mais je retrouve toujours cette émotion devant les mecs ! Tous !

– Et Marine ?

Elle marque un temps.

– Tu es remonté jusqu'à Marine ? Chapeau, poulet ! Marine était la femme de Loup, ton fameux Loup, qui est la cause de tout ce merdier.

L'écho de ma voix a résonné dans ma tête, je me suis entendu répéter à voix très basse : « Marine était la femme de Loup… »

Quelque chose a frémi en moi. La terreur sans fin ressentie par l'enfant que j'étais, la plongée dans un insondable abîme effectuée par le gamin, abandonné de nouveau, lorsque Marthe m'a annoncé que Karl et Gwénaëlle s'étaient noyés au large du cap Fréhel.

J'avais trois ans. Comme chacun sait, à cet âge-là, un mouflet ne comprend rien. Excepté un certain Malo. Lui avait tout pigé à cet instant, tout. Jamais il n'avait ouvert un dico au mot « solitude ». Il ignorait encore l'alphabet mais n'avait plus rien à attendre de personne : il était seul au monde.

Ainsi Loup était marié…

Il m'avait caché qu'il avait une famille en dehors de moi. Je me croyais unique… le fils prodigue ! Alors, qu'une fois encore, j'étais en surnombre.

Un goût de bile me vient aux lèvres. Je ne suis plus que Malo, un orphelin de trois ans. Halte ! Le Chien ! Pas d'auto-attendrissement. Loup n'avait pas de comptes à te rendre.

Le murmure de Carole me ramène au présent.

– Tu sais, Malo, dans la vie chacun court vers un rêve inaccessible pour ne trouver, le plus souvent, qu'un cauchemar. Le mien a été doré sur tranches et payé rubis sur l'ongle, cher, très cher. Je suis une pute, rien d'autre. Mon malheur a été Robert. Il m'a tout appris, tout pourri. Je viens d'une famille banale. Mon père était verrier à Mers, ma mère travaillait à la poste. Français moyens, tout ce qu'il y a de moyens ! Je peux jurer, puisque le bonheur n'existe pas, que nous ignorions le malheur. C'est ça, être heureux… La banalité a parfois quelque chose d'enrichissant. Tu es enfermé dedans, mais tu peux t'en échapper. Pas dans la perversion… Il faut toujours aller au-delà ! Un jour, tu croises un Bobby, une autre fois, un Pierre-Jacques… Tes copains d'enfance… Mais ils ont grandi et… tout bascule. Allume-moi une cigarette.

Je lui passe la dernière.

– Détache-moi.

J'ai libéré sa main. Elle me dévisage entre les volutes de fumée.

– Avec un gars comme toi, je finissais dans un F4, avec deux marmots, un nain de jardin, un gros chien et un livret de caisse d'épargne. Tu n'as pas remarqué que ce sont les gens modestes qui possèdent les plus gros chiens ? Le seul que j'ai rencontré, c'est toi ; hélas trop tard. Depuis que je te connais, je me demande ce que cela aurait donné… nous deux ! Avec Robert, tout a dérivé. C'était un malade. Crois-moi, j'ai appris à les reconnaître, les gars de son espèce. Mais il vaut mieux partir du commencement. Tout a démarré avec l'Indien, le 19 août 1942. C'était la guerre. Nous n'étions même pas nés que notre tragédie se nouait dans les limbes où nous errions. C'est ça, le destin. Un truc infernal qui se fabrique à ton insu et te tombe sur la gueule alors que tu…

La détonation a couvert sa phrase. La vitre de la portière droite a explosé. Un gros éclat de verre a traversé la manche de ma veste. Mon bras saigne. Je m'en moque.

Carole a poussé un soupir et s'est écroulée sur le volant.

J'ai bondi de mon côté. Accroupi dans l'angle mort, aveuglé, j'ai attendu. Plus rien. Seulement, de nouveau, le cri du corbeau et un moteur de moto démarrant plein pot.

Lorsque je suis arrivé à la route, la bécane virait devant la tour hertzienne.

Retour au galop vers la voiture. Je me suis penché sur Carole, essayé de trouver son pouls, qui finissait de s'essouffler lui aussi. Le trou rouge dans la tempe ne laisse aucun espoir.

Téléphone. Le bazar habituel. Autopsie. Labo. La balle qui a liquidé Carole vient d'un .45. C'est la même arme qui a effacé Loup et Robert Croissel.

17

Ils étaient trois petits enfants
Qui s'en allaient glaner aux champs.

Tant sont allés, tant sont venus,
Que sur le soir se sont perdus...

Pour sûr, dit-elle, qu'ils ont de l'argent.
Nous en serons riches d'autant !...

Ils étaient trois petits enfants
Qui s'en allaient glaner aux champs.

Chanson de saint Nicolas

La maison... enfin !

Je balance ma veste, à la manche déchirée par les morceaux de verre projetés sur moi lors du meurtre de Carole ; mes chaussures volent à travers la pièce, suivies de mon linge. Je désinfecte la coupure dans mon bras. Un bobo.

Longue douche brûlante. Toujours nu, je m'installe devant ma bouteille de framboise renouvelée.

Téléphone. J'écoute sans répondre. C'est Astrid, pétulante et tonique. Je laisse tourner la machine. Pas envie de parler.

Je me sens coupable comme si j'étais celui qui tenait l'arme qui a liquidé Carole. En fait, c'est vrai, j'ai déclenché le tir même si ce n'est pas ma main qui a appuyé sur la détente. Cette fille n'existait pas pour moi. Juste un témoin dans une enquête qui me concerne à cause de la mort de Loup. Notre histoire au lit ? Un bon, un très bon moment. Point barre. Non, il se passait autre chose entre elle et moi. Une relation tordue entre deux tordus. OK ! Et alors ? Je suis flic, j'enquête sur la disparition du seul homme qui m'ait empêché de basculer dans la connerie et je me sens responsable d'une bonne femme en prise directe avec la mort de mon père ? Oh, le Chien, reprends-toi ! La seule façon d'en sortir maintenant consiste à aller jusqu'au bout.

Un verre de framboise. Deux. On dirait une gomme antidéprime. À la troisième dégustation, je me suis assoupi et j'ai dormi jusqu'au petit matin.

Il faut toujours se réveiller, hélas. En compagnie de la Marmotte, du Pottock et d'Impala, je retourne à Auteuil inspecter la baraque de Carole.

Une masse de DVD couvre un rayonnage du salon. Tout le cinéma classique est là, soigneusement rangé et étiqueté. Je n'ignorais pas son goût pour le grand écran, ses mythes et ses fantasmes.

Meuble par meuble, tout est examiné. Le temps n'existe plus. Nous sommes à la recherche d'un fil, d'un simple indice capable de relancer la course au tueur.

Le dressing de l'appartement ne recèle que des vêtements aux griffes connues. Émoustillée, Impala fouille dans les tiroirs à la recherche d'une lingerie inédite. Déception : les sous-vêtements sont en coton standard.

Dans une bibliothèque, placée près du lit de Carole, je mets la main sur un coffret en bois blanc. Un objet rustique hors de mode et hors du temps.

Je l'ouvre sans effort.

Ahuri, je contemple d'abord un hochet, une boule de plastique rose soudée à un manche de bois.

Machinalement, je le secoue, un peu interloqué par le contenu des placards d'une femme qui fut une courtisane, et c'est un euphémisme. Apparaît ensuite un objet parfaitement anachronique lui aussi : un appareil photo antédiluvien, le vieux boîtier qui s'ouvrait en accordéon, un Kodak folding qui date d'avant la guerre.

Suivent un tas de papiers non classés, des lettres d'enfants bourrées de fautes d'orthographe, un livret scolaire, des photos en format 6/9. Une carte illustrée aux crayons de couleur, des vœux pour la fête des mères signés par une gamine du cours moyen première année. « À ma maman chérie ! » Des mots que je n'ai jamais écrits pour personne.

Curieux livret que le carnet d'écolière de la communale de Port-Bréville, en Normandie, de Carole Delroux, ex-épouse de Robert Croissel. Il me révèle une fillette studieuse, sage, très sage, avec un « 10 » de conduite tous les mois et un commentaire élogieux : « Carole fait un bon travail. Il pourrait être encore meilleur si elle était plus assidue ; ce mois-ci a manqué deux fois la classe sans mot d'excuse. » Je la vois assise les bras croisés derrière un pupitre. L'image se mêle à ses jambes, longues, longues…

Je secoue la tête. Écran blanc.

Le fond du petit coffre est uniquement composé de clichés.

Un à un, je découvre les compagnons de jeux et d'étude de la bonne élève. Ils sont quatre, sur papier glacé, à rouler des mécaniques comme tous les petits lorsqu'on les photographie. Trois garçons et une fille. Tous en tenue de bain, pris sur une minuscule plage, au pied d'une falaise. Autre photo. Debout sur un rocher, Carole, aucun doute, c'est bien elle, domine ces têtes enfantines qui ne me sont pas inconnues. Je retourne le carton. Une mention générique me donne le nom du groupe : les Mousquetaires. Une inscription à l'encre pâlie par le temps me confirme que les modèles sont Claudio, Bobby et Domi. Ils sont là, les yeux innocents, le sourire aux lèvres, sans savoir qu'ils vont tous mourir, pratiquement dans le même temps pour une raison que j'ignore.

Cliché... une autre plage, puis une autre. Et, grimpée sur les épaules de Claudio, dernier élément de la pyramide réalisée par Robert et Dominique en soutien, Carole joue à la statue de la Liberté devant une ouverture dans le bas de la falaise.

Très vite, je fais un tri parmi les icônes et ne conserve que celles qui concernent mes clients disparus. Je déniche une enveloppe et range le tout dans ma poche.

Surprise au retour.

Amboise Turpin me demande de venir le voir.

Entre quat'z-yeux, il m'explique que :

« Les autorités... bla-bla, les personnalités qui risquent d'être éclaboussées... re-bla-bla, etc., etc. Bref, tu comprends, Malo, tu es surmené, il vaut mieux que tu prennes un peu de repos ! Ce n'est pas une sanction, tu a fais un boulot remarquable mais, l'intérêt de l'État... re-re-bla-bla, etc. Tu seras sûrement nommé commandant à la prochaine promo... Tu es un vrai flic ! Super-bla-bla ! Mais, en attendant, prends soin de toi. Une bonne quinzaine au grand air, je ne connais rien de mieux pour rendre les choses acceptables par les huiles. Le divisionnaire aussi, te le conseille vivement ! » Fermez le ban et le bla-bla !...

Je déjeune avec le Chameau.

Sans la canne, dont il se sert comme appui, personne

ne soupçonnerait qu'il a failli laisser une jambe sur le terrain.

La commande passée, mon équipier n'a plus ouvert la bouche.

Il connaît toute l'affaire et n'ignore pas que je viens d'être dessaisi de l'enquête depuis la mort de Carole. Une des reines de la nuit parisienne assassinée près d'un flic, ça la fiche mal. Surtout lorsque l'autopsie prouve qu'elle a eu des rapports sexuels quelques instants avant sa mort. Avec le même flic, forcément le même !

Le Chameau vide son verre de brouilly.

– Tu vas partir quelques jours ?

– Oui. En Normandie.

– En novembre ?

– Sache, fils d'Africain, que la Normandie a été conquise par les Vikings. Entre autres cadeaux, ces joyeux sauvages nous ont apporté leur climat. Personne ne nie que dans ce coin « il pleut ou il va pleuvoir », comme partout d'ailleurs, ce n'est qu'une question de fréquence. Point. Je passerai entre les gouttes, comme d'habitude.

– Mais pourquoi cette région ?

– Carole, avant de se faire dessouder, m'a parlé de trois gamins et d'une chanson, celle de saint Nicolas. Tu connais ?

Il hoche la tête négativement.

– Les gosses en question sont tous nés à Dieppe ou tout près. Dominique Toinet, Claude Perhain et Robert Croissel sont des copains d'enfance. Et tous les trois sont morts assassinés. Ils allaient tous en classe à Port-Bréville, en Seine-Maritime. Thor et Carole aussi, étaient originaires de ce secteur des bords de la

Manche. Ses obsèques y auront lieu demain. Ses parents sont toujours en vie et ils ont réclamé son corps. J'y serai.

– Pourquoi ?

– Parce que le coin est truffé de falaises.

– Falaises ? Et alors ?

Je lui parle du tableau de Domi, des enregistrements saisis qui y font allusion. Quant aux lettres de Marine, je les ai escamotées.

Il reste silencieux, se reverse à boire.

– Qu'est-ce qu'elle dit, ta chanson ?

– Une simple mélodie dédiée à saint Nicolas, le patron des enfants. L'histoire de trois gamins glandeurs qui, surpris par la nuit, etc. Aucun intérêt. C'était une sentimentale masquée, la belle Carole.

– Tu m'emmènes à l'enterrement ?

– Excellente idée. C'est le genre de truc où je déteste aller seul. À deux, on a une petite chance d'en revenir. Tiens, verse-moi à boire. Il tient la route, ce brouilly.

Le lendemain, le Chameau à mes côtés, moi aussi j'ai tenu la route.

Il pleut. La Picardie sous la pluie. Des champs nus, mitonnant en sourdine leurs futures moissons, encadrent l'autoroute. La terre noire, gorgée d'eau, forme un cadre anthracite autour de la voiture.

Voici la côte.

La vue de la mer me procure toujours un choc. Je ne connaissais pas la haute Normandie et l'arche blanche de la falaise d'Étretat me replonge dans mon enquête. L'aiguille hachurée de pluie semble m'indiquer la route.

L'oppression qui pèse sur ma poitrine est de retour. C'est ici, en Normandie, que Loup m'a trahi. Il avait une femme et un enfant et je n'en ai jamais rien su. Pour lui aussi, je n'étais qu'un bâtard, un objet perdu déposé à la Ddass.

Je roule vers Port-Bréville, un bled paumé entre les falaises, vers le lieu des obsèques de Carole, mais c'est à mon propre enterrement que je vais assister, à la fin de ma jeunesse.

Arrêt-buffet. Palourdes farcies, escalope à la crème, le tout accompagné par une bouteille du cru. Encore une fois, je replonge en enfance. Loup… La Côte de Granit rose… La boisson qu'il m'avait offerte… Un délice, ce cidre, mais qui n'efface pas la main qui me tord les tripes. Sans ma parano, dans l'affaire Loup, je ne serais jamais retourné à Chaville. L'enquête serait close, Carole à Fleury-Mérogis et moi dans les bras de la belle Astrid. Mais voilà, je cours après quelque chose que je ne peux même pas définir !

De nouveau la route.

Les falaises défilent.

Une plaque de signalisation m'informe que la messe a lieu tous les jours à 10 heures, dans l'église de Port-Bréville.

Voici le village. Un reste de bourg normand avec maisons à colombages et, attenant, un lotissement de cages à lapins en béton, petit enclos reconstruit après les dégâts causés par les combats de la Seconde Guerre mondiale. Quelques vergers avec des pommiers clichés, aux branches dénudées par l'hiver proche, nous regardent passer.

Je me gare sur la place devant le petit bâtiment de la mairie. L'humidité me fait frissonner. Je relève le col de ma parka. Le Chameau, lui, ne bronche pas.

Les funérailles sont prévues pour 15 heures. J'ai de la marge et m'installe dans l'unique bistrot du coin à l'enseigne originale : La Marée.

Deux hommes, appuyés au comptoir, se retournent lorsque nous nous affalons sur des sièges en rotin.

L'un est un rouquin dont les cheveux jaunes s'ornent de mèches blanches serrées, un gars efflanqué, sans âge, qui commande d'un doigt le renouvellement du verre qu'il vient d'achever. Son compagnon, petit, râblé, vide une chope de bière au large faux col de mousse. Ils nous jaugent d'un coup d'œil et replongent, sans un mot, dans la dégustation de leurs boissons respectives. Retour au pays des « Taiseux ».

Le patron vient prendre nos commandes. Légèrement voûté, il avance vers nous. Une crinière noire avec par endroits quelques plaques blanches en plein rush sur ses tempes, indique un âge incertain. Son œil aussi nous évalue. *No comment.* Une seule question :

– Qu'est-ce que je vous sers ?

– Du cidre !

Le loufiat sourit.

– Des Parisiens qui prennent du cidre, c'est rare. En général, ils préfèrent le calva, surtout lorsqu'ils conduisent.

– Qui vous a dit que nous étions de Paris ?

– La plaque de votre voiture. « 75 » c'est Paris, non ? Vous venez pour l'enterrement de la petite Carole ? Plusieurs voitures sont garées sur la place. Du beau monde… Il y a même une Mercedes avec des plaques vertes. Sûrement des grossiums de la diplomatie.

J'allume une cigarette, lui désigne une chaise.

– Oui, nous sommes là pour ça. Carole était une

amie. Une très bonne amie. Asseyez-vous ! Qu'est-ce que vous buvez ?

– Je marche à la gniole, j'aime pas l'eau lorsqu'elle n'est pas salée. Un instant...

Il s'éloigne vers le comptoir, revient avec un plateau, trois verres et deux bouteilles.

C'est le Chameau qui fait le service.

Je lève mon godet.

– À la mémoire de Carole !

Mes compagnons trinquent en silence.

– Vous la connaissiez depuis longtemps ?

Le vieux hume les effluves d'alcool et avale une gorgée de calva.

– Oh... depuis sa naissance. C'est tout petit, ici, impossible de passer inaperçu. Ses parents sont bien braves. Lui, c'est l'François, qu'on l'appelle. François Delroux, le fils de la Gabrielle. Il a travaillé à la verrerie et s'est retiré chez nous après son accident. Avant, il ne venait qu'en fin de semaine. La mère, la Charlotte, n'a jamais bougé sauf pendant la période qui a suivi la guerre. Les sinistrés avaient été relogés dans la ville d'Eu. Elle tenait ici le bureau auxiliaire de la poste. On n'est pas des Parisiens, nous autres ! J'dis toujours que la capitale c'est Port-Bréville et pas Paris. Ici, on vit. À Paris... Mais vous savez ça mieux que moi. Santé !

Cette fois, c'est lui qui remplit les verres.

– Une partie du village est ancienne. Il est beau, votre patelin.

– Oui, tout était comme ça, avant... Mais les combats, dans le coin, ont fait de la casse. Lorsque les Canadiens ont débarqué, les commandos ont tout fait sauter. Ils essayaient d'avancer vers la batterie allemande planquée dans son blockhaus, là-haut sur la falaise.

Nouvelle rasade.

– Oh, c'est vieux, tout ça. C'était en août 42 ! Le raid british sur Dieppe… Mais qui s'en souvient aujourd'hui ?

La phrase de Carole remonte à la surface : « *Tout a commencé avec l'Indien, le 19 août 1942.* »

– Moi. C'était le 19 août.

Le patron ouvre de grands yeux, me dévisage comme si j'étais le diable.

– Vous êtes historien ?

– Manquerait plus que ça. J'avais un copain dans le coin. C'est lui qui m'en a parlé. On l'appelait Loup… Loup… ça vous dit quelque chose ?

L'autre esquisse un mouvement brusque, presque un geste spasmodique. Le calva qu'il se verse déborde du verre et forme une flaque transparente sur le marbre de la table.

– Loup ? Non, inconnu au batail…

Le rouquin du comptoir ne le laisse pas achever sa phrase.

– Oh, P'tit Louis ! Tu oublies tes clients ! Redonne-moi un coup à boire.

– Non ! Tu bois trop et ton ardoise n'est pas réglée depuis deux mois.

– Tu sais bien que je te paierai, Loulou !

– Je sais… Dès que tu auras trouvé du travail.

– Donne-moi un calva.

– Non, terminé. Tu files, crédit est mort.

L'homme s'avance vers nous.

– Z'avez vu, les mecs ? Y veut pas m'servir. Moi… son pote, Dédé Masson, Dédé le mataf ! J'ai servi quinze ans dans la Royale et j'ai pas droit à une goulée de râpeux… J'suis son plus ancien client, son copain d'école. C'est vous qui cherchez un gus qui s'appelle Loup ?

– Non, je ne cherche personne. J'avais un ami dans le coin il y a bien longtemps. Loup… c'était son prénom. On s'est perdu de vue, c'est la vie, non ? Vous l'avez peut-être connu autrefois ?

– À boire ! Fait soif en cette saison, vous croyez pas ?

Dans mon verre, je verse une grande rasade de calva et la tends au rouquin.

Grand sourire ébloui.

Le bistrotier intervient.

– Allez, c'est le der… offert par ce monsieur et tu te tires vite fait, OK ?

Grand sourire du poivrot. Il boit d'un jet, cul sec, passe le dos de sa main sur ses lèvres et se dirige vers la porte.

– Salut, la coterie !

Nouvelle tournée. Je refuse.

L'heure tourne. Je règle les consommations et me dirige vers la porte.

– Vous allez à l'église ?

– Bien sûr. Vous y serez aussi ?

– Le temps d'un coup de peigne, je passe une cravate et une veste et j'y vais. C'est un bourg ancien, ici. Le cimetière est attenant à la chapelle.

En appui sur sa canne, le Chameau avance prudemment sur un chemin pavé de galets.

Quatre voitures sont garées sur une placette. Le bistrotier avait raison, il y a même une voiture du corps diplomatique. Un muret de pierres brutes enferme quelques tombes au pied d'un petit clocher. Ce n'est pas un cimetière marin, malgré la mer qui ferme l'horizon. Des paquets de brume venus du large balancent, lorsqu'ils s'entrouvrent, des images intermittentes de flots qui cognent au loin. Il pleuviote. J'éternue.

Un petit groupe d'hommes et de femmes se dirige vers la chapelle.

Je demande au Chameau de relever discrètement les numéros des plaques minéralogiques. Il s'éloigne, s'abrite et sort un calepin de sa poche.

Mon équipier, de retour, s'installe près de moi. Il n'est pas familiarisé avec le rituel funèbre catholique et calquera son attitude sur la mienne.

Le patron de La Marée passe le seuil, se signe, jette un coup d'œil et se pose à ma gauche. Un homme et une femme se tiennent côte à côte et prient en silence.

Le loufiat se penche vers moi.

– Ce sont les parents de Carole. Pas d'autre famille.

Un dernier couple se pointe. Un souffle de brouillard venu de l'extérieur dépose une bouffée d'humidité faite de dentelles fugaces à l'intérieur de l'église. L'office commence.

Me reviennent en mémoire les années de catéchisme. Ce n'est plus l'émotion qui me gagne mais une colère mêlée d'angoisse. Non, ce n'est pas de la colère… mais de la haine. Tout me revient en boomerang, Marthe, Loïc, Jean-Yves… Avec des flashes réconfortants, mon vieux maître, le père Kermadec, et, bien sûr, Loup.

Seigneur, prends pitié !

La voix du curé arrive jusqu'à moi à travers le colis de souvenirs qui me serrent la gorge.

Je me lève, quitte l'église. Le cafetier me dévisage longuement. Le Chameau, immobile, reste à sa place.

Fin du service religieux.

Les deux fossoyeurs se dépêchent d'achever leur travail. Ils ont froid, ces hommes. Le cercueil de Carole glisse sur deux cordes et descend dans un très lent balancement vers le fond de la tombe.

Condoléances d'usage.

Je me présente aux parents de la morte sans faire mention de mon métier. Le Chameau m'imite.

Lentement, le groupe se dissout. Des portières claquent. Je regarde l'homme qui monte dans la voiture aux plaques vertes. La quarantaine élégante, des lunettes noires sur les yeux malgré la grisaille. Il démarre le premier.

Les autres ont l'air de paysans endimanchés. À mon tour, je m'éloigne avec le Chameau, qui clopine. Le patron du troquet a disparu.

– Attends-moi, le Chameau, je veux voir quelque chose.

L'horizon chatoyant m'attire. La mer est là, derrière le muret. Je marche lentement entre les tombes et inspecte tous les noms gravés et à demi effacés par le temps, le vent, la pluie et l'oubli. Qu'est-ce que je cherche ? Une pierre tombale avec ou sans un prénom. Loup ? Marie ? Marine, peut-être ? Oh, le Chien, du calme ! Tu sais bien qu'il faut laisser les morts enterrer les morts. L'image de Carole surgit sur les vagues, son corps vivant, si vivant, flotte dans l'espace. Non, fini, elle est dans sa boîte au fond d'un trou bétonné. Oui, les morts enterrent les morts mais je suis vivant, moi. Un tueur aussi, hélas. Faites vos jeux ! À tout-va ! Non, les jeux ne sont pas faits et, aujourd'hui, rien ne va plus.

– Où va-t-on ?

– On rentre à Paris.

– Tu ne pousses pas plus loin ?

– Non. Pas aujourd'hui. Tous les acteurs du coin mêlées à la vie de Carole sont sur leurs gardes. Il s'agissait de voir le décor. Désormais, je consacrerai mes loisirs à visiter la Normandie. Je vais faire comme Loup. Je suis certain que c'est dans ce secteur qu'il venait chaque semaine.

– J'ai eu l'impression que le poivrot savait quelque chose.

– Moi aussi. Mais il faut le prendre à froid, pas lorsqu'il est bourré comme une huître.

La voiture roule, entre dans le bocage en contrebas d'un talus. La route est étroite, la chaussée humide. Ma Clio répond bien et je roule à la vitesse limite autorisée.

Long virage à droite. Une percée entre les arbres dévoile la mer moutonnante.

C'est à la sortie du « S » routier que mon pneu a éclaté. Embardée, dérapage. La Renault entame une longue glissade en zigzag. Personne en face. Je contre-braque, ralentis en levant simplement le pied. L'élan du moteur s'atténue. Je freine et dégage sur le bas-côté.

Le Chameau n'a pas bronché.

Réparation de fortune. Je ne peux pas rouler jusqu'à Paris sans roue de secours.

Voici Étretat. Je cherche un garage pour réparer.

Rapides explications.

– Revenez dans une heure. La voiture sera prête.

Nous filons dans un bistrot. J'ai froid. Je m'offre un grog. Le Chameau déguste une bière. Ce fils du soleil me tue... On dirait qu'il possède un thermostat personnel qui le met à l'abri des variations de température.

Le temps tourne.

Garage.

Un homme en bleu, le patron me semble-t-il, me fait entrer dans son bureau.

– J'ai été obligé de vous changer le pneu. Il est hors d'usage. Voici ce que j'ai trouvé à l'intérieur.

Il me tend une pièce de métal que tout flic reconnaît immédiatement. Une balle.

– Vous savez ce que c'est ?

– Oui. Je suis de la police.

– Ben mon vieux, on vous a simplement tiré dessus. Comment font les flics pour déposer plainte ?

Je ne peux m'empêcher de sourire.

– Je me renseignerai… En attendant, qu'est-ce que je vous dois ?

J'empoche la facture et la balle.

À Paris, le labo rend un verdict qui me surprend. La balle ne vient pas du même canon que celle qui a liquidé trois personnes. Le Chameau et moi avons failli terminer dans un arbre et personne n'aurait jamais su pour quelle raison j'avais perdu le contrôle de la voiture.

La Prévention routière devrait affiner ses conseils. Il n'y a pas que l'alcool qui tue au volant. Une balle de .38 aussi. Avec un pareil laxisme, on risque fort de manquer de cellules d'assistance psychologique. Seigneur ! Mais que fait la police et à quoi sert la télé ?

18

Je glande.

Toujours en congé, je mets de l'ordre dans le courrier qui m'attend chez moi.

En rentrant, j'ai trouvé trois messages sur mon répondeur.

J'écoute : éclats de rire de la douce Astrid. Elle visite Séville et me fait une description enthousiaste de la vie nocturne à Triana, le quartier gitan. D'ici que ma tendre se lance dans le flamenco… Cette musique qui ressemble au brame… Non, j'exagère… elle traduit juste la douleur dans l'amour et l'amour douloureux des Espagnols. Tout est douloureux chez eux… Même les prénoms. Dolorès ! Consolación ! Halte, le Chien, tu es surtout jaloux. L'intermède brûlant avec Carole n'a rien changé à mes sentiments pour Astrid.

L'autre appel est plus intéressant.

– Bonsoir, vous ne me connaissez pas. Ne cherchez pas à savoir qui je suis, ça ne vous mènerait nulle part. Carole m'était très chère… Vous voyez ce que je veux dire, n'est-ce pas ? À ses obsèques, j'étais dans la voiture diplomatique et ne vous ai pas perdu de vue. Vous étiez bouleversé, me semble-t-il. Peut-être puis-je vous aider… J'ai… comment dites-vous, à Paris ? Ah, oui, j'ai un tuyau pour vous. Elle m'avait parlé de votre enquête. La falaise que vous cherchez est sur la côte, à l'est de Port-Bréville. Voyez du côté du phare de

Guérigny. C'est proche de Dieppe. Je ne fais pas ça pour vous aider. Je veux, moi aussi, la tête de celui qui m'a privé de Carole. Sur un plateau, si possible, le crâne... même en morceaux. C'est la dernière fois que vous m'entendez. Je ne vous connais pas, je ne vous ai jamais vu, jamais parlé. Compris ?

Compris... oui ! Il y a des jours où je pige vite.

Déclic de fin de communication.

Décidément, dame Carole avait des relations multiples. Tiens, je parle par euphémismes, maintenant.

Troisième coucou sur la machine à répondre à des non-questions. C'est Impala. Elle m'informe que la Ménagerie, malgré son quotidien chargé, continue discrètement ses recherches et que chez Letellier, il n'y a rien de nouveau. Ma douce antilope m'apprend que la Mère Toinet a quitté l'hôpital et qu'elle se trouve chez elle à Belleville.

Je rappelle mon équipière. Le ton n'est pas à la plaisanterie. Elle n'ignore pas ce qui s'est passé entre Carole et moi.

– Oh, Don Juan ! Il y a du nouveau. Nous avons repéré Miro Vasques, le danseur des Atoll Boys, celui qui s'était fait la malle après la mort de Robert Croissel. Il rôdait autour du pavillon de la vieille.

– Comment l'avez-vous déniché ?

– Par un coup de fil anonyme. Il cherchait visiblement à entrer dans le pavillon de Maman Toinet. Je suppose que c'est un voisin qui nous a appelés.

– Vous l'avez arrêté ?

– Non, il nous a échappé de nouveau.

– Je passe prendre la toile de Dominique que j'ai conservée au bureau. Je t'invite à déjeuner.

Bureau.

Mes équipiers sont là et s'invitent au casse-graine. Je suis de nouveau en famille, tout est en ordre.

Non, pas tout. La faille, en moi, reste ouverte.

Nous mangeons rapidement chez Gino ; l'italien du coin fait des pâtes aux fruits de mer à s'en lécher les babines. Ce n'est pas du régime mais c'est rudement bon.

L'équipe tout entière me souhaite un rapide retour à la tête du Groupe.

Je récupère ma toile et retourne dans ma niche.

Le tableau de la falaise est posé contre le mur.

Je reste immobile, fasciné par tout ce que cette vue me cache. La mer est là, la roche aussi. Les vagues cognent. La route défile. Un pneu éclate.

Debout, je fouille dans mes cartes routières et reprends celle de la côte normande. J'examine le tracé, découvre le phare de Guérigny. Cul de sac. Il me faut faire marche arrière. Vite, un CRS, bien tassé ! Ce n'est pas l'heure de boire, le Chien. Mon dernier, je l'ai dégusté en compagnie de Carole. Je balance la carte qui s'affale déployée sur le sol.

Je glande et je cogite.

J'appelle le Chameau et lui demande de rechercher les noms des propriétaires des voitures présentes à l'enterrement.

– Laisse tomber le diplomate. Il est sans intérêt.

L'assassin de Carole assistait aux obsèques de sa victime, j'en suis persuadé. Ce n'est pas la première fois et j'en ai vu d'autres. Mais là, ce village minuscule limite le champ des recherches. Encore ne suis-je pas certain que le tueur ne m'ait pas suivi depuis Paris et ne se soit pas planqué en attendant mon départ. Tout est en mouvement et je n'avance que sur un terrain qui peut, à chaque instant, s'effondrer sous moi. De plus, en dehors du Chameau, je n'ai plus, provisoirement, d'équipiers. Ils sont plongés dans leurs ordures quotidiennes et moi, dans mon obsession.

Tourner en rond dans ma chambre n'est décidément pas ma tasse de thé.

Tout a commencé par la mort de Loup à Saint-Maur. C'est là que je dois retourner. J'ai du temps devant moi et pas d'obligations de service. Non ! Ce n'est pas à Saint-Maur que les choses ont démarré. Saint-Maur n'a été que la conclusion d'une affaire que je n'arrive pas à appréhender. C'est en Normandie, sur une falaise, que le drame s'est noué.

Coup de fil au Chameau pour lui proposer une nouvelle escapade. Aucune réponse. J'irai donc seul. Je lui laisse un message lui annonçant mon départ pour Dieppe. La vérification et le nettoyage de mon arme me prennent peu de temps. Très vite, je prépare une mallette de linge et planque deux chargeurs de 9 mm, entre mes chemises.

Avant d'embarquer dans ma voiture, j'examine machinalement mes pneus. OK ! Personne n'a tiré dedans, cette fois.

Je m'offre une longue balade sur le périph, sors à la porte de Passy, reviens sur le ruban par celle de Maillot. Personne ne me suit. Je m'oblige à calmer ma parano. Je ne traîne pas d'ombre dans mon sillage.

Routes peu chargées.

Je file directement sur Dieppe et m'installe dans un hôtel près du port. La ville est déserte, les touristes en fuite : nous sommes hors saison. Les navires à quai se balancent et roulent lentement dans la houle molle de la darse. Le sifflement du vent dans les haubans forme un fond sonore que je connais depuis l'enfance. Une pluie d'automne, aux lanières effilées, fouette la chaussée et balaie la ville. Emmitouflé dans ma parka, je déambule dans des rues vides. Le crépuscule descend doucement. Les feux de position des navires s'allument et leurs couleurs de bonbon tremblotent dans la très légère brume aux hoquets brefs qui accourt du large.

Nuit noire.

De nouveau au volant, je roule vers un phare planqué sur une hauteur.

Le faisceau de lumière jaillit des ténèbres. Une lueur rouge très brève suivie d'un trait blanc, plus long, qui cisaille l'obscurité. Rouge... blanc... les flashes se succèdent et indiquent aux navires que la côte et ses étocs sont là. Danger !

Rouge... blanc... J'avance jusqu'au bout de la route. Au-delà n'existe plus qu'un sentier qui mène au bord de la falaise. Le tableau de Domi est devant mes yeux, cadenassé, hélas, par le ciel noir et pluvieux. Je reste immobile, seul au monde dans la voiture, et allume une première cigarette. Pas question d'aller plus loin ce soir.

Demi-tour.

Je dîne dans un bistrot du port fréquenté par des hommes du ferry qui mène en Angleterre. Les Saint-Jacques au naturel avec un filet de vinaigre de framboise, un pont-l'évêque crémeux arrosé d'un sancerre me remontent le moral. Demain sera un autre jour.

J'ai dormi comme un enfant.

Le ciel est clair, avec des bourrasques d'air froid, lorsque je reprends le chemin du phare.

La voiture garée, j'avance prudemment sur un sentier glissant. En dehors du bâtiment de la vigie, il n'y a pas la moindre trace d'activité humaine dans le secteur. Pas un troquet, pas un arbre, pas une cabane, même pas un mouton pour la couleur locale. La lande. Vide de vie apparente.

Lentement, au fur et à mesure que j'avance vers elle, la mer se dévoile. La voici, blanche et verte, cognant la base de la falaise à grands coups de marteau-pilon. Le néant est là, à trente mètres sous mes pieds. Le vent me fouette le visage et pose des plaques d'embruns sur mes joues. Je frissonne. Mais ce n'est pas le froid qui en est la cause.

Retour.

Pas une maison, pas une grange, rien à l'horizon.

Je fais cinq cents mètres et stoppe devant une enseigne : La Route ! surgie sans préavis d'un virage. Une oasis dans le désert environnant.

La salle est vide. Il est trop tôt pour le service de midi.

« Mais la servante est rousse, son jupon se retrousse, et son mollet est rond, et ses yeux sont fripons ! » Mais ce ne sont pas les paroles d'une chanson qui me viennent à l'esprit. Je repense aux écrits de Marine, à cette phrase gravée définitivement dans ma mémoire :

« … et la brume légère prenait ta forme et renvoyait ta silhouette jusqu'à l'infini, jusqu'à l'endroit où Ferguson… l'Indien… »

Elle porte une jupe serrée, la fille de salle, une forte femme à la quarantaine entamée, aux jambes en colonnes, aux cheveux tenus par une résille bleue d'une autre époque, qui me sert un petit déjeuner comme je les aime, rien de continental. Les œufs au bacon sont parfaits, le café embaume. Je vide ma tasse, renouvelle ma consommation.

– Ça fait du bien, par ce temps-là. C'est calme, dites donc !

Sourire grand angle.

– Oui, en cette saison, nous n'avons que les pros de la route. Les touristes sont rares fin novembre. Vous travaillez par ici ? Représentant, peut-être ?

– Pas exactement. Je suis architecte et je cherche une maison à acheter pour un client parisien entre Rouen et la baie de Somme.

Elle me regarde, ironique.

– Ça vous fait une sacrée marge.

– J'avais un ami dans ce coin, c'est pourquoi j'ai fait le détour, mais je ne l'ai pas retrouvé. Vous n'avez pas une vieille baraque à retaper par ici ?

– Oh, ce n'est pas ce qui manque… Mais je vous préviens, c'est cher.

– Si je retrouve mon copain, il m'aidera. Fresnel, qu'il s'appelle, Jean-Loup Fresnel. Il habitait près du phare de Guérigny, c'est tout ce qui me reste comme adresse. Il y a bien vingt ans que nous nous sommes perdus de vue.

Son regard ne sourit plus.

– Vous cherchez un ami ? Loup Fresnel ?

– C'est bien ça. Vous le connaissez ?

Je lui ai parlé d'un « Jean-Loup » et elle me parle de Loup.

J'ai toujours admiré la faculté des gens de la campagne à se contrôler.

Elle se maîtrise de nouveau.

– Non, je ne vois pas. Nous n'avons que du passage, ici. Faudrait regarder dans les villages environnants.

– Votre patron pourrait peut-être me donner un tuyau ?

– Il n'y a pas de patron, ici, c'est moi qui tiens ce restaurant.

Je règle ma note.

– Si vous trouvez la baraque de mes rêves, téléphonez-moi. Il y a une commission à la clé. Vous habitez ici ?

– Non.

Impossible d'avoir une autre précision.

Je lui tends une de mes cartes de visite perso. Elle ne comporte pas de mention d'une quelconque profession.

J'enfile ma parka.

Un journal traîne sur la table. Un exemplaire de *Paris-Normandie.*

La femme me regarde.

Je m'empare du quotidien. À la une, un titre sur deux colonnes attire mon attention : « Grave accident sur la falaise de Guérigny ! »

Hypnotisé soudain, je lis et découvre que deux hommes se sont tués la veille en glissant de la falaise. Le papier précise qu'un certain Paul-André Masson, de Port-Bréville, et son compagnon, Louis Le Porqueux, trompés par la brume, sont tombés à la mer et se sont noyés. Les corps ont été retrouvés et transportés à l'hôpital.

Je tends le journal à la serveuse.

– Elles sont dangereuses, ces falaises, dites donc ! C'est arrivé hier ?

Son visage s'est creusé.

– Oui, une nappe de brume, un chemin glissant et hop !

– Comment s'appelle le coin où on les a repêchés ?

– La grotte de l'Indien ! Pourquoi ?

– Pour rien, simple curiosité. La grotte de l'Indien… C'est un joli nom. Ça vient d'où ? Il n'y que des Vikings, en Normandie, tout le monde sait ça. Mais des Indiens ?

– Oh, c'est lié à la guerre… mais vous dire quoi exactement… Ça, je l'ignore.

– OK. Au revoir, pensez à la commission si vous me trouvez une vieille fermette.

À une cadence lente, les essuie-glaces balaient le pare-brise. Il ne pleut pas mais l'humidité est intense.

Voici l'hôpital.

Renseignements. Je me fais annoncer au directeur. Plus question d'anonymat et de métier bidon. Je redeviens le capitaine Malo Rottweiler et me pointe dans le bureau d'un homme d'une quarantaine d'années, au visage ouvert.

– La police, ici ? C'est plutôt rare. Qu'est-ce qui vous amène, capitaine ?

– Un fait divers. Hier, on vous a amené deux cadavres. Ils ont fait une chute mortelle sur la falaise de Guérigny. L'un s'appelait Paul-André Masson. Je voudrais voir son corps et celui de son compagnon. Ils sont liés à une enquête que je mène actuellement.

– Aucun problème. Je vais vous accompagner à la morgue. Elle se trouve dans l'autre bâtiment.

Il enfile un imper, me laisse sortir le premier.

Nous avançons dans une longue galerie couverte dont un côté donne sur le large et prend le vent de plein fouet.

– Vous savez, ce n'est qu'un accident. Un de plus. Curieusement, les gens du coin sont plus menacés que les touristes. Le fait d'être du pays leur donne une assurance factice. Ils croient tout connaître. Or la météo joue un rôle énorme par ici. La pluie, fréquente, transforme le sol en patinoire.

– L'autopsie a été faite ?

– Oui. Aucune trace de coups, pas de blessures par balles ou par une autre arme. Une chute de trente mètres et on se brise le cou. Mort naturelle.

– Vous avez beaucoup d'accidents de ce genre ?

– Beaucoup n'est pas le mot juste. On dirait que c'est par séries. Il ne se passe rien et, brusquement, on ramasse quelques corps fracassés sur les rochers. Depuis l'an dernier, il ne s'était rien produit.

– Pourquoi appelle-t-on ce coin « la grotte de l'Indien » ?

– Ah, ça... Ce n'est qu'un lieu-dit. Vous savez que les marins de ce coin sont allés très loin autrefois. Dieppe possède un corsaire célèbre, le capitaine Angot. Il a très bien pu ramener un Indien de ses courses maritimes, ce qui expliquerait le nom de la grotte.

– C'était quand ?

– Oh, c'est loin... Sous François Ier.

Est-ce qu'il se fiche de moi ? À suivre...

Voilà la chambre des morts.

Rien que je ne connaisse déjà. Des tiroirs réfrigérés, des employés qui découvrent les cadavres et vous les montrent comme s'ils exhibaient des trésors ou des reliques. Je me demande soudain s'il existe un syndrome de Stockholm chez les gars dont les clients sont seulement des allongés pour l'éternité.

C'est bien Dédé le Mataf qui repose là et son compagnon n'est autre que le patron de La Marée.

Retour.

– Il y a longtemps que vous êtes en poste ici ?

– Une dizaine d'années. Pourquoi ?

– Est-ce que le nom de Jean-Loup Fresnel vous dit quelque chose ?

– Non, je ne vois pas. Pourquoi ?

– Il venait chaque fin de semaine dans ce secteur. Il est évident que, en été, vous ne remarquez pas spécialement ceux qui passent. Ils sont trop nombreux. Mais lui venait chaque fin de semaine, par n'importe quel temps, et ce depuis des années. Quelqu'un l'a forcément remarqué. C'était un colosse au visage couturé de cicatrices. Et il fallait bien qu'il loge quelque part.

– De Rouen à Saint-Valéry, entre les hôtels, les campings et les chambres d'hôtes, vous avez des centaines de points de chute possibles. S'il venait toute l'année, je chercherais plutôt dans les locations. Vous devriez voir les agences immobilières.

– Marine ? Connaissez-vous quelqu'un qui s'appelle ou s'est prénommé ainsi ?

Il secoue la tête négativement.

– Téléphonez-moi si quelque chose vous revenait en mémoire. Voici ma carte. Donnez-moi l'adresse de ce Paul-André. Je connais celle de l'autre victime.

Rapide gribouillage sur une feuille de bloc.

– Voici, c'est à Port-Bréville. Vous connaissez ?

– Oui, surtout son cimetière.

Je suppose qu'il s'imagine que je me moque de lui. Il a droit à une courte explication.

– J'étais récemment à un enterrement là-bas et je crois bien que je vais y retourner. Où se trouve l'hôtel de police ?

Mentalement, j'enregistre l'adresse.

Poignée de mains. Je roule de nouveau dans le crachin.

La maison des flics entre dans mon champ de vision. Je me présente à l'officier de permanence.

Accueil sans chaleur. Nous, les Parisiens, souffrons d'un préjugé tenace chez nos collègues de province. Ils nous reprochent d'être atteints du complexe de Maigret. Dans l'inconscient collectif des policiers, il est essentiellement la représentation de l'habitant de la planète PJ, celle qui démêle les affaires mirifiques devant un demi de bière, en mâchonnant sa pipe et en échangeant des recettes de cuisine avec le légiste. Tout le pays connaît son adresse : Quai des Orfèvres. Alors que les poulets hors les murs de la capitale, toujours sur la brèche, n'ont que de minables enquêtes sur des vols de vélos, de tapages nocturnes ou des querelles d'ivrognes. La province vit sans tares et sans taches, sans pervers, sans besoins ni refoulements. Chacun sait ça.

Très vite, j'explique à mon collègue que j'ai besoin de lui.

Je lui raconte l'essentiel de mon odyssée sans mentionner ma relation perso avec Loup. Il est au courant pour l'accident qui s'est produit près du phare.

– Connaissez-vous un certain Jean-Loup Fresnel ? C'était mon patron au Groupe d'enquêtes. Il venait très souvent dans ce coin.

– Fresnel ? Non, ça ne me dit rien.

– Pourriez-vous me trouver l'identité et l'adresse d'une fille qui travaille au bistrot La Route situé à la sortie de la falaise de Guérigny ?

– Sans problème.

– Depuis combien de temps êtes-vous dans ce secteur ?

– Deux ans. Pourquoi ?

– Avez-vous souvenir d'avoir eu une affaire hors norme durant cette période ?

– C'est quoi, une affaire hors norme, pour vous ? C'est un coin calme, ici. Pas de cités, pas de drogues, en dehors d'un peu d'herbe. La baise reste la grande distraction des jeunes, avec parfois des dérapages. Les problèmes proviennent de l'alcoolisme et du chômage. En dehors de ça, hors des histoires familiales toujours très secrètes, rien à signaler, capitaine Rottweiler. Vous êtes alsacien ?

– Non, breton. Je suis de Trébeurden.

Son visage devient souriant.

– Moi, je suis né sur la Rivière de Morlaix. Je m'appelle Philippe Le Tendre. Salut, pays !

Nouvelle poignée de mains.

– Avez-vous été saisi d'une plainte pour les deux accidentés de la falaise ?

– Pourquoi le serions-nous ? L'autopsie indique qu'il s'agit d'une mort naturelle. Les deux gars étaient bourrés d'alcool. Les permis d'inhumer vont être délivrés… Ça ne nous concerne donc pas. Ce n'est pas la première chute dans la mer, ce ne sera pas la dernière. Ce coin est couvert de panneaux avertissant du danger… Si les gens passent outre, qu'est-ce que nous y pouvons ? Exactement comme les deux idiots qui sont tombés l'an dernier au même endroit.

– L'an dernier ?

– Un peu plus, peut-être. Oui, c'était en septembre ou octobre, faudrait vérifier, deux hommes, pas des gamins inconscients, deux hommes se sont tués là. Des gens de Port-Bréville. Pourtant, ils le connaissaient, le secteur, mais ils avaient 2 gr.50 d'alcool dans le sang, alors… on confond le bord d'une falaise avec le bord d'un trottoir et, salut la compagnie. On a retrouvé deux bouteilles de calva vides près d'un des blousons, abandonné sur la lande. Dites, l'heure tourne, venez donc déjeuner dans ma cantine, un troquet du bord de mer. C'est la patronne qui fait la tambouille, et elle est douée.

Nous voici attablés devant une soupe aux moules à se rouler par terre. C'est sans doute mon angoisse, le flou dans lequel je vis actuellement, qui me fait faire de la suralimentation en ce moment. Il faut que j'arrête sinon je vais écrire un guide sur la cuisine normande en lieu et place d'un PV d'enquête.

Le repas achevé, je file sur Port-Bréville.

Je retrouve la place, gare la voiture.

La Marée affiche porte close et un texte collé sur la vitre informe que : *La maison est fermée par suite de deuil.*

Renseignements rapides et un passant m'indique la maison de Dédé le Mataf, Paul-André Masson pour l'état civil.

Je sonne à trois reprises.

– Police ! Ouvrez !

Nouvelle tentative avant qu'une voix se décide à me répondre.

Après l'hésitation habituelle, la porte s'entrebâille.

Je tends ma carte.

C'est une femme de grande taille qui me rend mon sésame et s'efface pour me laisser entrer. Elle porte des vêtements tristes assortis à ses yeux. On dirait qu'elle dort debout avec ce regard qui me fixe à travers des paupières à demi fermées. Visiblement, cette femme « craint ». Son visage porte les stigmates que j'ai si souvent vus, ceux des femmes battues. Ce ne sont pas des traces de coups mais un tatouage transparent fait de peur et d'humiliations, de rejets et de mépris.

Nous sommes dans une pièce au plafond bas. Des meubles massifs ornent les murs. La lumière entre à flots par une vaste fenêtre qui donne sur la mer.

– Vous êtes Mme Masson ?

– Oui. Vous venez pour la mort de mon pauvre Dédé ?

Je fais « oui » de la tête.

De la main, elle me désigne une chaise paillée.

Le silence n'est brisé que par le bruit d'un volet qui claque dans le vent. Elle se lève, ferme l'huisserie.

– Quand auront lieu les obsèques de M. Masson ?

– Après-demain à 11 heures. Vous connaissiez mon pauvre Dédé ?

– Nous nous sommes croisés. C'est un accident regrettable. Il buvait beaucoup, non ?

– Dans ce coin, tout le monde aime un coup de calva, de là à dire qu'on boit…

– Et cette falaise… Il la connaissait bien, pourtant.

– Chacun, ici, sait qu'elle est dangereuse par temps de pluie ; et P'tit Louis, l'autre victime, le savait aussi. Faut dire que c'est le terrain de jeux de tous les mômes du village. Des adultes aussi… Il y allait moins souvent. Ça l'a repris d'un coup, avec le Louis. Après l'enterrement de la petite Delcroux.

– Carole, c'est bien ça ?

– Ah ! Vous aussi, vous la connaissiez ? M'étonne pas, y a pas un homme qui ne l'ait pas connue, cette…

– J'ai eu l'occasion de la rencontrer.

– Elle valait pas cher, cette… En sortant du

cimetière, Dédé et son copain ont décidé à nouveau de repartir à la découverte du trésor. Je croyais qu'il avait abandonné, mais fichtre, non ! Ce coin était une obsession pour mon homme. Lui aussi cherchait le pactole.

– Le pactole ?

– Oui, encore un truc qui datait de la guerre. Paraît qu'après la Libération, un homme a enterré un million de dollars dans le coin. Et tous ne rêvaient que de ça : trouver la cache et l'argent. P'tit Louis et Dédé faisaient équipe dans leurs recherches. Mais tout ça ne repose que sur des cancans.

– L'argent viendrait d'où ?

– Des Américains, forcément... De l'armée américaine... Pour quel usage ? Ça, je ne sais pas. Un million... en dollars ! Personne n'en avait jamais vu la couleur, par ici. Et c'était pas des roupies de sansonnet, pourtant. La seule monnaie qui circule à Port-Bréville, escortée du chômedu qui monte sans cesse.

– P'tit Louis... Il le connaissait depuis longtemps ?

– Depuis l'école. Port-Bréville n'est qu'un bled et il n'y a qu'une classe ici. Les relations et les bagarres de la communale se retrouvent souvent plus tard dans la vie quotidienne.

– Il avait des ennemis, votre homme ?

– Qui n'en a pas ? De son temps, il y avait deux bandes ici, les Mousquetaires et les Gardes. Mon pauvre Dédé faisait partie des seconds.

– Deux bandes rivales ?

– Comme dans toutes les écoles, rien de grave ! Deux équipes de gamins faisant, tous, les quatre cents coups des gamins. Dur, dur, de faire l'école buissonnière avec un seul maître, mais après la classe... c'était le défoulement. Ils connaissaient chaque sente, chaque chemin, chaque raccourci, ces mômes. Toujours à l'affût d'un objet à chaparder, en bagarre permanente pour des représentations viriles destinées à diriger le groupe, en vadrouille sur les plages et les falaises pour reluquer les couples amoureux. Forcément, ça les travaille, ce truc-là. Mon pauvre Dédé…

Elle m'agace avec son « pauvre Dédé… »

D'un tiroir ouvert sans ménagement, elle tire un album de photos. Fouille très vite dans le fatras d'images et me tend un tirage sur carton.

– Tenez, les voilà, tous les enfants d'ici. Ça remonte au temps où j'allais en classe avec eux.

L'icône me révèle trois rangées de gamins, filles et garçons. Au milieu du groupe, l'instituteur, les bras croisés comme tout le reste de la bande.

Je retourne le cliché. Les noms sont là, tous. Au premier rang, de gauche à droite : Toinet, Perhain, Croissel… et Pierre-Jacques Rolland ! On dirait un reportage sur la morgue ! Au recto, des bouilles rondes de gosses encore innocents. Innocents ? Voire.

De l'index, elle me désigne trois têtes de fillettes aux cheveux fous.

– Ça, c'est moi, et l'autre, la pauvre Carole. Elle était chez les Mousquetaires et moi chez les ennemis parce que les filles chez les Mousquetaires, il fallait qu'elles se déshabillent et qu'elles montrent leurs fesses. Des vicieux ! Tous !

– Et la dernière ?

– Ah… Marie ! Elle est morte peu après.

– De quoi ?

– J'sais plus. Une maladie d'enfant, un truc foudroyant.

– Comment s'appelait-elle ?

– Vrai, j'ai oublié. C'est si loin, tout ça.

Silence soudain.

Le cliché reposé sur la table, j'interroge de nouveau.

– Paul-André... Votre Dédé, il buvait depuis longtemps ?

– Vous remettez ça ? Il ne buvait pas plus que les autres.

– L'autopsie indique qu'il avait beaucoup d'alcool dans le sang et je l'ai vu à La Marée faire une scène au patron qui lui refusait une consommation. Soit, il ne buvait pas.

Son regard s'est fait encore plus pitoyable.

– C'est de ma faute. Mon pauvre Dédé était un obsédé de la chose... Vous voyez ce que je veux dire ? Et moi, je ne voulais plus de lui depuis ses nuits de... Il s'est mis à picoler, a perdu son boulot. Heureusement que j'étais là pour faire bouillir la marmite. J'suis fonctionnaire. Comme vous.

Je patiente en silence.

Elle se lève, ramène une bouteille de cognac et deux verres.

– J'suis Charentaise et je préfère mon poison à celui de la Normandie.

Elle me tend un verre bien rempli et lève le sien.

– Santé !

Son verre, vidé cul sec, est rempli à nouveau. J'ai à peine trempé mes lèvres dans le mien.

– Les hommes, c'est des petites choses. S'ils n'ont pas leur dose d'amour faut qu'ils trouvent un autre truc. Lui, Dédé, c'était les nuits dans les cimetières avec sa bande de tordus. Des messes noires, qu'ils appelaient ça. Y en a de plus en plus. Des profanations, qu'ils disent à la télé. Tu parles ! Des diableries, oui ! Des orgies moches, oui ! Les partouzes du pauvre, voilà ce que c'était. Ils étaient une bande de loquedus à se retrouver avec des filles aussi tocardes qu'eux, à chercher des émotions nouvelles. Pour se prouver qu'ils vivaient encore, ils baisaient comme des bêtes au milieu des tombes. Puis, ils retournaient tout : les vases, les croix, les fleurs. Avec un meneur de jeu qu'ils appelaient le fantôme. Thor... c'était son nom, le fils de l'Indien, un truc bidon. Les nuits de délire, chacun se prenait pour un Viking. Un peu comme cet impuissant qui touchait le ventre des femmes enceintes qu'il croisait, en criant à propos du bébé à naître : « Il est de moi, il est de moi ! » Pauvres mecs !

La bouteille de cognac est maintenant largement entamée.

– Ça se passait ici ? Au cimetière du village ?

– Non ! Ils n'auraient pas osé. Ils allaient dans la campagne. Au bord de l'eau, à Lavière. Là, il y a un petit cimetière partagé en deux. D'un côté quelques tombes civiles et de l'autre un carré réservé aux soldats tués en 42. Ça se passait au bord de l'eau, avec cet affreux qui prenait des photos.

L'inspiration me revient soudain.

– Rolland ?

Elle pose son verre si brutalement que le flacon glisse. Le liquide brun du cognac forme une petite nappe au pied de la table.

La femme rattrape la bouteille, se verse une nouvelle rasade.

– Vous le connaissez ? Vous connaissez Pierre-Jacques ?

– J'ai eu l'occasion de le rencontrer.

– Des tordus, j'en ai croisé quelques-uns dans ma vie, mais des comme lui... jamais ! Un homme qui aimait les femmes et aussi les hommes ! Vous vous rendez compte ?

Je vide mon verre.

Son œil s'est allumé. Elle a repris de l'assurance.

– Il avait été photographe dans la ville d'Eu, oh, il y a bien longtemps. Il avait repris la boutique d'un Anglais ou d'un Canadien, John Quéquechose ! Ils se nomment tous John, ces gars. On l'appelait l'Indien. Lui, comme les autres, tournait autour de Carole. La pauvrette, elle en est morte. C'est pas toujours un cadeau d'avoir un beau cul. Enfin… C'est la vie, non ?

– D'où vient ce surnom, l'Indien ?

– De la guerre. Ça va, elle est finie ! Qu'est-ce qu'ils ont pris sur la tronche, nos parents ! Ça leur tombait dessus de tous les côtés : du ciel, de la mer, des collines. Ils ont eu chaud. Comme maintenant. Vous ne trouvez pas qu'il fait chaud ? Attendez, je reviens.

Son absence a duré trois minutes.

La revoilà devant moi. Complètement nue. Elle avance sur moi avec des allures de garçon adolescent aux seins plats. Son corps, une carcasse aux côtes visibles, ondule en marchant. Elle est si maigre qu'elle rendrait végétarien n'importe quel amateur de steak. C'est vrai que parfois « la chair est triste ».

– Venez, capitaine, venez, je vais vous apprendre quelque chose. J'ai un trésor, moi aussi. Et vous n'avez pas à le chercher, il est là… à portée de main.

Je me suis levé d'un jet. Jamais je n'ai été un homme d'argent et une monnaie dévaluée à ce point ne m'intéresse pas. De plus, je suis sur le sentier de la guerre en ce moment et pas dans une alcôve.

– Oh, stop ! Merci, mais ce n'est pas le jour. Je reviendrai vous voir une autre fois. Je ne suis pas là pour jouer.

Sa main se tend vers la bouteille posée sur la table. Au goulot, elle avale le fond de cognac, s'essuie la bouche d'un revers de main.

– Tirez-vous, le flic, tirez-vous. Tous pareils, les mecs, tous ! De grandes gueules et des petites choses, toutes petites, comme celle de mon pauvre Dédé. Allez, dehors !

Je me retourne avant de franchir le seuil.

– Je suis descendu à Dieppe, à l'hôtel des Équinoxes. Si vous avez du nouveau, vous pourrez me joindre là.

– Espèce d'hystérique impuissant ! Tous pareils, tous ! Des petits bouts, rien que des petits bouts. Foutez-moi le camp, équinoxe !

Il y a des ordres auxquels on obéit immédiatement.

J'ai donc foutu le camp et me suis arrêté à une station-service pour refaire le plein.

Sur la carte Michelin déployée, j'ai cherché Lavière. Encore un cimetière qui mérite un détour.

Voici Lavière ! Un point minuscule sur le plan.

Une muraille basse ferme une nécropole isolée en pleine campagne avec la mer en toile de fond. Sur un mât, un drapeau canadien claque au vent.

Je gare la voiture à l'entrée. Pas un chat aux alentours. À croire que je suis seul au monde devant ces tombes fleuries que j'entrevois à travers la grille. J'appelle. Seul le sifflement de la bourrasque, venue des flots, me répond. Fin novembre, les journées sont courtes et la lumière se fait rasante. Mon « rossignol » va encore servir.

Visiblement, la serrure de la porte est bien huilée. Le métal ne grince pas, pivote.

Je laisse l'ouverture entrebâillée et avance lentement dans la courte allée qui partage le lieu en deux parties inégales.

Machinalement, je porte la main vers mon holster.

Mon arme coulisse bien. Depuis la mort de Loup, je baigne dans un sentiment douloureux. Je connaissais la peur – c'est souvent utile dans un boulot comme le mien – et je crois que j'ignorais l'angoisse. Maintenant, je me pose des questions à ce sujet. Il est vrai que je suis en prise directe dans cette affaire.

À gauche, surmontés du pavillon à feuille d'érable, des rangées de pierres tombales blanches abritent des corps d'hommes jeunes, à voir leurs dates de naissance et de mort.

Sur le côté droit, quelques tombes civiles ornées de pots aux fleurs fanées. Je compte onze stèles, toutes en granit. Une seule sépulture, la douzième, est couverte d'une plaque de marbre noir. Elle ne porte qu'un prénom : *Marie.*

J'ai l'impression d'avoir la gorge dans un étau. La photo trouvée chez Loup… est là, à mes pieds, en version originale.

Le ciel est gris. J'avance très lentement.

Je respire difficilement. Le chagrin en est la cause mais aussi, à nouveau, le sentiment que je n'étais pas ce que je croyais être dans la vie de Loup. Il avait de l'affection pour moi, pour Malo le môme paumé, j'en suis certain, mais quel père était-il en réalité pour moi ? Oh, Malo ! Qu'est-ce qui t'autorise, chez qui que ce soit, à revendiquer de la tendresse à ton égard ? Le monde entier court après… La preuve ? Le nombre de psys qui ne cesse de croître… *Basta ! No complain…* C'est un tueur que tu cherches, le Chien, pas un analyste ou un curé.

La parka déboutonnée me permet d'inhaler à fond. Le froid s'est fait plus vif mais il ne me gêne pas. J'ai bouclé la boucle. *Marie !* C'est sans doute la tombe de l'enfant de Marine et de Loup.

Une voix m'interpelle.

Je sursaute et pivote, l'arme au poing.

Après une brève hésitation, je réalise qu'un homme me parle. Un type me dévisage, un gus grand, enveloppé dans une cape de bure verdâtre, avec une gueule bronzée marquée de rides profondes, aux cheveux d'un blanc jaunâtre. L'important n'est pas sa tenue mais le fusil à canons superposés qu'il braque sur moi. Une Winchester, calibre 12, à la crosse luisante. À la chevrotine, elle vous transforme un colosse en passoire. J'en ai vu dans mon boulot.

L'homme se tient à mi-chemin entre la grille et l'alignement des croix.

– Qui vous a permis d'entrer ici ? Il faut demander une autorisation pour pénétrer dans ce cimetière. Et c'est moi qui les délivre, les permis de visite. Depuis les années 70, on n'enterre plus personne à Lavière. Vous avez commis un délit en pénétrant ici. Et en plus, vous êtes armé ! Imbécile ! Les morts ne sont pas dangereux. Vous ne risquez qu'une chose, les gendarmes que je vais appeler.

– Laissez tomber, voulez-vous ? Je suis de la police.

– Les flics ne forcent pas les portes pour entrer dans un cimetière.

– Moi si. Voici ma carte.

– Rangez votre pistolet et avancez vers moi, les bras écartés. Je vous préviens que j'étais, autrefois, tireur d'élite.

Il tient maintenant son arme à la verticale.

Le Beretta regagne sa niche, j'ouvre les bras et tends vers l'homme, tenue entre le pouce et l'index de la main droite, ma carte tricolore.

– Jetez-la vers moi et reculez de deux pas.

– On vous a déjà dit que vous étiez méfiant ?

– Oui, et c'est pour ça que je suis encore en vie. J'ai débarqué ici en 1942. Je suis Canadien, chargé bénévolement de l'entretien des tombes. Si vous préférez, je suis un retraité du raid de Dieppe, qui a voulu finir sa vie ici en veillant sur les restes de ses camarades.

Rapide coup d'œil sur mon document, qu'il me rend. Le fusil s'abaisse.

– Que cherchez-vous ?

– Je viens de Paris et j'enquête sur une série de meurtres.

– Quel rapport avec le cimetière paumé de Lavière ?

Je pivote et désigne de la main la tombe noire marquée : *Marie.*

– Une des victimes était de mes amis, le père de cette gamine. Il s'appelait Loup. Ça vous dit quelque chose ?

– Non. Inconnu au bataillon.

– Il venait chaque semaine ici, un grand gaillard costaud avec des cicatrices sur le visage…

– Ah ! Je vois… Monsieur Fresnel, qu'il s'appelait. C'est de lui qu'il s'agit ?

– Exact. Comment savez-vous son nom ?

– Il me l'a dit, c'était un policier, lui aussi. Il est mort ?

– Oui. Assassiné. C'est pour ça que je suis ici, aujourd'hui. Quelqu'un l'a flingué dans le dos.

– Dommage. Il avait l'air bien, cet homme. Pas un trimardeur ou un chenapan comme il en traîne tant dans les campagnes. Il se passait de drôles de choses ici, avant que j'arrive.

– De quel ordre ?

– Des messes noires. Des profanations de tombes. Elles ont cessé lorsque je suis intervenu… avec ça !

Il lève son fusil.

– Vous savez, quelques cartouches de plomb dans

les pneus font plus d'effet que toutes les lois du monde. Lorsqu'ils ont été obligés de repartir à pied, dans l'obscurité, ces petits cons ont changé de club de loisirs.

– Elles étaient fréquentes, les visites de Fresnel ?

– Oh, oui ! Il venait là toutes les semaines. Il passait toutes ses matinées de dimanche à nettoyer la sépulture de la petite. C'est sa fille qui est enterrée là. Il posait des fleurs fraîches, restait à méditer, faisait le tour du cimetière et repartait.

– Il vous a parlé de son passé, quelquefois ?

– Non. Je l'ai invité à déjeuner à plusieurs reprises. Jamais il n'a accepté. Même un verre, il le refusait. Le chagrin le rongeait, c'était visible, une plaie qui ne se cicatrisait pas. Venir, semaine après semaine, pendant des années sur une tombe, je sais ce que c'est. C'est un peu ce que j'ai fait en me retirant ici.

Venue du large, une rafale me coupe le souffle. Je frissonne.

– Il fait frais aujourd'hui, venez chez moi, je vous offre un verre, ça vous réchauffera. Vous n'allez pas refuser, vous aussi ?

– Sans problème. Allons-y !

– Je vous préviens… J'ai beau être normand depuis des années, je marche au rye. J'aime les alcools qui ont du tonneau. Vous voyez ?

– Je vois. Elle est loin, votre maison ?

– Non. Derrière le coteau.

Je lui désigne ma voiture.

Il enlève les deux cartouches de son fusil, les glisse dans la poche de sa cape.

– Vous m'auriez vraiment tiré dessus si j'avais refusé de vous obéir ?

– Et comment ! J'étais dans le commando n° 3

lorsque j'ai débarqué à Dieppe. Personne ne m'a fait de cadeau, ce jour-là.

Il tend un bras.

– Tournez à droite, c'est le cottage que vous voyez près du bouquet d'arbres.

La maison est chaude. Un feu de bûches éclaire la pièce meublée dans ce confort anglais un peu kitsch mais « so cosy », comme dit Astrid. L'homme dépose son arme dans un râtelier installé au-dessus de la cheminée.

– Je m'appelle Michel Favrichon, je suis du Québec. Et vous ?

Je me présente.

Il sourit et, d'une carafe de cristal taillé, verse deux larges rasades de whisky dans des verres épais.

– Santé !

Il boit une grande gorgée de rye.

– J'ai vraiment commencé la guerre ici, en Normandie, lors de la catastrophe d'août 42.

– Le raid sur Dieppe ?

– Oui. C'était une connerie monumentale : vouloir débarquer en pleine ville avec des attaques de diversion sur les plages voisines. L'assaut a commencé à 3 h 45. À 13 heures, on rembarquait, en laissant, par centaines, les corps abattus des copains.

– Quel était votre boulot ?

– Baliser la plage. Nous étions six combattants et un photographe, l'avant-garde de la troupe. On n'a même pas atteint la grève. Un jet de grenades, et mes compagnons se sont retrouvés flottant sur l'eau. Morts. J'ai fait la planche et me suis laissé porter par le courant. L'autre gars, encore en vie, toujours bardé de ses appareils photo, en a fait autant. Deux vivants en sursis, en train de dériver. Le bas de la falaise est truffé de grottes minuscules. Pas de postes allemands. Il est impossible d'y séjourner à marée montante. Nous nous sommes planqués là.

Son regard est devenu fixe. Il ne quitte pas la fenêtre des yeux.

– Nous n'avions que deux choix possibles : rester là et mourir noyés ou essayer d'en sortir et finir grillés avec le feu d'enfer déchaîné au-dessus de nos têtes. L'eau et les flammes ! Drôle de cocktail ! Avec les Allemands comme barmen : *Je vous les sers comment, gentlemen ? On the rocks* ? D'un côté, la mort à 100 %, de l'autre à 99,5. Je suis joueur. Je l'ai toujours été. J'ai donc lancé les dés. Je me suis déshabillé, mon équipier involontaire en a fait autant. En caleçon, il avait toujours son barda de photographe autour du cou.

Nouvelle rasade de whisky.

– La mer était là. Centimètre par centimètre, elle a commencé son escalade. Par gestes, j'ai désigné ses appareils à mon compagnon. Il pleurait en les enlevant. Jamais vu quelque chose de plus ridicule. Nous étions en attente pour l'enfer et l'autre crétin pleurait ses Leica, à croire que c'était ses enfants qu'il abandonnait.

Il boit à petites gorgées.

– Nous avons nagé, dérivé, flotté ; nous étions portés par le flux, le regard vers le ciel et le sommet de la falaise. Le tout dans le fracas des tirs, des bruits issus d'une gamme inconnue, des sons à rendre fou. Ça sifflait, cognait, soufflait, pétait, grognait, toussait, explosait, frappait, s'envolait, revenait en écho. Et tout recommençait, sans fin, sans fin… Nous… minuscules petits bonshommes, n'étions plus que des paquets de réflexes. Rien d'autre. Plus de logique, plus de raisonnements, plus de sentiments en dehors de la panique qui nous pénétrait et nous dévorait dans un décor mobile qui volait en pièces détachées après chaque ouragan de feu.

Ne me demandez pas comment nous avons fait pour sortir de là et nous retrouver, le torse nu, trempés, en caleçon, marchant désarmés vers l'intérieur. Je jure que je n'en sais rien. Un groupe de Canadiens s'est pointé devant nous. Ils avaient, eux aussi, progressé depuis la plage.

Nous étions une dizaine à foncer en avant. Derrière, c'était le massacre. Dans la fumée, on a perdu le détachement. On s'est retrouvés à deux, le photographe et moi. À croire que, ce jour-là, nous devions avoir le même destin. John a ramassé un casque allemand. Mon pote involontaire, bien qu'anglophone, était correspondant de guerre dans mon unité. Ferguson, qu'il s'appelait.

Tentative de repli. Impossible sous un feu pareil. Les Huns avaient mobilisé tous les chiens de l'enfer et chaque mètre de terrain était battu par une mitrailleuse. Les Fritz devaient penser que John et moi étions des supermen capables de gagner cette guerre à nous seuls. Nous n'étions plus que deux cibles qu'il fallait détruire à tout prix pour permettre au Führer de dormir en paix. *Sieg heil !*

Et on se retrouve devant une baraque perdue à deux bornes de la mer.

Je me planque dans un hangar. John suit.

Une fille surgit de la maison, court vers nous, nous fait signe. « Venez ! » Il s'est appuyé sur Emma et ils ont disparu dans la fumée.

– Et vous ?

– Je suis touché. J'essaye de me relever. Tu parles… avec une balle dans la cuisse, personne ne court un cent mètres. Les autres sont arrivés en gueulant. *Ach ! Mensch ! Schwein ! Los !* J'étais assis, le dos contre une haie. J'ai levé les mains. Ils m'ont envoyé une crosse dans la gueule. Je me suis réveillé à l'hôpital.

La vie est douce, soudain, dans cette pièce calfeutrée. Le vent sifflote.

– Et John ?

– Je ne l'ai plus jamais revu. Après la guerre, je suis rentré chez moi à Trois-Rivières, j'ai vécu, vieilli sans me presser et, me retrouvant seul après le départ de mes enfants, je suis revenu finir ma vie ici.

Il se lève, porte un toast muet avec son verre de nouveau plein et entonne :

J'irai revoir ma Normandie,
C'est le pays qui m'a donné le jour…

Mon portable sonne. Je n'aime pas ça.

C'est le Pottock.

Salamalecs d'usage.

– Oui, je vais bien. Que se passe-t-il ?

– Il faut que tu reviennes à Paris. Quelqu'un a essayé, hier dans la nuit, d'incendier la maison de Loup.

C'est un poing énorme qui m'arrive dans la poitrine. Je reprends mon souffle.

– Des dégâts ?

– Peu importants. Un automobiliste a assisté au départ du feu et donné l'alerte, sinon tout y passait. Les pompiers ont limité la casse.

– OK. J'arrive. Rendez-vous dans deux, trois heures, chez Loup. Je me fous de ce que Turpin en pensera. Je ne suis pas suspendu mais en congé et chacun fait ce qu'il veut de ses vacances.

Le Canadien me raccompagne à ma voiture.

– Si vous avez besoin d'un coup de main, je suis votre homme, vous savez où me trouver. Notez mon téléphone.

Sous la pluie, je fonce vers Paris.

19

Saint-Maur.

Une Peugeot stationne devant le pavillon de Loup.

Ils sont trois dans une voiture banalisée : le Pottock, Impala et le Chameau, toujours en arrêt de travail, mais passionné par l'enquête. La Marmotte est de permanence au QG.

L'antilope me saute au cou, les deux autres me serrent chaleureusement la main.

La façade de la maison présente une large flaque noire laissée par l'incendie.

Un policier en tenue monte la garde.

– On attend un menuisier pour installer une fermeture provisoire.

Renseignements pris, le feu a démarré dans le bureau de Loup.

Les murs sont revêtus d'un voile de suie. Les meubles ont été léchés par les flammes mais ne sont pas détruits. C'est un tas de papiers et des restes de dossiers qui attirent l'attention.

À quatre pattes, j'examine les morceaux des dossiers de Loup, documents que je n'ai pas pris la peine d'analyser. Ce sont essentiellement des restes de coupures de presse que je ramasse. Très vite, un tas de papiers, jaunis par la chaleur de l'incendie, se retrouve regroupé sur le bureau.

À ma demande, Impala classe la paperasse dans des

transparents. Je me retrouve avec trois liasses qu'il me faudra examiner une à une.

Le Chameau me tend un papier portant une liste de noms.

Il répond à mon interrogation muette.

– Ce sont les propriétaires des voitures qui se trouvaient à l'enterrement de Carole.

– Qu'est-ce qu'ils disent, ces patronymes ?

– Des banalités. Le maire du pays était là. J'ai aussi un certain Michel Favrichon qui crèche dans un bled perdu, à Lavière.

– Je l'ai rencontré. Sans intérêt, ce n'est qu'un ancien combattant obsédé par son passé.

– Plus intéressant, notre ami Miro Vasques, que nous n'avons jamais rencontré, était également aux obsèques. Lui nous ramène directement aux danseurs assassinés. Mais il est dans la nature. Il devient notre témoin numéro un. Et toi, Malo, qu'as-tu fait en Normandie ?

Très vite, je leur raconte mon équipée sur la côte.

Le groupe écoute, enregistre mentalement, se tait.

Rendez-vous est pris avec le Chameau. Les autres sont tenus par leurs astreintes.

Je regagne mes pénates avec toujours le plaisir renouvelé du retour à la niche.

Tout est en ordre. Les trois dossiers ramassés chez Loup échouent sur mon bureau.

Répondeur. Un message tendre d'Astrid qui m'annonce son retour proche. Très langoureuse, ma douce amie m'informe qu'un hidalgo, golfeur de choc, éleveur de grande classe, cavalier hors pair l'a demandée en mariage.

Sa voix s'est faite suave lorsqu'elle me rappelle qu'elle déteste le golf, qu'elle est citadine dans l'âme et que conduire pieds nus à la Sagan reste mille fois plus excitant et supérieur au plaisir du galop sur un cheval, fût-il un pur-sang entier. Elle me donne une précision qui me terrorise : « Si j'épouse quelqu'un, un jour, ce sera toi, mon Rottweiler ! Personne d'autre ! »

Rituel. La douche, une Gitane, un verre.

J'essaye de dormir. Impossible. Trop tendu. Je nage dans un monceau de pièces détachées, le puzzle de mon enquête. J'ai l'impression d'avoir joué au Petit Poucet, d'être remonté aussi loin que je le pouvais, mais il me manque l'élément essentiel : le lien entre la mort d'un enfant et celle de son père. Quant à la mère, absente en dehors de ses lettres, où est-elle passée ? De plus, quels rôles, mes braves normands plongés dans la dernière guerre, jouent-ils dans cette tragédie ?

Le sommeil ne vient pas. Je me lève, tourne en rond. Pour une fois, j'espère que le téléphone sonnera, avec Astrid au bout du fil… En vain.

Me voilà assis devant le tas de papiers posés sur ma table de travail.

Avec une pince de philatéliste, je sors une première partie de ce qui subsiste des feuillets à demi consumés. Ce ne sont que des restes de coupures de presse. Je découvre des titres, nés à la Libération, que je ne connais même pas. *Franc-Tireur, Combat…* Des quotidiens aujourd'hui disparus. Voici une pile de *Paris-Normandie.* Impossible de lire un article. Le feu a fait des ravages. En revanche, certaines dates sont lisibles. *Franc-Tireur* porte la mention « mai 1945 » alors que le numéro de *Combat* est millésimé d'une façon plus précise : « 22 mai 1945 ». Un titre de *Libération*, pas le *Libé* d'aujourd'hui mais celui de l'époque, commence par un chapeau étriqué – le papier devait être rare en ce temps-là : « *L'attaque du convoi américain a fait plusieurs vict...* » Le reste est illisible. *Paris-Normandie* m'apporte une précision importante, un lieu, la ville d'Eu.

Le reste de ma revue de presse ne me donne pas grand-chose. Question ? Pour quelle raison un homme aussi accablé de boulot que Loup a-t-il collectionné des coupures de presse liées à ce qui me semble n'être qu'un fait divers daté de l'immédiate après-guerre ?

Les papiers remis en place, je me fabrique mon somnifère habituel lorsqu'Astrid est absente et m'offre un CRS tassé. Un second suit.

Le jour gris de novembre perce à travers les volets. Oh, j'ai dormi longtemps... à croire que je suis un retraité.

Le téléphone d'une main et les coupures de presse calcinées de l'autre, j'appelle Impala.

– Salut ! Non, je ne vais pas bien, merci. Débrouille-toi comme tu pourras, mais fonce à la BN, oui, à la Bibliothèque nationale. Demande à consulter les journaux... tu as de quoi écrire ? Note... *Franc-Tireur, Libération, Combat...* Moi non plus, je ne connais pas. Ce sont des canards issus de la guerre. Tu vas cadrer les faits divers qui se situent entre, disons, le 8 mai, fin du conflit, et le mois de juin de la même année. Fais faire des photocopies des unes. Ensuite, tu appelleras *Paris-Normandie*, à Rouen, et tu leur demanderas de te balancer sur Internet les mêmes sujets durant la même période. Pigé ? Fonce, je crois que c'est important. On dirait que notre tueur a cherché d'abord, par l'intermédiaire de Thor, à récupérer quelque chose et que, maintenant, il cherche, au contraire, à détruire une piste.

Y a-t-il une vie après la mort ? Pour un croyant ? Certainement. Pour moi, seul le réel compte et, en attendant, le quotidien est là. Je suis pris dans une nasse, une enquête importante dans laquelle je suis partie prenante. Il faut que j'en sorte, sinon…

Café serré. Un second. Je suis prêt à partir.

Téléphone. Impala au fil. Elle m'informe qu'un journaliste de *Paris-Normandie* va lui envoyer sur le web tout ce qu'il aura trouvé sur les événements de mai et de juin 45, en dehors de la capitulation allemande et de l'insurrection de Sétif, en Algérie.

Encore un appel. Dommage que ma compagne soit en voyage. Lorsque la ligne est occupée, cela veut dire qu'Astrid parle. Libre ? Elle va parler ! Mais ma douce est en vacances et il y a des jours comme ça : le téléphone sonne, sonne. C'est le Chameau. Il m'annonce qu'il vient me chercher, que sa Rachel a fait une tafina et qu'elle m'attend pour déjeuner.

OK. J'y vais. Les Nord-Africains, toutes origines confondues, ont ça de positif : ils savent recevoir. Pour ce qui concerne le négatif, je laisse à chacun le soin de confectionner son menu.

J'ai passé un moment chaleureux.

Retour à la maison. C'est bon d'être en congé, même forcé. Je m'offre une sieste *first class*.

Le jour descend lorsque j'ouvre les yeux.

Sur une chaise, accroché à un cintre, un vêtement attire mon attention. C'est la veste que je portais lors de la mort de Carole et qu'un éclat de verre a déchirée.

Posé sur une tablette, un mouchoir blanc contient deux objets complètement oubliés. L'un est le coupe-ongles d'Impala et l'autre le médaillon ramassé chez la mère de Dominique Toinet. Un court message de

María-Carolina, la femme de ménage, m'informe qu'elle a fait réparer la déchirure de la manche. Précision supplémentaire : elle a trouvé dans la pochette supérieure les deux machins-chouettes que j'y avais laissés. Rien à dire, le français de Maria s'améliore.

Je souris en repensant à Impala et range soigneusement l'outil dans mon blouson pour le rendre à sa propriétaire.

Le camée trouvé chez la mère Toinet, que je tiens en main, se balance au bout de sa chaînette. La tête d'une fillette aux cheveux clairs passe et repasse devant mes yeux. C'est une améthyste dont le relief accentue encore la délicatesse des traits. La pierre fine va de droite à gauche, de gauche à droite, déclenche en moi un léger sentiment d'hypnose. Et le flash jaillit… Le mouvement du pendule s'interrompt, je retourne le médaillon. Au verso, un seul mot : Marine.

Je suis un vrai Gaulois, je viens de recevoir le ciel sur la tête.

Halte à l'étourdissement. Le ciel peut attendre… Tout le monde le sait. Avec moi, c'est le réel qui n'attend jamais. Rhabillé, mon pistolet bien en place, je roule vers Belleville.

Je conduis d'une seule main et, sur mon portable, j'avertis le Chameau de ma destination.

Voilà la maison de Maman Toinet. Miracle ! Une voiture déboîte et me laisse un créneau.

Sans précaution, j'ouvre la portière. Je glisse sur une peau de banane et pars en avant pour atterrir la tête sur le capot de ma Clio. Mouvement synchrone. Mon rétroviseur gauche éclate dans le fracas d'une double détonation. La seconde balle fait voler en morceaux le verre du lampadaire qui éclaire la rue.

Je plonge sur la chaussée et tire sur une ombre. On ne dira jamais assez de bien des cochons qui balancent leurs saletés sur les trottoirs. Mon dérapage m'a sauvé la vie.

Le côté plaisant de ce quartier, comme dans beaucoup d'autres coins parisiens, tient dans le fait que chacun s'y mêle de ses affaires. Vous pouvez donc vous faire dévaliser, assommer, voire pire, l'essentiel pour un témoin éventuel étant de rester en dehors, surtout lorsqu'on est un immigré, un clandestin ou simplement un gars qui ne veut pas d'histoires. Conclusion : les deux coups de feu n'ont fait bouger personne.

La rue est vide. Je crapahute sur le bitume, me relève et, pistolet toujours en main, je sonne à la caricature du pavillon « Sam Suffit » de Mme Toinet.

Cette fois, pas de cinéma. La porte s'ouvre. Je fonce sur le court sentier pavé.

– Entrez vite et refermez bien derrière vous.

Elle est là, dans le couloir, avec sa curieuse silhouette qui arrive à se tenir encore droite malgré les déformations rhumatismales de son squelette en hélice de tire-bouchon. Plaquée au mur, entre la fenêtre et la porte, elle se trouve hors de la trajectoire d'un possible tir. On n'apprend ça que dans les écoles de tir ou… à la guerre, instinctivement. Mais l'essentiel n'est pas là. Il consiste dans le Walther P. 38 qu'elle tient pendant au bout des doigts. L'arme est lourde et la femme solide. Quant à moi, je me sens atteint, soudain, d'une curieuse faiblesse dans les jambes.

– Vous vous baladez toujours avec cette artillerie ?

– Depuis la mort de Domi, je l'ai à portée de main. J'ai entendu tirer dehors, donc…

Nous sommes dans son living. Du menton, elle me désigne une place sur un canapé de reps d'un marron mélancolique. Elle me fait face, maintenant, repliée sur elle-même, assise dans un fauteuil aussi triste que le divan. Le pistolet est toujours dans sa main.

– Je ne vous offre pas à boire ; vous n'êtes pas venu à cette heure tardive pour prendre un pot. Que voulez-vous ?

Je plonge une main dans mon blouson et sors le camée que je pose sur la table.

– Cet objet vous appartient. Je suis venu vous le rendre.

Son visage a pâli, ses yeux sont devenus minuscules dans des paupières à demi fermées.

– Où avez-vous trouvé ça ? Je croyais l'avoir perdu.

– Mais ici, lorsque vous vous êtes évanouie. Vous l'avez arraché de votre cou. Madame Toinet, je n'ai pas une minute à perdre. Ma peau est en jeu et la vôtre aussi, peut-être. Vous avez entendu le feu d'artifice du comité d'accueil lorsque je suis arrivé ici. On ne joue plus. Vous me racontez tout ce que vous avez oublié de me dire, sinon, malgré votre état, je vous fais boucler. Et je m'arrangerai pour que quelqu'un perde la clé de votre cellule.

– Non, capitaine, pas de menaces. Je n'ai que faire de vos manières. J'ai tout vu dans la vie, ça oui, et vous ne m'impressionnez pas.

– Ce Walther que vous tenez si mal est à vous ?

– Oui. Et alors…

– Vous avez une autorisation de port d'arme, je suppose ?

Un grand rire la secoue soudain.

– Non, je n'en ai pas et n'en demanderai pas. Je l'ai ramassé sur un champ de bataille, ce joujou. C'est une prise de guerre. Que voulez-vous de moi ?

– Que vous m'aidiez à arrêter un meurtrier. J'ai fait

du chemin, depuis notre dernière rencontre. J'avance pas à pas dans un gigantesque jeu de piste dont l'enjeu est ma vie, ce qui n'est pas grave, mais aussi la peau d'autres personnes que ma présence et mes questions rendent encore plus vulnérables. Je ne suis plus un flic « protecteur » mais un homme dangereux. Qui est Marine ?

Son pistolet s'est redressé. L'arme est directement pointée sur mon cœur. Muette, Maman Toinet ne me quitte pas du regard. Le canon de son joujou non plus d'ailleurs. La femme est pâle, presque blême. Le squelette de son visage se devine soudain sous sa peau. Elle ressemble à un spectre, tel que je les imaginais lorsque j'étais enfant. Il arrive que les fantômes se décident à parler.

– Marine ? C'était ma fille.

– Était ?

– Oui, elle est morte. Mes deuils vous concernent ?

– Celui-là, je crois que oui. Pas directement, mais une femme portant ce prénom apparaît dans mon enquête.

Je lui parle des lettres découvertes chez Loup.

– Vous me les montrerez ?

– Certainement pas. C'est la correspondance privée d'un homme que je respectais et, croyez-moi, dans mon existence j'en ai rencontré rarement, des êtres respectables. L'enquête terminée, je brûlerai tout ça.

Muette approbation d'un lent mouvement vertical de la tête.

– Donnez-moi une cigarette.

Je lui tends mon paquet. Elle en prend une, l'allume côté filtre, crache. Le mégot écrasé, elle enflamme une seconde Gitane. J'ai l'impression d'être devenu transparent : elle regarde au-delà de moi.

– En août 1942, près de la falaise de Guérigny, en Normandie, vivait une banale famille française de l'époque, la mienne. Mon père était prisonnier dans un stalag en Poméranie. Ma mère tentait, vaille que vaille, de survivre à cette folle tuerie, avec un seul but : me protéger, moi, Emma, sa fille. J'avais appris la couture et j'étais douée, mais faire des robes en temps de guerre, sur une falaise couverte de blockhaus peuplés de gars en uniforme, n'était pas une sinécure. Nous nous en sortions en cultivant ce que nous arrivions à semer, et en élevant des poulets et des lapins que les occupants nous achetaient. Nous étions connues de tout le secteur et les Allemands nous laissaient en paix. Nous tenions le coup, toutes les deux, lorsque le tir d'un chasseur anglais a effacé la moitié de la maison. Maman a été tuée. Un cercueil de bois blanc suivi par les quelques peigne-culs qui s'accrochaient à leurs terres et à leurs baraques. Voilà les funérailles qu'elle a eues.

La fumée de la cigarette s'élève comme un « i » au bout de ses doigts de la main gauche. La droite tient toujours le Walther mais le canon est braqué vers le sol.

– Je me suis retrouvée seule, j'avais dix-sept ans.

Sa voix est devenue monocorde. Ou elle la joue « mélo » ou… Non, elle dit vrai. J'ai trop l'habitude des aveux pour ne pas reconnaître au premier coup d'œil celui qui va vider son sac.

– Oui, j'avais dix-sept ans. Sans préavis, un matin, la guerre a débarqué chez moi en direct. Le raid sur Dieppe… Depuis la mort de ma mère, j'avais creusé un abri au milieu du tas de bûches qui servaient au chauffage. Je m'y réfugiais dès que la tension montait d'un cran. En général, un passage d'avions de la RAF. Et, dans cet été de flammes, tout a explosé. Dans le paysage soudain en mouvement j'ai vu arriver un homme. Sans uniforme. Allemand ? Anglais ? Un type désarmé, au torse nu, en caleçon, avec un casque troué sur la tête. À lui seul, il était soudain l'image surréaliste de toutes les guerres. Lorsque j'y repense…

Bref silence.

– Oui, ça me paraît invraisemblable encore aujourd'hui. Cette lande vide, en fuite vers l'horizon, et ce gars… Il était le seul homme encore vivant sur la terre. Seul ! Un zombie en marche dans un geyser d'explosions, de jets de pierres. Seul ! Et il vivait !

Elle passe sa main libre sur ses yeux.

– Il s'est écroulé près de moi.

« À boire. » Ce sont les seules paroles que j'ai entendues. Je n'ai même pas réalisé qu'il me parlait en français.

Le silence. Elle voyage dans le temps.

– J'ignore pourquoi, sous le feu, j'ai couru à la maison et empoigné un cruchon. Depuis, je n'ai jamais vu quelqu'un boire de cette façon. L'eau, avalée trop vite, déclenchait un hoquet, ressurgissait de sa bouche en filets et dévalait sur son menton. Il en a même rejeté par le nez, à croire que son palais avait disparu. La guerre nous cernait et je ne voyais que ce grand gaillard crachant de la flotte sous un ciel de fin du monde. La cruche s'est brisée lorsqu'il l'a reposée.

« Je m'appelle John. Et toi ? » La déflagration toute proche d'un obus l'a empêché d'entendre ma réponse. « Emma. »

Sa main droite se promène sur ses yeux. Elle se tait de nouveau.

C'est moi qui reprends.

– Il était seul, John Ferguson ?

Retour au réel. Elle sursaute.

– Qui a vous donné ce nom ? Ferguson... Où avez-vous trouvé ça ? Comment le savez-vous ?

– Je vous l'ai dit, à force d'être la bille d'acier d'un flipper, de rebondir de plot en plot, j'ai appris certaines choses.

Sa tête se balance de gauche à droite, revient ; elle hésite et reprend.

– Dans ce trou, que j'avais tapissé de brassées de branches pour éviter la boue, nous étions seuls au monde ; pas un humain visible autour de nous. Seulement, le vacarme. Le vacarme... Et la vibration permanente de tout ce qui nous entourait sous le souffle incessant des explosions. Le ciel, la terre, le feu... Ce n'était plus qu'un magma mortel. Autour de nous, les bûches prévues pour le chauffage hivernal formaient un muret de bois. Et la guerre qui nous cernait. Vous savez ce que c'est, la guerre ? Non ! Encore un truc disparu. N'existent plus, aujourd'hui, que les opérations de police, comme en Algérie autrefois.

Elle tend la main.

– Cigarette !

J'en allume deux, lui en tends une.

– Les bruits de la guerre... Ses odeurs, ses terreurs, son sang et ce tremblement permanent de l'air, ce souffle qui se mêle à vous, vous envahit, comme il a envahi les deux enfants que nous étions au fond de cette tombe sans couvercle.

Un obus a éclaté tout près de nous. L'instinct m'a poussée vers le seul être encore vivant à mes côtés. Il m'a serrée contre lui, a caressé ma nuque d'un mouvement très lent. Le soleil d'août chauffait et nous étions secoués par une vibration incontrôlable. Avions-nous froid ? Était-ce la terreur panique ? La peur de mourir comme tous ceux qui tombaient dans le fracas extérieur ? Je ne le saurai jamais. Nous étions, John et moi, enlacés sur le sol. Je ne voyais rien d'autre que le ciel et les bouffées de fumée nées des explosions qui se diluaient dans une folle escalade, et ces rondins, dérisoire muret contre la destruction, la nôtre. Nous avons fait l'amour. Spontanément. Pour exorciser les morts diverses qui nous menaçaient. J'étais pucelle. J'ignore si j'ai éprouvé un quelconque plaisir ce jour-là ; nous n'étions plus que le contrepoint à la fureur humaine déchaînée sur les terres qui nous entouraient. Les gestes de John, ses mouvements dans mon corps, annulaient tout. Nous étions la vie et rien d'autre n'existait.

Elle a posé son Walther, s'est dirigée vers le célèbre buffet Henri II que je connaissais déjà, en a sorti une bouteille de cognac et deux verres ballons.

Interlude.

Pas de toasts, pas un mot.

Je fume, je bois. Elle boit, elle fume.

– Comment en êtes-vous sortie ?

Sourire triste.

– Je ne sais pas. Il y a eu un bruit de moteurs. J'ignorais à cet instant que la bataille était terminée, que les Canadiens encore vivants avaient rembarqué. Les Allemands ratissaient les environs. Un groupe de soldats casqués s'est éjecté d'un blindé et a fait mouvement dans notre direction. Nous étions hors de leur vue. John est sorti et a commencé à ramper vers la mer. La patrouille allemande s'est déployée. J'étais accroupie dans mon trou et je voyais tout. Un officier isolé s'est trouvé sur le chemin de John. Il tenait un pistolet…

Du menton, elle désigne l'arme posée sur la table.

– Le Canadien s'est relevé, a déniché par hasard une pelle abandonnée, un de ces outils courts dont tous les soldats du monde se servent pour creuser leurs trous de protection ou leurs tombes et, d'un geste fou, du fer, il a sectionné le cou de l'Allemand. Ça existe, un geyser de sang, je l'ai vu... L'autre a lâché son arme. John courait, courait... Les poursuivants ont tiré, tiré... Mon homme, c'était mon homme désormais, avait la baraka. Il est arrivé au bord de la rocaille, a plongé dans l'eau.

La tête entre les mains, elle fixe le mur.

– Les autres ont foncé vers le bord de la falaise, ont arrosé l'eau d'un tir serré. J'ai perdu la notion du danger et j'ai marché en direction de la mer. Les soldats me regardaient et ne bougeaient pas. Je devais avoir l'air d'un spectre. J'avançais, nue, dans les restes d'un champ de bataille. Je suis restée immobile à regarder en bas, là où John semblait inventer une nouvelle forme de natation. Il nageait, immobile, les bras en croix. Avec des cordes, des hommes sont descendus pour remonter le corps de mon premier amant. Apparemment, il vivait encore ; il avançait en traînant ses pieds sur la pierraille. Le corps lacéré, il montait au Golgotha. Son visage dégoulinait de sang. Le liquide jaillissait d'une large entaille à la racine des cheveux et couvrait tout son visage de rouge. En le voyant, un des Allemands a dit : *Oh ! Ein Indianer !* Un Indien !

Bien après, le calme revenu, dans le village s'est répandue la légende qu'un Indien avait débarqué en Normandie.

Sans se lever, elle remplit nos deux coupes. Cul sec. Nous avons reposé nos verres vides d'un même mouvement.

Sa voix est à peine audible.

– Ils l'ont porté jusqu'à leur engin, l'ont balancé dessus comme si John n'était qu'un ballot de linge sale. Ils ne m'ont pas posé de questions. Je n'existais pas. La guerre avait cessé et le silence était total, à part le bruit de la voiture qui s'éloignait. Je suis restée longtemps seule sur la falaise, à regarder le vide. Le soir même, j'ai quitté le secteur et suis partie m'installer chez une cousine dans un village de l'intérieur. Je n'étais pas seule mais je ne le savais pas encore. J'étais enceinte. De Marine.

Elle a tendu la main vers le Walther.

– Vous êtes un salaud, capitaine, vous m'avez replongée dans mon cauchemar. Je vais vous tuer. Je ne peux plus supporter ce que j'ai vécu.

20

Le long canon bleuté du pistolet ressemble à un gros crayon d'acier.

Visiblement, j'ai affaire à quelqu'un qui se situe dans un autre temps, à une autre époque. Folle ? Sûrement pas ! Seulement une femme enfermée dans une prison invisible pour tout autre individu. Elle vit dans une bulle et n'existe que dans cette masse transparente d'où elle regarde le monde à sa manière. Et je viens de briser son illusoire protection.

La main droite tient l'arme braquée sur mon cœur. De la main gauche, elle vide son verre, en remplit un autre qu'elle me tend.

– Celui du condamné.

Je n'ai pas bougé, pas esquissé un geste, pas parlé. La tétanie de ma carcasse m'a sans doute sauvé.

– Buvez !

– Oh, Emma, rien ne presse.

– Je vous interdis de m'appeler par mon prénom. Vous n'êtes pas de mes amis, capitaine ! Pourquoi vous êtes-vous mêlé de mes affaires ?

– Je vous l'ai dit, il me manque très peu de choses pour boucler mon enquête. Quand Loup et Marine se sont-ils rencontrés ?

Me fait face un grand chat maigre, aux yeux vifs, aux nerfs maîtrisés. Pas le genre de femme hystérique appuyant sur la détente ; le Walther n'a pas bougé d'une ligne et vise toujours le côté gauche de ma poitrine.

– C'était en 1960. Ma petite avait dix-sept ans, l'âge de ma rencontre avec John. Buvez !

Je bois une gorgée. Elle ne passe pas et je la recrache sur le tapis.

Emma m'octroie un regard de reproche comme si elle trouvait mon éducation ratée. Elle se trompe. Je ne suis pas éduqué du tout, ou alors Tatie Marthe a écrit un manuel de savoir-vivre selon ses propres lois. En attendant, c'est de savoir mourir qu'il s'agit.

– Après l'échec du raid, la région a retrouvé son faux côté paisible. Hitler, heureux, a fait libérer les prisonniers de guerre originaires de Dieppe. Patiente, la guerre était au garde-à-vous et se tenait tranquille dans le secteur. Moi aussi, j'étais heureuse, je découvrais les joies de la grossesse. L'illégitime ! Oui, mon cher, il y a des maternités légales, conformes aux droits de l'homme, de la femme et du bon Dieu ! Ce n'était pas mon cas ! Ah, le bonheur de la future maman… en 1942 ! Une gamine enceinte, hébergée par une parente, dans un minuscule village où je suis devenue « la fille-mère ». Le monstre ! La salope ! Celle qui a osé faire un enfant sans la bénédiction du curé, le visa du maire et les médisances du patelin. Ah ! Vous voulez savoir, capitaine ? Vous saurez ! Après… kaput ! Je ne vais pas vous jouer *Vierge et chassée le soir de ses noces !*, monsieur le flic. Je vais vous tuer. « À la fin de l'envoi, je touche ! » Vous connaissez, n'est-ce pas ?

Il vaut mieux pour moi que je ne dise rien.

– Oh… ne bougez pas ! Vous ne perdez rien pour attendre. Fin avril, le cauchemar a pris fin. J'ai mis au monde une fillette. Nouveau réveil dans la mouise. Avec un départ obligé de Bouzeux-Ville pour la capitale. Je craquais et ça risquait de très mal tourner. J'abrège... J'ai serré les dents et me suis retrouvée à Paris. La grande ville... Ouf ! Je suis entrée dans la couture. Ça marchait à pleins tubes. Les chéries des vert-de-gris se pavanaient sur les champs de courses, dans les théâtres, les troquets à marché noir et les boîtes diverses. Toutes classes sociales confondues, un beau cul suffisait pour être naturalisable allemande ou kollabo ! Mais oui, c'était une nationalité, à l'époque. Mais il fallait quand même les rhabiller de temps à autre, ces salopes. Je travaillais là-dedans. J'avais des mains de fée, affirmait ma patronne. Elle aussi, mais pas dans la soie ou les dentelles... Ach ! Grosse cochonnerie, la guerre ! Plus cochonne pour les uns que pour les autres. Tout le monde n'était pas en taule, matraqué, branché sur une génératrice électrique, dans une baignoire ou dans un wagon plombé.

– Et la gamine ?

– Une voisine me la gardait. Je la retrouvais le soir, avec son sourire de bébé. La seule période respectable de la vie, la petite enfance.

Elle s'empare de la bouteille de cognac, hésite, la repose.

L'arme n'a pas dévié. Une balle de P. 38 à cette distance va faire beaucoup de dégâts dans ma carcasse.

– Je bossais. Le bon-heur ! Un boulot, une gosse à élever et un rêve au cœur : revoir John. C'est Jean-Jacques que j'ai trouvé à la place. Je ne l'aimais pas, je l'appelais « J tiret J », mais j'avais besoin d'un mot tendre. Et, un jour, ils se sont fait la malle, le beau « J », son tiret et sa connerie. Avec la bouchère du coin, qu'ils sont partis tous les trois. Elle le fournissait en viande sans ticket, alors...

Elle éclate d'un rire suraigu.

– Ma carcasse contre un steak ! « J tiret J » avait les couilles et l'estomac satisfaits... J'étais vaincue d'avance.

– La tuerie s'est achevée. Mon père est rentré de son stalag pour me maudire et me foutre dehors. J'avais déshonoré la famille ! Il était grand-père au black, dans l'illégalité, puisque ma fille n'avait pas de papa pour l'état civil. Est venu, bien après la guerre, un Vincent. Vingt ou cent, il n'en valait pas un. Résultat ? Dominique. Vincent Toinet a régularisé, je l'ai épousé. Un temps de paix... pas de passion, de calme. Avant qu'il passe sous une voiture.

Nouveau rire.

– On a reconstruit. Ça se fait toujours après un désastre, vous avez remarqué ça, capitaine ? Je suis revenue en Normandie, dans la ville d'Eu. Là, j'étais une fille sans passé, on ne me connaissait pas. Les mômes ont grandi. Et, un jour... John... a fait sa réapparition. Libéré par les Américains, en mars, il est revenu s'installer en France. Il avait survécu et arborait sur le visage quelques années de plus que son âge. Ses blessures, la captivité avaient laissé des traces.

– Il vous a retrouvée immédiatement ?

– Mais non, idiot ! Il ne me cherchait même pas.

– Une crise d'amnésie ?

– Sûrement pas. Je n'existais pas. L'épisode de la falaise faisait partie de ses traumatismes de guerre et il croyait sans doute avoir rêvé ce que nous avions fait dans ma cabane, comme il a dû fantasmer les bruits, les gestes, les terreurs subis. Mais... c'est en Normandie qu'il est revenu. Photographe dans la belle ville d'Eu, qu'il était maintenant, l'Indien. Clichés pour banquets, baptêmes, premières communions, mariages ! Pas de photos pour Emma Toinet. On ne garde pas les clichés d'un divorce. Inconnue j'étais, inconnue je restais. Buvez, capitaine ! Vous avez un bref sursis.

J'ai avalé mon cognac, fasciné par cette femme qui revivait l'événement de sa vie.

Dans mon existence, moi aussi j'ai eu mon épreuve ultime : ma rencontre avec Loup. Et, en écoutant Emma Toinet, je replongeais dans un monde dont il était le centre, je le sentais. Mais je n'en faisais pas partie. J'étais dehors… Je crois que durant toute mon existence j'ai été dehors.

Emma me regarde. Pour elle aussi, je suis sorti de sa vie. J'esquisse un tout petit pas vers elle. Le Walther s'est aussitôt redressé.

– Pas de ça, le flic. Tu n'es pas plus rapide qu'une balle de pistolet. Je te tuerai, mais dans un instant. Lorsque tu sauras pourquoi Loup est mort. Ton dieu, hein ? Loup ! Une belle saleté.

J'ai une chance, soudain. Elle me tutoie, j'existe peut-être ?

– Non, Emma, non ! C'était un homme, un vrai.

– C'est bien ce que je disais ! Une saleté ! Il m'a volé la seule chose à laquelle je tenais dans la vie, Marine, ma perle rose. Faut dire qu'il était beau, ce chien ! Un spécimen de mec physiquement réussi. Marine… Il l'a croisée à la sortie du lycée. Certains appellent ça un coup de foudre. Je t'en foutrais, de l'orage en amour ! De la guimauve… voilà ce que c'est, ce truc ! Une invention de gamines attardées. Ils se sont mariés. Toutes les romances mortes finissent à la mairie.

– Ils s'adoraient, j'ai lu leurs lettres.

– Encadre-les ! Marine… Je voulais tout pour elle,

toutes les beautés auxquelles je n'avais jamais eu droit. En ce temps-là, les filles n'étaient pas nombreuses à faire des études. Je désirais lui éviter de dépendre d'un homme. Ceux que j'ai connus ne valaient pas tripette. Il paraît qu'il en existe de bien... Mais ils n'ont jamais croisé ma route. Marine... Elle m'a tout raconté, nous vivions dans un bloc de tendresse indivisible. Et l'autre a tout détruit... Marine amoureuse ! Et d'un bonhomme, en plus. L'amour ! Oui, j'ai connu ce sale truc, avec un Indien qui m'a engrossée d'abord et, ensuite, totalement effacée de sa mémoire. C'est exactement ça... J'te vois, j't'enfile, j't'oublie... *Raus !* Et le bébé est arrivé, le poussin de Marine : Marie.

Gros soupir.

– Six livres de tendresse, un regard rigolard, belle comme Marine. Et c'était une fille ! J'ai accepté ce... Loup ! Pas d'autre choix possible. C'était ça ou perdre mes derniers points d'appui : Marine et la petite. Lui, depuis son retour d'Algérie, était entré chez les flics. Paraît qu'il était bon, d'après la rumeur publique.

– Vous l'avez revu, John ?

– Je passais chaque jour devant sa boutique, je me suis intéressée à la photo, je lui parlais, le questionnais. Il me répondait, toujours poli, toujours aimable. Je venais le voir avec Marine, SA fille ; j'espérais déclencher un mot, un geste. Va te faire lanlaire, oui ! Du vent, rien ! Inconnue j'étais, inconnue je restais. Je ne suis pas croyante mais je priais tous les jours pour qu'un miracle se produise, pour que, à nouveau, mon soldat à l'abandon revienne se réfugier chez moi, dans moi.

La sonnerie du téléphone a coupé la confession.

Sans un geste, elle a laissé le bruit s'éteindre.

– Et, un matin, la région s'est trouvée mêlée à un

événement inattendu. Un transport de fonds des Amerloques s'est mal terminé. Trois hommes, ils n'étaient que trois, ont bloqué la voiture-tirelire et la Jeep d'escorte. Sans un mot, les malfrats ont abattu les gardes, embarqué le tiroir-caisse et disparu.

Beaucoup de garçons n'arrivaient pas à se réadapter à la vie civile. Au front, on les décorait lorsqu'ils tuaient bien. Aucune raison de s'arrêter la paix revenue. Héros le 7 mai 45, ils devenaient des tueurs à partir du 9. Faut dire que le 8, les Allemands avaient fini par lever les bras. Les survivants n'ont pas fait fortune à la guerre et plus personne ne leur fournissait de rations « K », faut bien manger, n'est-ce pas ? Allumez-moi une de vos saletés et passez-la-moi doucement. Si j'appuie sur la détente de mon joujou, le capitaine Rottweiler aura des obsèques grandioses. Des gestes lents, s'il vous plaît, très lents…

Elle se colle la Gitane à la commissure des lèvres.

– Peu après, j'ai perdu John de vue. Il avait quitté la ville.

Deux jets de fumée grise auréolent son front.

– Je m'étais installée comme couturière. Ça marchait bien, je vous l'ai dit, je suis douée pour ce boulot. Par la femme d'un client, j'ai découvert le pot aux roses. Elle avait habité Port-Bréville et s'était repliée ici. Un jour de crise, en larmes, elle m'a tout raconté, la Masson. Son homme voulait la quitter pour une jeunette. Il attendait de toucher sa part pour filer.

Je l'interromps.

– Masson… La femme de Paul-André Masson ? Mais… il n'était pas né, à cette époque !

– Exact. Je parle de sa mère. Vous connaissez ce crétin ?

– Je l'ai croisé avant sa mort, il y a quelques jours de ça.

– Bon débarras. Faut pas picoler lorsqu'on se balade de nuit sur une falaise ! Un mec, c'est moche, mais un mec moche, c'est pire. Le Paul-André c'était un mec au carré, puissance deux dans la connerie, si vous voyez ce que je veux dire.

– De quel Masson parlez-vous ?

– De l'Antoine, son père.

J'aimerais bien qu'elle range son artillerie. Les morceaux de mon puzzle deviennent cohérents.

– Qui étaient les deux autres ?

– John… qui avait tout monté. Il avait engrossé une fille du coin, une Véronique. C'était décidément sa spécialité. La Véro… Une péronnelle aux fesses montées sur roulements à billes lorsqu'elle se déhanchait en allumant les hommes dans la rue. Il a bien fallu qu'il répare, elle attendait un marmot, Édouard qu'ils l'ont baptisé. Un an après, elle aussi a tracé la route et laissé le gamin au père. Le style : « Je l'ai fait… Élève-le ! »

– Et le troisième ?

– Inconnu au bataillon. Je n'ai pas réussi à le savoir. Loup non plus, malgré sa quête permanente d'informations.

– Pourquoi ?

– Il avait juré d'avoir sa peau mais il ignorait où le chercher.

– Loup ? Un tueur ? Il était flic, Emma, flic avant tout. Il a tué, oui, mais très rarement, et c'était dans son boulot, en défense.

Elle fume. Le silence perdure. Le mégot en partie écrasé se consume doucement dans un cendrier publicitaire.

Emma me regarde, hoche la tête, reprend.

– Oui, il était flic. Il a passé une partie de sa vie à mener une enquête folle. Savoir qui avait tué Marine et Marie.

Le scoop m'explose au visage. Bizarre… Je le pressentais. La dernière lettre de Marine me revient en mémoire, son appel au secours adressé à Loup.

– Elles sont mortes assassinées ?

– Pour la justice, ce n'était qu'un accident. Elles sont tombées toutes les deux de la falaise de Guérigny. Seul le corps de Marie a été retrouvé.

– J'ai vu sa tombe. Et Marine ?

– Emportée par le courant. C'est la seule fois où, malgré mon chagrin, j'ai eu un moment de respect pour Loup. Il n'a jamais prononcé un mot, jamais exprimé sa douleur et sa fureur. Chaque semaine, mois après mois, il revenait sur la côte, fouinait, fouillait, interrogeait. Le dimanche soir, il repartait pour sa parenthèse hebdomadaire, bosser. Le vendredi soir, il était de retour. Loup avait fini par être connu de tous les hommes susceptibles de le renseigner. Il a tout élucidé mais n'a pas réussi à remettre la main sur le dernier membre du gang.

C'est moi qui reste muet, cette fois. Je repense à Loup, à ses « fugues » durant les week-ends. Quelles tensions avait-il encaissées ?

Une voiture fait trembler les vitres en passant à toute vitesse dans la rue étroite.

– C'est moi la coupable, Rottweiler, moi seule. Involontairement j'ai déclenché le drame. J'ai trouvé l'endroit où John et Antoine cachaient leur trésor. Pour me venger, pour effacer les crachats invisibles dont j'étais couverte, pour oublier ce que ce Canadien m'avait fait subir en m'ignorant, j'ai volé l'argent de ces voyous. Il y en avait pour un million et demi… en dollars. Je les ai comptés. Mille cinq cents billets de

1 000 dollars, des billets à l'effigie du président Cleveland, des billets rares qui ont cours légal mais ne circulent plus. Vous vous voyez payer vos cigarettes dans un aéroport avec un biffeton de cette valeur ? J'ai tout embarqué, tout, et prélevé une seule coupure. Puis, j'ai caché le magot.

– À quel endroit ?

– Dans la grotte de l'Indien.

– Elle est située où ?

– Dans…

Elle a porté sa main libre à sa poitrine. Son visage est devenu blême, ses rides se sont creusées un peu plus.

Un petit cri est sorti de sa gorge. Un couinement, plutôt. Emma s'est repliée sur elle-même, comme une scène filmée au ralenti. Sa main ouverte a lâché le Walther. En heurtant le sol, le coup est parti. La vitre de la fenêtre a volé en éclats irisés. Ma tête a mixé l'éclair et la détonation ainsi que le geste de ses doigts massant sa poitrine.

Lorsque le Samu est arrivé, il était trop tard.

– Infarctus massif, m'a dit le toubib de permanence. C'est fini.

Et les morceaux de mon puzzle ont pris, eux aussi, le large.

Les secours envolés, je suis resté longtemps seul sur le fauteuil triste.

Je visite tous les meubles, la penderie de Maman Toinet, son armoire, le petit secrétaire qui lui servait sans doute de bureau. Je ne trouve rien que la paperasse ordinaire de tout foyer banal. Des quittances, des feuilles d'impôts, des factures diverses. La garde-robe de son Domi file à son tour sur le lit encombré de tout ce que j'examine. Et, dans une veste d'enfant en flanelle grise, j'ai mis la main sur un objet inconnu : un billet de banque américain glissé entre deux feuilles de Cellophane, une coupure de 1 000 dollars, à l'effigie de Grover Cleveland, ancien président des États-Unis.

On dirait qu'Emma m'a laissé un témoignage pour illustrer la véracité de son récit. Je range l'argent dans mon portefeuille. J'allume une cigarette. Ça tourne dans ma tête. Et les pensées s'accélèrent, se regroupent.

Halte ! Le flash explose. Moi aussi, j'irai revoir ma Normandie.

21

Je retrouve ma voiture. Seuls les deux rétros ont été démolis. L'un par la balle qui m'a manqué, l'autre par un petit homme inconnu qui se sent exister en tordant les miroirs des bagnoles.

La fatigue joue. Plus mentale que physique.

Je touchais au but, mais je n'ignore pas que lorsque la fatalité s'en mêle, il vaut mieux prendre patience. La mort de cette femme m'émeut plus qu'elle devrait. Le lien secret qu'elle avait avec Loup explique ma frustration. Non, ça va au-delà. Loup était mon père mais un père fictif ; et moi, n'ai-je pas été aussi un fils inexistant pour lui ? J'ai pensé que j'avais de l'importance, que je comptais dans sa vie. Erreur ! Je n'ai eu d'importance pour personne. Je croyais avoir un papa, mon papa, je n'avais qu'un supérieur hiérarchique. Le goût crasseux de la solitude réapparaît dans ma bouche. À moins que ce ne soit que de la jalousie. Loup… J'ai cru que la Ménagerie était sa vie. Elle n'était qu'un semblant, un ersatz qui lui permettait de tenir le coup. Quelle tension, quelle volonté devait-il avoir pour, chaque semaine, rouvrir les cicatrices de sa tragédie personnelle et se relancer à la poursuite des meurtriers de Marine et de Marie ?

La pression, en moi, est telle que je fouille dans la pharmacie d'Astrid et lui emprunte un comprimé de

Bromazépam que j'avale en entier. Effectivement, ça calme. Je me suis endormi presque aussitôt. Il est vrai que je n'avais jamais pris un tranquillisant durant toute ma vie de chien.

Le lendemain, au téléphone, j'appelle Ambroise Turpin au travail et lui annonce ma visite.

L'entretien n'a pas été facile. Je mets mon patron au courant de mon travail et lui annonce que je renonce à mon congé. Je veux la Marmotte, Impala et le Chameau avec moi pour retourner en Normandie, le Pottock assurera la permanence, sinon…

– Sinon quoi ? Cesse de déconner. Moi aussi, j'ai des chefs, Rottweiler.

– À prendre ou à laisser. Je retourne au boulot à l'instant même, sinon je t'envoie ma démission et je continue seul à chercher qui a tué Loup. Je touche au but et j'irai jusqu'au meurtre si nécessaire. Je connais trop bien les ficelles pour que toi et les autres puissiez prouver quelque chose contre moi. Choisis !

Il me regarde sans un mot. Je bouscule sa logique de flic fonctionnaire. À cet instant précis, il me hait. Je le lui rends bien. Pourquoi n'existerait-il pas des coups de foudre inversés ?

Debout, maintenant, Ambroise arpente son bureau.

– Écoute, le Chien, je tiens, moi aussi, à trouver le meurtrier de Loup, mais pas question de démolir le Groupe d'enquêtes ni, pour moi, de sortir de la légalité. Je te donne trois jours pour régler cette histoire. Trois jours… pas quatre. De plus, si ça foire, je ne te couvrirai pas. Tu assumes ce que tu fais, moi aussi. En cas de pépin, tu seras révoqué. Tu peux disposer.

QG du Groupe.

J'énonce le problème.

– Je n'emmènerai que le Chameau avec moi.

– Et nous ?

– Impossible de vous mettre dans le coup. Si j'échoue, je perdrai mon boulot. Je ne peux pas vous entraîner là-dedans. Le Chameau ne risque rien dans ce domaine, il est en convalescence et n'apparaîtra pas dans l'affaire. De plus, il me faut une liaison avec Turpin. Vous n'interviendrez qu'en cas de coup dur.

Impala me tend un rapport sur ses recherches faites à la BN dans la presse de 1945.

Les unes de l'époque sont curieuses. Par manque de papier, les journaux n'ont qu'une seule page. Articles donc très brefs sur un hold-up réalisé contre l'armée américaine. Les gardes de l'escorte ont été abattus sans sommation.

Vient ensuite le mail de *Paris-Normandie.* Les archives du journal ne m'en apprennent pas plus. Tout s'est passé à Eu, dans le secteur de Port-Bréville. Un véritable guet-apens de style commando qui laisse penser que le coup a été fait par des militaires ou des démobilisés du coin.

Mes équipiers font la gueule lorsque le Chameau et moi quittons le bureau et embarquons dans ma Clio.

Silence presque total durant le trajet. L'épilogue est proche. Au mieux, on résout notre problème. Au pire… ce sera le licenciement, avec une autre possibilité : se faire descendre tout simplement.

J'ai décidé d'agir avec mon seul compagnon sans intervention de la police locale, sauf nécessité absolue.

Voici la côte.

Je rêvasse en repensant à la falaise et au tableau de Domi, à toute la mélancolie sécrétée par sa peinture.

La vibration du portable me remet les idées en place. Plus de philo, de l'action. C'est mon collègue de Guérigny, Philippe Le Tendre, qui me donne le nom de la fille de La Route, le restaurant de la falaise. Je note, Odile Férodet, suivi de son nom de jeune fille.

Le coup de poing m'arrive en pleine figure. Odile Férodet possède un nom qui lui est propre, comme toute fille bien ou mal née ; c'est Vasques son premier patronyme, Vasques, comme ce danseur disparu, Miro Vasques. Elle loge dans un lieu-dit, Les Herbiers, près de la falaise. Mille mercis, collègue, bonjour chez vous.

– On commence par elle ?

– Non, le Chameau, je vais d'abord te présenter un héros de la Seconde Guerre mondiale, un certain Michel Favrichon. Reste sur tes gardes, c'est un vieux mec mais dangereux comme un cobra.

– Mais tu l'as déjà rencontré, non ?

– Exact, compagnon. Ce gars m'a mené en bateau sur une grande largeur et je veux en avoir le cœur net. C'est en procédant par élimination qu'on arrivera au but.

Lavière. La voiture passe devant le petit cimetière. La route est déserte. Je stoppe devant la maison du Canadien.

Un rideau se soulève légèrement sur une fenêtre. Rien d'autre ne bouge en dehors du vent qui souffle en rafales courtes et humides.

Suivi du Chameau, j'avance vers le cottage. La porte s'ouvre.

L'ex-commando est devant nous. Souriant, sans arme.

– Ravi de vous voir, capitaine. La Normandie vous manque, à ce que je vois.

Je lui présente mon équipier. Il le salue d'un mouvement de tête, s'efface pour nous laisser entrer chez lui.

– Un whisky ?

Sans attendre la réponse, le carafon est sur la table basse.

Nous buvons. Silence. Visiblement, il me laisse venir.

– Il est vraiment bien, ce rye. C'est du canadien ?

– Oui. Mais je le trouve ici, sur place.

– C'est vrai, on trouve de tout, dans ce pays. Même des dollars américains en vadrouille.

Fravrichon pose son verre. Son regard ne me quitte plus. Le Chameau entrouvre sa veste. Je connais bien son geste décontracté pour accéder plus facilement à son Beretta.

– Des dollars, dites-vous ? Quels dollars ?

– Oh, de vieilles coupures de mille, comme celle-ci.

D'un geste, je sors de ma poche le billet trouvé chez Maman Toinet et le pose sur la table.

Là, j'ai marqué un point. L'autre a rentré la tête dans les épaules, a tendu la main.

– Faites voir !

Il tourne et retourne le papier vert, l'examine à la lumière.

– Foutre ! Une *bank note* à l'effigie de Cleveland ! Je n'en avais jamais vu. Où avez-vous trouvé ça ?

– Chez Emma Toinet.

– Qui est-ce ?

Ma main lève le verre de cristal taillé et agite doucement le whisky. Une gorgée, deux.

Favrichon aussi porte son verre à la bouche, le

repose, se lève et se dirige vers le râtelier d'armes au-dessus de la cheminée.

C'est le Chameau qui arrête son mouvement. Le canon de son Beretta tient le Canadien en pleine mire.

– Non ! Pas de ça, gentleman, pas de ça ! Je tire vite et bien.

– Pourquoi me menacez-vous ? Ça ne va pas, la tête ? Je ne voulais prendre qu'un cigare.

– Allez vous rasseoir.

L'autre pivote.

Chapeau ! Il sourit devant le calibre braqué sur lui, se ravise et vient reprendre sa place.

J'interviens à mon tour.

– Je ne suis pas venu déguster un verre, aujourd'hui, je n'en ai plus le temps. Vous allez me raconter, gentiment je l'espère, ce que vous faites dans cette région.

– Et si je refuse d'être gentil ?

– Vous avez le choix, mais on vous retrouvera en pièces détachées. Il s'agit de MON enquête, pas de recherches banales, même s'il s'agit de crimes hors normes.

– Je suis un vieil homme !

– Et alors... Les anges n'ont pas de sexe, les salauds n'ont pas d'âge, un vieux salaud reste un salaud ! Que faites-vous en Normandie ?

– Mais je vous l'ai dit, je suis le gardien du cimet...

– Non ! Vous n'êtes pas là pour veiller sur les tombes de vos camarades morts. C'est un bel alibi, d'accord, mais vous m'avez menti et je n'aime pas ça. Où avez-vous connu Ferguson, John, le père, et pas son taré de fils, ce nazillon de pacotille ?

– Dans l'eau, lorsque nous barbotions sous le feu des Huns.

– Faux !

– J'ai participé au raid sur Dieppe, dans une unité de commandos.

– Possible, mais Ferguson n'était pas avec vous ce jour-là.

– Mais... Qu'est-ce qui vous permet...

– Emma ! Elle m'a raconté sa rencontre avec John. Ils étaient seuls sur la falaise, seuls... Vous pigez, Favrichon, seuls !

– Elle vous a raconté des craques.

– Comme le billet de 1 000 dollars qu'elle m'a remis ? Elle l'a fabriqué pour moi ? Je vous signale qu'il en reste encore 1 499 du même format, cachés ici, en Normandie. De plus, lorsque vous m'avez raconté votre odyssée, vous m'avez dit qu'après vous être planqué dans un hangar, John a rencontré Emma et qu'ils avaient disparu ? Exact ?

– Mais c'est vrai !

– Non ! Vous ne pouviez pas savoir qu'elle s'appelait Emma, vous n'étiez pas là !

– J'ai débarqué sur la côte le 19 août 42.

– Je n'en doute pas, mais je crois, je peux le vérifier mais ça prendra du temps, que vous avez rencontré Ferguson ailleurs, dans un camp de KG [1], peut-être. Vous avez été fait prisonnier, non ?

Pas un mot. Visiblement il m'écoute avec intérêt.

– Libéré, vous revenez ici, poussé, comme tant de combattants, par le désir de revoir les lieux des batailles où chacun a risqué sa peau. Vous vous installez et devenez le gardien de la nécropole. Mais c'est du bénévolat, et vivre nécessite autre chose que de la bonne

1. KG : initiales de *Kriegsgefangene*, ou « prisonnier de guerre ». Les prisonniers portaient les lettres KG peintes dans le dos de leurs vêtements.

volonté. Il vous faut de l'argent. Vous rencontrez Ferguson et, liés par vos souvenirs de commandos, vous montez l'attaque du transport de fonds de l'armée américaine. Je vous rappelle que les GIs n'ont pas eu la moindre chance. Ils sont tous restés sur le terrain.

Favrichon se lève.

Le Chameau braque son arme.

– Oh, les jeunots ! Du calme ! Je ne veux qu'un cigare.

– Où les planquez-vous ?

Du menton, il désigne un bahut.

– Ne bougez pas.

Je m'avance vers le buffet, ouvre un tiroir, en sors un coffret bourré de Roméo & Juliette. Je pousse la boîte vers Favrichon.

Il prend son temps pour allumer son havane, ne nous en offre pas.

Le parfum du tabac monte dans la pièce.

– En supposant que votre récit soit vrai, capitaine, je vous signale que vous ne pouvez rien contre moi. Il y a prescription, maintenant.

– Pour le hold-up, oui, mais pas pour les assassinats de Loup Fresnel, Robert Croissel, Carole, sans parler de la tentative de meurtre sur mon équipier, le jeune homme qui vous fait face avec son Beretta. Les méfaits commis par Édouard Ferguson, alias Thor, n'auront pas de suite judiciaire ; c'est moi qui l'ai abattu. Mais ses victimes sont en prise directe sur votre affaire à vous.

La fumée du cigare trace, dans l'air, un trait vertical bleu.

– Thor est mort ? Bravo ! Ce n'était qu'un malade mental, mais un bel outil pour tuer. Moi, je n'ai abattu personne et je ne vois que deux possibilités pour en sortir.

– Lesquelles ?

– Petit *a* : puisque la prescription joue, vous me laissez en dehors de tout ça, et je vous raconte ce que je sais. Petit *b*, je collabore avec vous. En échange de ma liberté, je vous indique où est le magot et on partage en trois.

– Petit *c*, Michel Favrichon, le butin est dans la grotte de l'Indien ; petit *d*, votre horoscope mentionne, dans un futur proche, vingt ans ou perpète devant les assises.

Réflexe. Il se dresse d'un jet.

L'éclair du Beretta du Chameau m'a ébloui une seconde. La balle s'est logée dans le mur.

– Je ne vous ai pas manqué, Favrichon, j'ai visé à côté. Assis.

D'un coup, d'un seul, il est devenu le vieil homme qu'il prétendait être. Il s'est tassé sur lui-même, sa respiration s'est faite haletante, celle d'un chiot qui jappe.

– Qui vous a dit que l'argent était caché dans cette maudite grotte ? C'est l'endroit où John s'était planqué après le Débarquement. Il me l'a raconté en Allemagne. Nous étions dans le même stalag et sommes revenus ensemble ici.

– Vous le saurez si vous me racontez tout. Je peux négocier avec vous sur un seul point, un seul. Qui a assassiné la femme et la fille de Loup ? Qui a tiré sur lui ? Et pourquoi ?

Parfois, j'ai vu des durs résister, durant des heures, à des interrogatoires pas très tendres, souvent je les ai vus s'effondrer d'un coup. Là, le Canadien, malgré son âge, fait face.

Il fume en silence, ne bronche pas. Je l'entends penser, peser le pour et le contre.

– Je vous abandonne ma part du butin. En échange, vous me foutez la paix. Je repars au Canada et largue tout ici. OK ?

C'est bon, il est à point. Je me tais et le laisse mijoter.

Le cigare, posé dans un cendrier, s'est éteint avec sa désagréable odeur de tabac refroidi. Mais c'est moi qui frissonne sans savoir pourquoi.

– Au Canada, à Trois-Rivières, je travaillais dans une usine qui fabriquait du papier journal, la plus grande usine du monde pour ce genre de produit. J'avais dix-huit ans et la pâte à papier pour horizon. On s'emmerde, au Canada... Chasse et pêche lorsqu'on aime ça. C'est pas mon truc. Reste l'alcool, la baise, le shit. Avec Dieu en supplément comme distraction suprême. Le conflit en Europe représentait pour moi l'aventure. Je me suis engagé. Pour un garçon de ma génération, la guerre n'avait que des avantages, habillé, nourri, logé, parfois baisé, décoré, tué et enterré aux frais de la nation ! On a toujours la vie devant soi à cet âge.

Il reprend sa respiration.

– Je n'en suis pas mort et je suis revenu ici. Que faire ? J'ai rencontré l'Antoine, aussi paumé que moi, on a pactisé. Il bossait chez les Amerloques et, un jour, me passe un tuyau sur un transfert de fonds pour les GIs. Un million et demi de dollars en coupures de cent. Impossible de faire le coup à deux. J'en parle à Ferguson. Il n'avait qu'une perspective... végéter au milieu de ses photos de famille heureuse avec des revenus aussi minables que ses clients ou marcher avec nous. Ç'a été un jeu d'enfants de ramasser le pactole.

– Avec quatre morts à la clé !

– Ils n'avaient qu'à se tenir tranquilles. Nous sortions de la boucherie et la vie humaine était dévaluée en ce temps-là. Du jour au lendemain, nous étions riches. Avec un hic ! Un ennui de taille ! L'argent n'était pas en billets de cent mais de mille. Et là, il y avait problème. Les numéros avaient forcément été relevés et si on pouvait s'offrir beaucoup de choses avec des biffetons passe-partout à l'effigie de Benjamin Franklin, c'était attirer la foudre que de vouloir utiliser des coupures de mille [1]. D'un commun accord, nous avons décidé de planquer les fonds et d'attendre des jours meilleurs. Tout a bien marché jusqu'au jour où Antoine Masson s'est amouraché d'une petite et a demandé sa part. Refus. Pas question de finir sur la guillotine en mettant le fric en circulation. Durant des années, l'Antoine nous a épiés, surveillés, lui-même réduit à l'impuissance par sa complicité. Nous avons patienté, incapables de trouver un joint pour blanchir un million et demi de dollars. Ce fric nous a rendus inséparables. Nous vivions là où il était. Nous étions ses prisonniers.

Il fait un geste vers le Chameau.

– Je me lève, j'ai besoin de me dégourdir les jambes.

Dans l'axe du Beretta de mon équipier, il traverse la pièce, fait quelques pas, revient s'asseoir.

– Un jour, tout a basculé, l'argent du hold-up a disparu. Notre fortune s'est évaporée. Corollaire ? La méfiance. John soupçonnait Antoine, Antoine croyait que j'étais le voleur. Quant à moi, j'étais persuadé que

---

1. Les billets de banque américains portent tous le portrait d'un président US pour être reconnus plus aisément. La vignette de 1 000 dollars, émise entre 1928 et 1946, est ornée l'effigie de Cleveland ; elle n'est plus réimprimée mais a toujours cours légal.

les deux autres voulaient me doubler. Nous avons failli nous entretuer mais chacun tenait l'autre par la menace et la suspicion. Nous nous neutralisions mutuellement.

– C'est Emma qui avait barboté le magot.

Son visage tourne au blême. On dirait que je l'ai assommé.

À grandes inspirations d'air, il reprend son souffle.

– Nom de nom ! C'était Emma... Nom de nom...

Je lui tends un verre de rye. Il l'avale cul sec, s'essuie les lèvres d'un revers de main.

– Emma ! La salope ! Emma ! Bon Dieu ! Ainsi...

Il s'interrompt.

– Vous avez changé d'avis, capitaine ? On marchande ma reddition ?

– Vous n'avez rien à négocier, Favrichon, rien. J'attends la suite et, selon vos aveux, je verrai ce que je peux faire.

– Les années ont passé. Notre bande vivait une situation complètement schizo. Nous végétions avec une fortune clandestine que l'on venait de nous voler. Ferguson avait largué la photo. Il vivotait à Mers en vendant, durant l'été, des pizzas et des crêpes aux merguez dans une camionnette aménagée. L'hiver, il ne dessoulait pas.

– Et Masson ?

– Il perdait les pédales en attendant l'argent pour partir rêver sous les palmiers avec sa nouvelle nana. Quant à moi, je cherchais une porte de sortie mais ne trouvais que celle du cimetière de Lavière. Il fallait en finir, nous frôlions le délire. C'est Masson qui a relancé les choses. « C'est fatalement quelqu'un de notre entourage qui a fait le coup, a-t-il dit, John, il faut mettre ton gars dans le coup. Nous avons besoin d'un jeune pour bouger. »

– C’est son père qui l’a élevé, ce salopard ?

– Oui, Véro, sa mère, avait largué son mari et son fils. Thor est donc entré dans l’équipe. Très vite, il a fait le tour de tous ceux qui, de près ou de loin, touchaient à son père. Il m’a suivi pendant des semaines, a surveillé même son paternel. Pas idiot, il s’est intéressé à la femme de Masson, folle jalouse. Il l’a tant terrorisée qu’elle a fini par lui avouer en avoir parlé à Emma. Deux jours après, Masson se retrouvait libre ; aucune trace de sa femme. On ne l’a jamais revue. L’Antoine avait un gamin orphelin, les cocotiers en perspective mais pas un sou pour y aller.

– Mais Marine… où intervient-elle, là-dedans ?

– Elle était amoureuse et ne fréquentait qu’un homme, un jeune flic du coin, l’homme qu’elle a épousé à son retour d’Algérie. Il avait largué le séminaire pour elle. Thor, un instant, a pensé qu’Emma ou sa fille pouvait être la coupable. Moi, il me paraissait impossible que cette couturière ait pu réaliser un tel truc, piquer un million et demi de dollars, en passant ses journées à coudre des robes.

Une nuit, ce cinglé de nazi s’est introduit chez elle. Elle l’a reçu avec un .38 en lui précisant :

– Oui, Ginette Masson m’a parlé d’un vol d’argent mais je n’en crois pas un mot. Il faut des hommes pour faire un coup pareil et un châtré comme l’Antoine n’en est pas capable. Si toi, tu remets les pieds à moins de cent mètres de chez moi, je te flingue. Je bosse, moi, pour gagner ma croûte et n’ai jamais vu un dollar de ma vie.

Le tout ponctué d’un tir au ras du crâne d’Édouard. Il a été tellement surpris qu’il s’est pissé dessus, le petit nazillon. Il me l’a avoué.

Haussement d'épaules.

– Thor s'est mis en tête d'interroger les proches de la couturière. « Quelqu'un sait forcément où est caché l'argent », affirmait-il. Nous l'avons suivi dans sa démarche. Et tout a basculé dans la tragédie.

– Comment les choses se sont elles enclenchées ? Passez-moi un de vos cigares.

Il m'apporte le coffret, je me sers. Sans hâte, il le repose sur le bahut. L'émotion me tord les tripes. Je fume.

– Il a pensé que c'était Loup, le gendre de la couturière, qui aurait pu reprendre le flambeau. Le policier s'absentait souvent. Il préparait des concours internes propres à la flicaille, faisait des stages loin de chez lui. S'attaquer à un poulet était une entreprise difficile. Le point faible était sa famille. Marine et sa fille vivaient seules près de Guérigny. John et son complice ont commencé par des menaces à l'égard de Marine. Elle était la seule encore en course, si je puis dire. Sa mère ne lui avait pas raconté son odyssée, mais ça, Thor l'ignorait.

– Loup non plus ne connaissait rien de l'aventure d'Emma en 1942. Pourquoi avoir assassiné Marine et l'enfant ?

– Ils voulaient simplement lui foutre la trouille pour l'obliger à dire ce qu'elle ne savait pas. Je plaide non coupable. Je n'y étais pas et n'aurais jamais laissé tuer une môme. Je ne suis pas un SS, moi.

– Ça s'est passé à Guérigny, n'est-ce pas ? Près du phare ?

– Oui. Un soir, l'Antoine, Thor et Ferguson enlèvent Marine et sa gamine. Ils les emmènent sur la falaise et commencent à les interroger. Donnez-moi à boire.

Il avale un verre de rye, s'en sert un second.

– À chaque refus de parler, sous la menace d'un poignard, il adorait les couteaux, le Viking, ce furieux obligeait Marine et la petite, qu'elle tenait par la main, à reculer d'un pas. La lande est vaste. Cinquante centimètres par cinquante centimètres, un pas après l'autre, ils les ont obligées à marcher à reculons.

Je repense à ma découverte de la falaise dans l'obscurité.

– John m'a raconté qu'elle n'avait pas peur. Il était évident qu'elle ne les croyait pas capables d'un acte pareil. Ils ont atteint le bord de la falaise. La nuit était tombée et seule la lueur intermittente du phare éclairait la scène.

– Comme dans un vieux film d'autrefois, m'a dit Ferguson. L'image sortait de l'obscurité par saccades, disparaissait, revenait. Marine reculait sans lâcher la menotte de Marie. J'étais fasciné. La lumière revenait, rouge, repartait, blanche. Le phare de Guérigny possède deux projecteurs alternatifs. La fille reculait. Rouge. Flash. Pas en arrière. Flash. Blanc. Ils étaient maintenant là, au bord du gouffre, tous les cinq.

« Où est passé l'argent ? demandait Thor.

– Je n'en sais rien.

– Salope ! Tu l'auras voulu ! »

Thor, d'une seule poussée, a envoyé Marine dans le vide. Elle serrait les doigts de Marie. Il n'y a eu qu'un seul cri. Le corps éclaté de l'enfant a été retrouvé le lendemain sur un rocher. Le courant a emporté celui de sa mère.

Favrichon s'interrompt, se reverse à boire.

Machinalement, le Chameau et moi tendons nos verres que nous avalons d'un jet. Je me revois vidant mon chargeur sur Thor, et un sentiment de jubilation m'envahit brièvement.

– Marine était la fille de Ferguson, et Marie sa petite-fille. Le saviez-vous ?

Bouche bée, il me regarde comme si j'étais devenu fou.

Le Canadien se sert une nouvelle rasade. Son teint vire au rubis. Il reprend. On dirait qu'il a vraiment besoin de vider son sac.

– Personne n'aurait jamais su ce qui s'était passé si… s'ils avaient été seuls sur la falaise.

– Il y a eu des témoins de ce double meurtre ?

– Oui, mais les tueurs l'ignoraient. Fin de la première partie. Laissez-moi filer, capitaine, je ne suis pas un angelot, mais je n'ai jamais été un tueur d'enfant. On négocie ?

22

Une rafale de vent soudaine fait vibrer la porte.

Aucun autre bruit ne trouble le silence qui s'est installé.

C'est moi qui reprends.

– Qui pourrait témoigner et confirmer ce que vous venez de nous dire ?

– Personne. Ils sont tous morts. Croyez-moi, capitaine, nul ne sera lésé si nous trouvons un accord.

– Qui étaient-ils ?

Son rire explose.

– En place pour le second acte. Avec, par ordre d'entrée en scène, Dominique, Claudio et Robert…

Flash. Les photos des enfants en classe.

– Dans mon enquête, ils sont tous dans le coup.

– Forcément. L'origine des crimes remonte, il y a bien longtemps, à la vie d'une bande de gamins dans un petit bourg normand. L'ennui, avec les enfants, c'est qu'ils sont comme les petits cons… Ils grandissent. Dominique, Claudio, Bobby et les autres sont devenus adultes.

Je la boucle. C'est le Canadien qui est au service.

– C'est à l'école de Port-Bréville que tout s'est mis en place sans que personne puisse l'imaginer. En 45, trois vétérans de la guerre fauchent le fric d'une base militaire américaine et attendent. Personne ne peut savoir qu'une bande de mouflets, même pas nés à cette date, va se trouver mêlée aux suites de leur hold-up.

La comptine de Carole me revient et je chantonne, faux :

Ils étaient trois petits enfants qui s'en allaient glaner aux champs.

Favrichon secoue la tête comme un métronome, de gauche à droite, de droite à gauche.

– Le destin, capitaine, on ne peut rien contre, rien. Le destin… Deux bandes de gamins se faisaient la guerre dans l'unique classe d'une communale en Normandie. Ils se battaient, se haïssaient pour des raisons qui nous paraîtraient idiotes mais qui étaient essentielles pour eux. Deux clans se partageaient la lande.

– Les Mousquetaires et les Gardes.

– Vous savez ça aussi ?

– Et je suppose que Milady menait le jeu ?

Il approuve d'un mouvement.

– Rolland jouait les arbitres en faisant pencher la balance au gré de ses alliances avec l'un ou l'autre groupe. Et, entre les deux gangs s'était créée une autre tribu formée par les gosses d'une colonie portugaise installée là. Eux aussi possédaient un leader, Miro, et luttaient à coups de poing pour avoir le droit d'exister sur la falaise. Entre deux bagarres, une paire de bosses et des yeux pochés, le temps a passé.

– Miro ? Vous parlez de Miro Vasques ?

Il lève les bras au ciel.

– Oui, les indigènes du coin ne supportaient pas l'existence d'un gosse baptisé le Porto, face à Robert qui, lui, était Porthos dans le jeu de rôles des enfants de la lande.

Silencieux, il croise et décroise les doigts de ses mains couvertes de taches brunes, ces fleurs de cimetière qui couvrent la peau des vieux comme des mottes de terre balancées sur une tombe fraîche.

– Ce jour-là, la guerre scolaire avait mobilisé les Mousquetaires et les Gardes dans une union sacrée : Le Grand Soir ! Les deux bandes s'étaient alliées pour débarrasser la lande du Porto et de ses amis. Ils étaient en pleine bagarre, cachés dans une échancrure de la brande. Une voiture arrivait. Halte au feu ! La bande à Masson et ses deux otages s'est éjectée de la Renault. Dans le trou qui les cachait au regard des autres, les enfants attendaient. Rien ne leur a échappé de l'horreur qui s'est jouée devant eux. Elle ne les quittera plus et, terrifiés, ils n'en parleront jamais.

Je repense à la photo de Rolland, au tableau de Dominique Toinet, à son incapacité à peindre autre chose que la falaise de Guérigny.

La voix de Favrichon s'est faite chuchotante :

– Pour nous, les cow-boys de 1945, il ne restait que des regrets. Nous avions tué pour rien. Et le temps a coulé. Avec une menace à la clé : l'apparition de Loup. Nous l'avions sous-estimé, ce flic. Lui avait perdu sa femme et sa gosse, et toute sa vie sera désormais consacrée à retrouver les coupables. Sa silhouette fera partie du décor de la côte, de Port-Bréville à Guérigny. Chaque fin de semaine, même en été lorsque grouillent les touristes, il sera là. Je m'y connais en hommes et je savais que celui-là aurait autant de pitié, s'il trouvait les coupables, qu'un rocher lorsqu'il éventre un navire. Les témoins du massacre n'oublieront rien non plus. Eux aussi deviendront inséparables, à croire qu'ils étaient complices.

Emma, à moitié folle, reportera sa passion sur Domi. Il ne sera plus que le substitut de Marine.

– OK. Mais c'est maintenant et non dans leur enfance que les témoins ont été tués ! Pourquoi ?

– C'est l'an dernier que tout est reparti. Un soir, après le spectacle, Dominique a rencontré Thor et retrouvé un fantôme. Il n'a pas pu tenir sa langue et va entraîner la chasse aux témoins que vous connaissez. Tous seront éliminés, sauf Carole et son amant, Pierre-Jacques, et pour cause. Nous l'avions mis dans le coup pour blanchir l'argent si nous retrouvions le trésor. Après avoir fait de la photo, Rolland s'était révélé un gars retors en matière de finances et il avait relancé la chasse aux dollars alors que nous nous étions résignés à leur perte. Pour lui, c'était un proche de la bande qui avait mis la main sur le fric ; un étranger au groupe ne pouvait pas connaître cette histoire. D'un jet, la quête a recommencé avec Carole en meneuse de revue, Rolland comme maître d'œuvre et le Viking dans le rôle du tueur. Vous connaissez la suite.

– Mais Loup… Pourquoi l'avoir tué ?

– Pour Rolland, seul Loup ou quelqu'un de son entourage pouvait connaître la planque. Donc, pleins feux sur le policier. Mais c'est Miro qui va précipiter les choses.

– Vasques ? Il connaissait Loup ?

– Porto, fidèle à sa famille, revenait très souvent en Normandie. Il a rencontré Loup, est devenu un de ses rares familiers mais s'est tu durant des années. L'an dernier seulement il lui a révélé comment sa femme et sa gamine avaient été assassinées. Sans pouvoir identifier Thor. Enfant, il ne le connaissait pas. Et j'ai assisté à la mort de John et d'Antoine.

Le Canadien marque une pause, fait deux pas vers le buffet, revient.

– Nous avions rendez-vous sur la falaise pour faire le point. Aucun piège à craindre au pied du phare. Antoine et John sont arrivés les premiers. J'avais eu une crevaison et j'étais en retard. Ma voiture était restée près du bistrot La

Route. Une sorte de pressentiment. Lorsque je suis arrivé, à pied, j'ai entendu un coup de feu, puis un autre. Les lumières de la voiture de l'Antoine éclairaient suffisamment. Le phare de Guérigny n'était pas encore allumé. J'ai retrouvé mes réflexes de guerrier. J'ai crapahuté sur la falaise, invisible pour les autres. Ils étaient deux, dos à la mer. Devant eux, Loup. Dans la main droite, il serrait un Beretta. De l'autre, il tendait une bouteille de calva à mes équipiers.

– Buvez !

Chacun avalait une gorgée, passait le flacon à son voisin. Une balle partait, ricochait dans la bruyère. D'instinct, John et Antoine reculaient.

Le récipient vidé, il leur en a tendu un second. C'était son alibi… Deux ivrognes tombant d'une falaise…

Le Canadien aussi se verse à boire.

Il m'interroge du regard. Je refuse d'un signe de tête.

– Ce n'était plus que deux vieillards tremblotants. En vis-à-vis : Loup. Les bouteilles vides, posées à terre, il tenait maintenant une arme dans chaque main. Un vrai western. Le flic tirait au ras des pieds de chacun des hommes qui lui faisaient face. Je n'avais jamais vu une précision pareille. Pas à pas, à reculons, ils marchaient vers la mer. Une balle pour John, un pas en arrière. Au tour d'Antoine : une balle, un pas en arrière. Loup a pris son temps. Par intermittence, il stoppait son tir. Il leur parlait à voix très basse. Je ne comprenais pas ce qu'il disait. J'étais trop loin. Et la fusillade a repris. Une balle, et l'autre reculait, une autre… et le repli recommençait. Ils ont basculé dans le vide en gueulant.

J'imagine la fureur glacée de Loup.

– Qu'avez-vous fait ?

– J'ai attendu qu'il parte. Longtemps. Loup, sans le savoir, venait de signer son arrêt de mort. Toujours persuadés que seul le policier pouvait connaître la cache du fric, les deux furieux, Rolland et Thor, ont accéléré le mouvement. C'est là que vous êtes entré dans le jeu. Vous aussi étiez suspect. Hélas. Vous et votre entourage proche.

– Mais qui a tué Loup et Carole ?

– Je l'ignore, mais je peux vous aider si vous me laissez libre.

– Non. Et Miro ? Connaissez-vous un de ses points de chute en Normandie ?

– Je ne sais rien ; sauf que si le délire du trésor l'a saisi, lui aussi, il n'est pas leur assassin.

– Pourquoi a-t-il disparu ?

– Par peur, sans doute. Alors... On négocie ?

Je garde le silence.

Haussement d'épaules du Canadien.

– Qu'est-ce que vous gagnerez à me voir crever en prison ?

– Matériellement ? Rien.

– *Alea jacta est !* Vous parlez latin, capitaine ?

– Non, mais ça, je connais.

– Je peux prendre un cigare ?

– Oui, allez y.

Il s'est avancé vers le coffret posé maintenant sur le plateau du bahut.

– Réfléchissez, capitaine, vous avez intérêt à accepter ma proposition.

J'ai secoué la tête pour lui dire non.

Sa main gauche a ouvert le coffret et, d'un geste de la droite d'une rapidité impensable, a renversé son contenu.

Les cigares ont giclé sur l'acajou du meuble. Le pistolet qu'il a sorti de la boîte n'était pas en contreplaqué.

La foudre du Beretta du Chameau a été plus rapide que Michel Favrichon, ex-commando du raid sur Dieppe en août 42. Couché en chien de fusil sur le sol, il a lâché son feu.

Les impacts du tir groupé forment un triangle sur la poitrine du Canadien. Un triplé impardonnable.

L'arme du mort, un 357 Magnum, n'est pas celle que je recherche. C'est un calibre .45 qui a tué Loup.

Je récupère l'engin, l'enveloppe dans un mouchoir et tire dans le haut du fauteuil sur lequel était assis mon équipier. Je repose l'arme près du mort.

Le Chameau ouvre de grands yeux interrogateurs.

– Ça nous évitera de grands laïus avec les collègues. Nous avons découvert le rapport de Favrichon avec un hold-up. Il nous a tiré dessus. Réplique : légitime défense. Le Canadien n'est plus, paix à son âme.

– Tu deviens croyant, le Chien ?

– J'aimerais bien le devenir, tu sais… Mais ce sera pour une autre vie.

Le billet de 1 000 dollars traîne toujours sur la table. Je le récupère et le range dans mon portefeuille.

Par téléphone, je mets au courant Philippe Le Tendre de ce qui vient de se passer. Encore une fois, les flics du coin vont hériter de mon linge sale. Je ne leur ai raconté que le strict nécessaire sur le nommé Favrichon.

Ils ont tout noté, les collègues.

J'ai repris mon marathon. De nouveau, je redeviens la bille d'acier du flipper qui court et saute de plot en plot. *Game over !* Faux, la partie continue.

23

Non-stop, la voiture traverse Dieppe. Je vais rendre visite à Odile Vasques, épouse Férodet, propriétaire de son état d'un restaurant installé près de la falaise de Guérigny. Elle aussi fait partie du puzzle.

Rapide coup d'œil à ma carte routière. Les Herbiers sont à deux kilomètres à l'intérieur des terres, au sud de la falaise.

– Il est onze heures et la fille doit être au boulot. D'une façon ou d'une autre, on visite sa maison.

La Clio quitte la nationale et s'enfonce dans le bocage par un chemin étroit. Voici la flèche qui indique l'endroit que nous cherchons, un simple lieu-dit isolé dans la campagne.

Une maison basse s'étire à l'abri d'une clôture faite de barres de ciment de couleur blanche. Nous y sommes. Va falloir que la dame m'explique certaines choses. Je dépasse mon objectif, range la voiture cent mètres plus loin dans un dégagement aménagé en parking.

– Ne bouge pas, le Chameau. Nous approchons peut-être d'un nid de vipères. Vaut mieux partager les risques.

Je m'éloigne à pas lents, reviens vers la bâtisse isolée.

Un nom sur une boîte aux lettres m'indique que c'est bien là qu'habite Odile Férodet.

Les volets bleus sont ouverts. Le jardin, de bonne dimension, qui entoure la maisonnette, est désert. Je m'approche de la sonnette, appuie doucement sur le bouton. Un aboiement furieux me répond. Un labrador noir surgit de l'arrière de la baraque. La bête fonce en grondant vers la clôture.

Une voix se fait entendre, la voix d'un gamin.

– Stop, Rosko ! Ici, au pied !

Le chien obéit immédiatement et fait demi-tour vers un bonhomme d'une dizaine d'années en marche rapide sur le gazon. L'enfant est vêtu d'un jean, d'une parka et porte de grosses chaussures. Un bonnet de laine rouge couvre sa tête en forme de boule. Il fait effectivement frais. Deux yeux marron, deux regards futés me fixent.

Nous nous faisons face de chaque côté de la clôture.

– Tu veux quoi, m'sieur ?

– Voir la personne qui habite ici.

– C'est moi !

– Tu vis seul ?

Le gosse hausse les épaules.

– Mais non, pas à mon âge. J'vis avec ma maman.

– Je peux la voir ?

– Pourquoi ?

– Je le lui dirai moi-même.

– Bon, alors attends. Tu la verras quand elle sera là. Salut !

Il pivote sur les talons.

– Allez, Rosko, on fait la course. Le premier arrivé au saule aura le droit d'aboyer. En avant !

Je m'assieds sur le haut de la barrière. L'enfant revient, toujours suivi du chien.

– Descends ! C'est une propriété privée !

– Et si je refuse ?

– Je lâche Rosko. Tu veux ça, m'sieur ?

– Je cherche une maison à acheter.

– Va voir ailleurs, celle-ci n'est pas à vendre.

– Pourtant, l'autre jour t'a mère m'a parlé…

Il m'interrompt.

– Elle vous a parlé où ?

– À La Route, à son travail.

La méfiance du petit baisse d'un cran.

– Qu'est-ce que tu faisais au restau ?

– Je mangeais et je voulais juste un renseignement. Je suis de la police et je cherche une baraque pour un copain invalide.

Son œil s'est fait encore plus curieux.

– Tu es flic ?

– On peut dire ça, en effet.

– Un vrai flic… avec un revolver ?

– Un vrai de vrai, mais je n'ai qu'un pistolet. Tu connais la différence ?

– Ben, oui, j'regarde tous les films de cow-boys à la télé. Montre-moi ton arme.

Je sors mon Beretta.

Le gamin, suffoqué, ouvre des yeux immenses.

– Un pétard ! Il est pas bidon ?

Hochement de tête d'approbation.

– Tu veux voir ?

– Oh, oui, m'sieu !

– Bouche-toi les oreilles.

Je braque mon flingue vers un arbre et j'appuie sur la détente.

Un groupe de corbeaux, posé sur un chêne, prend son vol.

Le Chameau est sorti de la voiture. Je lui fais signe de ne pas bouger.

L'enfant me regarde. Je suis soudain magique pour lui.

– Oh, il est chouette ton pistolet, Loup en avait un comme ça.

On peut être foudroyé et rester droit.

– Qui est Loup ?

– Un ami. Quelqu'un qui venait toutes les semaines. Maman lui louait une chambre. Mais c'était pas un flic. Il était écrivain. Toujours en balade dans le pays. C'est un livre qu'il écrivait sur la Normandie et ses Vikings. J'aimais bien lorsqu'il me racontait des histoires.

– Et il avait un pétard ?

– Pas un, mais deux, pour chasser les ennemis des Vikings, les Saxons, j'crois.

– Il ne vient plus ?

– On ne l'a pas vu depuis… J'sais plus, c'était vers octobre, l'année dernière.

– Et il venait là depuis longtemps ?

– Oh, oui, j'étais même pas né. La maison est grande et ça nous faisait des sous de lui passer une piaule.

– Comment le sais-tu ?

– Papa me l'a dit avant son accident.

– Il a eu un accident, ton papa ?

– Oui, il était routier et un jour, son camion… Mais j'étais tout petit, je ne m'en souviens pas bien.

– Tu vas à l'école ?

– Ben, oui, faut bien.

– Tu travailles bien ?

– Ouais, j'suis pas mauvais.

– Sais-tu où est la grotte de l'Indien ?

– Bien sûr. Tous les copains la connaissent. Parce qu'elle est dangereuse, les parents défendent d'y aller, mais on y va en cachette, sauf pendant les grandes marées.

– Pourquoi ?

– L'eau monte et elle s'arrête à deux mètres du plafond. Y a comme une table de rochers, on se cache là-haut et on attend des heures que la mer redescende. Sauf au moment des grandes marées. Là, la flotte va jusqu'en haut et… vaut mieux être parti avant.

– Tu peux m'y conduire, à la grotte ?

– Bien sûr, mais faut que maman soit d'accord.

– Elle est où, ta caverne ?

– Au pied de Guérigny. Y avait, autrefois, un Indien qui s'était caché là. Il s'était sûrement sauvé d'une réserve. Paraît que c'était un Indien du Canada. Ils ont toujours été pour la France, ces gars-là. Encore un coup des Angliches. Depuis Jeanne d'Arc, ça va pas entre eux et nous.

– On peut y aller, à la grotte, en ce moment ?

– Oh, non ! Le courant est trop fort fin novembre et l'eau est déjà glacialc. Reviens au printemps et je t'y emmènerai.

– Et si j'y allais quand même ?

– Vas-y, mais fais ton testament, m'sieu.

– J'peux voir la chambre de Loup ?

– J'sais pas. Il a toujours été chouette avec moi, Loup. C'est lui qui m'a appris à dresser Rosko, à découvrir la mer, les plages, les falaises. Maman va arriver et si je vous laisse entrer, j'aurai droit à une rouste. Elle est gentille, ma mère, mais faut que je l'écoute ou gare…

J'ai fait signe au Chameau. Il arrive sans hâte.

Je le présente à l'enfant et précise pour mon équipier

que c'était dans cette maison que Loup passait ses congés.

Il paraît ému, le Chameau, me regarde sans un mot et incline la tête dans une salutation dans le vide.

– Voici un de mes hommes, on l'appelle le Chameau. Il a un totem pour nom, tu sais ce que c'est ?

– Loup me l'a expliqué. Je suis louveteau, grâce à lui.

– J'te présente le Chameau, et toi, c'est quoi ton totem ?

– Isatis-Têtu. Isatis, c'est un renard bleu. Comment tu t'appelles ?

– Le Chien.

– Ah, c'est bien, ça. Je te laisse entrer dans la maison avec ton copain, mais j'emmène Rosko. Si tu débloques, je le lâche. Ça te va ?

– OK.

L'enfant entrouvre la barrière, nous laisse passer. En compagnie du chien, il nous précède dans le jardin, ouvre la porte de la fermette.

– Enlevez vos chaussures, maman, elle aime pas la boue.

Tout étincelle dans cette vaste salle, le sol, les vitres.

– Où est-elle, la chambre de Loup ?

– Au premier, près de la salle de bains.

– Je peux la voir ?

– Ben oui, si tu touches à rien.

Je lève la main.

– Juré, promis ! Parole de scout.

L'enfant se tourne vers le labrador.

– Sage, Rosko ! Tu ne bouges pas.

Quatorze marches escaladées en chaussettes. Une porte en chêne, garnie d'une poignée en fer forgé noir, ferme le palier.

Isatis ouvre la porte, s'écarte.

– Entrez, c'est là.

Le Chameau me laisse le passage.

C'est une pièce carrée de bonne taille avec une fenêtre donnant sur des pommiers à cidre alignés, au cordeau, à l'arrière de la maison. Le mobilier est sommaire mais tout est en bois, donc chaud, et pas en poussière d'écorce enveloppée de plastique. Une table de chêne marquée par le temps supporte une machine à écrire, une vieille Underwood.

J'ai la gorge serrée. Sur le mur, deux portraits sous verre, accrochées côte à côte, font face à un lit étroit posé en vis-à-vis contre la cloison opposée. Un visage de jeune femme, un visage aux yeux irisés de lumière, côtoie le cliché d'une enfant, une fillette.

Isatis nous dévisage et précise que les photos sont celles de Marine et de Marie, la femme et la fille de Loup.

– Tu les connais ?

– Non, elles sont mortes avant ma naissance.

Le Chameau se tient à mes côtés. On dirait qu'il est au garde-à-vous. Je n'ignore rien de son attachement au boss.

– C'était ton copain à toi aussi ?

Il répond d'un hochement de tête.

– Bon, le Chien, je vais te dire un secret, puisque t'es scout et ami de Loup. Mais tu jures, croix de bois, croix de fer, que tu le répéteras à personne. Dis : « Je le jure ! »

Je lève la main droite et murmure : « Je le jure. »

– M'man, aussi, elle a un pétard. C'est celui que

Loup laissait ici quand il repartait à Paris. Il gardait le plus petit avec lui.

C'est le Chameau qui intervient.

– Tu blagues, Isatis-Têtu. Les femmes n'ont pas de pistolet.

– Si, quand on vit en pleine campagne. Tu me crois pas ?

– Non !

– Tu veux le voir ?

– Bien sûr.

– Viens.

L'enfant se dirige vers la salle de bains.

Il grimpe sur la baignoire, atteint un placard, l'ouvre et en sort un paquet enveloppé dans une serviette.

– Tiens, prends-le, c'est lourd. J' t'ai dit qu'il était à Loup mais maintenant, il est à maman.

Le Chameau s'empare du colis, l'ouvre.

C'est un Colt .45 que mon équipier tient en main.

– Et il marche ?

– Forcément.

– Je peux l'essayer ?

– Ouais. Tire en l'air.

Je reste impassible et accentue la provocation.

– Tu n'arriveras jamais à toucher le banc, le Chameau. C'est trop loin.

Le Chameau vérifie que l'arme est chargée, ouvre la fenêtre, vise le dossier du siège placé sur le gazon, appuie sur la détente.

– Bon, on va aller voir si t'as fait mouche. Mais rends-moi le pistolet sinon, toi aussi, t'auras une rouste.

Soigneusement, il enveloppe l'engin et le remet dans le petit meuble.

Mon équipier ouvre la fenêtre pour aérer.

– Venez, on va voir si j'ai réussi.

Le jardin étincelle sous l'ondée qui vient de tomber.

Nous approchons du banc. La balle, fichée dans le bois, a laissé un point d'impact blanc.

– Bravo, le flic ! T'est un bon ! Tu peux changer de totem et devenir le Chameau-Tireur. Oh, on va se faire mouiller. On remonte chez Loup. Eh, les godasses, sinon…

L'odeur de poudre s'est dissipée dans la chambre. Des aiguilles de pluie cognent sur la fenêtre refermée.

– Je peux ouvrir son placard ?

J'ai l'impression de violer un sanctuaire.

La porte ouverte nous révèle son contenu, essentiellement une parka, un pull marin à grosses côtes, des bottes de caoutchouc et un ciré. Dans un coin, une grosse canne noueuse à bout ferré.

– Elle est à Loup ?

– Oui, il la prenait toujours et il mettait des bottes lorsqu'il se promenait sur la falaise.

Doucement, très doucement, je referme le cagibi.

Un craquement dans l'escalier suivi d'un ordre sec nous fait pivoter.

– Levez les mains en l'air ! Descendez un par un, marche par marche. Si vous touchez à l'enfant, vous sortirez en morceaux de la maison. Si moi, je vous rate, et ça m'étonnerait, le chien, lui, ne laissera que votre ombre. Je vous préviens que je tiens en main un joujou dont je sais me servir.

Mon métier m'a appris à ne jamais faire de zèle dans ce cas.

Isatis-Têtu se pointe le premier. La gifle claque et le gamin se tait.

Le Chameau s'engage à son tour dans la descente. Je le suis.

– Dos au mur et ne baissez pas les bras !

Odile Férodet se tient devant nous et son pistolet, bien en main, ne nous laisse aucune échappatoire. À première vue, c'est un Walther, le frère jumeau de celui d'Emma. Décidément, la guerre a laissé des saletés derrière elle.

Une autre femme, jeune d'allure, se tient à l'écart. Ses doigts sont refermés sur un tisonnier qui, bien manié, doit faire très mal lorsqu'il atterrit sur une tête.

Le gamin a rejoint Rosko et caresse la tête de la bête.

– Depuis quand laisses-tu entrer des étrangers dans la maison ?

– Mais ils sont policiers, m'man !

– Raison de plus. Oh, vous le grand... gardez les mains en l'air.

– Tire pas, m'man ! Ce sont vraiment des flics.

– Je le sais. Des flics un peu spéciaux, ils sont aussi agents immobiliers. Vous avez trouvé la maison de vos rêves, capitaine Rottweiler ?

– Oui, la vôtre, si vous êtes vendeuse.

– Posez vos armes sur le buffet... oui, vous aussi, le grand.

Sans nous quitter des yeux, elle s'adresse à la fille venue avec elle.

– Charlotte ! Emmène le gamin et ce monsieur avec toi. Allez vous promener sous la pluie, ça vous changera les idées, et revenez dans une demi-heure. Allez !

Le Chameau m'interroge du regard.

– Marche !

– Un instant. Je remets mes chaussures.

Le groupe s'éloigne.

Odile Férodet reste silencieuse un court moment.

Elle fait pivoter son arme dans la main, la tient maintenant par le canon et me tend le .38, crosse en avant.

– Simple question de rapport de force. Vous pouvez reprendre votre pistolet et celui de votre équipier. Et ne restez pas en chaussettes, vous êtes ridicule !

J'admire la maîtrise de cette femme.

Sans attendre, elle reprend l'offensive.

– Vous enquêtez sur la mort de Loup ? C'est bien ça ?

– Exactement. C'était mon ami et je veux la peau de son meurtrier.

– Pourquoi ne pas me l'avoir dit lorsque nous nous sommes rencontrés ?

– Vous m'auriez cru ?

– Oui. Lorsque vous êtes entré à La Route, je vous ai immédiatement reconnu même si je ne vous avais jamais vu avant.

– Comment ça ?

– Loup ! Vous étiez son fils, lorsqu'il parlait de vous. Et c'était souvent le cas. Je n'ignorais rien de votre aspect physique.

La boule dans mon estomac refait surface. J'ai douze ans à nouveau et je viens de tuer Loïc pour la seconde fois.

– Je suis partie prenante dans la mort de Loup.

Elle ouvre son sac, en sort un paquet de bonbons qu'elle me tend.

– J'ai arrêté de fumer, ça compense. Au lieu de nicotine, je mange du sucre. Mourir d'un cancer ou du diabète… La différence est pour l'hôpital.

– En quoi êtes-vous mêlée à la mort de Fresnel ?

– Oh… Ça remonte loin, très loin…

– À la mort de Marine et de Marie sur la falaise de Guérigny ?

Temps d'arrêt. Son visage est devenu rouge.

– Vous êtes remonté jusque-là ?

– Oui, je sais tout du hold-up, de la disparition de l'argent, de la bande d'enfants planqués sur la falaise et assistant au meurtre de Marine et de sa fille.

– J'étais dans le groupe de gamins et j'ai tout vu.

Cette fois, plus de sucreries, j'allume une de mes Gitanes.

– Je suis fille d'immigrés portugais, l'immigration, encore clandestine, qui a suivi la guerre. Ils entraient en France, en douce, ces morts de faim, bossaient, étaient régularisés, faisaient des enfants. Je suis née à Rouen. En ce temps-là, on manquait de main-d'œuvre. Nous n'étions qu'une poignée dans la région, rejetés, méprisés, voleurs de lapins pour les uns, suborneurs de filles pour les autres, capables du pire et jamais du meilleur, des « Portos » ! Bref, j'ai grandi avec les clichés habituels à l'égard de ceux qui n'ont pas cinq générations dans le cimetière du patelin où ils habitent, à croire que les tombes sont plus importantes que les berceaux. Passez-moi une de vos cigarettes.

À l'école, c'était la guerre. D'un côté, les Mousquetaires, de l'autre… les Gardes. Et, au centre, ceux de nulle part, les Portos, métissés de quelques enfants d'Afrique. Cette nuit-là, le « Grand Soir », comme disait Dominique, devait marquer le règlement de comptes final pour avoir la suprématie en classe et sur la lande. Une dure bataille d'enfants-caïds, interrompue brutalement par l'arrivée d'une voiture, et… vous connaissez la suite.

– Miro… est bien votre frère ?

– Ah, non ! Maman était morte ; mon père, remarié, avait adopté le gosse de sa compagne, Miro. Entre lui et moi, c'était la haine. Le malentendu classique. Je lui avais pris sa mère et lui m'avait privé de papa.

– Il était aussi sur la falaise quand les mômes se sont rencontrés ?

– Tout le monde se trouvait à Guérigny lors de cette nuit terrible ; Miro a changé de camp pour passer chez les Mousquetaires. Carole en était la cause. Elle les menait par le bout du nez, les garçons de la bande. La belle salope est la cause directe de la mort de Loup et de la sienne propre. Pierre-Jacques venait lui manger dans la main. Un petit chien, cet homme, un tout petit. Elle claquait des doigts et hop… il obéissait. Elle l'aidait dans sa course au trésor, mais elle ne courait que pour elle, pour personne d'autre.

Pas d'impatience. L'émotion a refait surface chez mon interlocutrice.

J'attends.

– En liquidant Antoine et John, Loup a déclenché une incroyable panique chez les spectateurs du crime de la falaise. Et c'est Miro qui, sous l'emprise de Thor et le parrainage de Pierre-Jacques Rolland, va devenir votre ennemi personnel.

Il tue Loup, cherche chez lui et chez vous des traces du magot. Il s'en prend à votre amie et à sa copine la galeriste. Tout ce qui touche à Loup est condamné. Même moi, j'ai eu peur, d'où le Walther que je vous ai donné. Mettez la main sur Miro et vous bouclerez cette affaire. Satisfait ?

– En partie. Il ne manque que l'argent. Il est planqué dans la grotte de l'Indien mais il est impossible d'y accéder en cette saison.

Elle marque le coup.

– Comment connaissez-vous la cachette du trésor ?

– Emma me l'a indiquée avant de mourir. Avez-vous déjà vu un billet de mille dollars ?

Je sors la coupure, la pose sur la table.

– C'est un cadeau d'Emma. Il y en a encore tout un tas, en balade, de ces fichus talbins.

Un bruit de voix à l'extérieur interrompt notre discussion.

Le Chameau, l'enfant et son chien, ainsi que Charlotte, sont de retour.

Je m'adresse à Odile.

– Vous restez à la disposition de la justice jusqu'à la fin de l'affaire. Autre chose, fermez bien votre porte, ce n'est pas le moment de faire de mauvaises rencontres.

– Rendez-moi mon pistolet.

Je joue le jeu et lui tends son arme. Ce n'est pas un .38 qui a tué Loup. Je m'occuperai du Walther en temps utile.

– Merci mais, même sans ça, je ne risque pas grand-chose.

Du menton, elle désigne le labrador allongé sur le carrelage.

– Rosko est comme les rottweilers, il peut devenir un fauve. Tout est dans le dressage, savez-vous ?

La phrase éveille un écho en moi. Je repense à Carole.

– Autre chose… Bien entendu, vous avez un port d'armes pour votre Walther ?

Elle rit.

– Bien sûr que non. La région regorge de ce genre d'engins récupérés après les combats de 42 et de 44. Dieppe a été libérée deux fois !

– Je vous rapporterai une autorisation de port d'armes en bonne et due forme. À bientôt.

Le gamin s'approche de moi, lève la main droite et fait le salut scout.

– Au revoir, le Chien. Je pars en vacances chez tante Charlotte. Isatis-Têtu te souhaite une bonne route.

– Merci, louveteau, Rottweiler te salue aussi.

Le Chameau à mes côtés, je roule vers Dieppe.

– On rentre à Paris ? Il faut retrouver Miro à tout prix.

– Non. Voilà ce qu'on va faire. Trouve-moi une quincaillerie. J'ai besoin d'un outil.

24

Nous avons dîné à la cantine de Philippe Le Tendre, le flic local. Quelques huîtres et des filets de sole à la normande, évidemment, arrosés d'un quincy frais à point. Le bonheur. Mais tout est relatif, comme ne disait peut-être pas Einstein, et le boulot n'attend pas.

À dix heures, sans hâte, j'ai repris la direction des Herbiers. Le vent s'est calmé et le ciel est clair.

Une moto me double en trombe à la sortie de Dieppe.

J'éteins mes codes et passe en « lanternes » pour ne pas attirer l'attention. Je roule au pas.

La voiture garée sous le boqueteau, muni d'un tournevis et d'un burin, le Chameau à ma gauche, j'avance dans l'ombre. Je me sers de ma lampe de poche, que j'éteins lorsque j'entre dans le champ de vision de la maison d'Odile.

Voici la clôture. Rosko sort de la nuit, diable noir sur fond obscur. Doucement, je m'approche de la barrière. Le chien est là, tendu, prêt à sauter.

– Doucement, Rosko, c'est moi.

Je tends le bras. La bête reconnaît mon odeur, ne gronde pas. Suivi du Chameau, j'enjambe la clôture.

Bruit de moteur sur la route. Une moto passe au ralenti devant la maisonnette et disparaît dans l'obscurité.

Très lentement, je me dirige vers le banc dans lequel j'ai logé la balle du .45 que m'a montré le louveteau.

Le Chameau tient la torche et m'éclaire de flashes courts. Avec mon tournevis, je creuse légèrement le point d'impact et récupère le projectile que je mets dans ma poche. Si je ne me trompe pas, le labo va se régaler avec le morceau de plomb que j'ai en main.

– Éteins, le Chameau, pas question de se faire repérer maintenant.

– Trop tard, capitaine.

La voix a surgi dans mon dos. Une forte lumière nous enveloppe, mon équipier et moi. Ébloui, je ferme les yeux.

– Vous voyez, Rottweiler, je ne vous ai pas sous-estimé. Je savais que vous reviendriez, et je suis votre comité d'accueil et votre mort à tous les deux. Reculez jusqu'au banc et asseyez-vous les mains en l'air.

Pas de doute, c'est Odile. C'est avec un fusil allemand, un Mauser, qu'elle nous tient dans sa ligne de mire.

– Comment avez-vous compris, poulet de malheur ?

– Lors de notre première rencontre, je vous ai parlé de Jean-Loup Fresnel. Vous m'avez répondu que vous ne connaissiez pas de Loup. Vient, aujourd'hui, le coup du calibre .38. C'était très intelligent de me tendre votre arme. L'innocence personnifiée… mais j'avais vu le .45 planqué dans la salle de bains. Vous avez été idiote de ne pas nous avoir achevés lorsque vous avez tiré dans le pneu de ma voiture.

– J'étais certaine que vous ne vous en sortiriez pas. Un pneu éclate… Deux morts ! C'est d'une banalité…

– Pourquoi avoir pris une autre arme ?

– Pour compliquer le travail des enquêteurs si, par

hasard, ils avaient retrouvé la balle. Hélas, c'est vous qui avez mis la main dessus. De plus, mon idiot de gamin vous a parlé du .45 de Loup que j'avais caché. Je m'en suis immédiatement rendu compte après votre départ. Je le cachais à gauche, près des serviettes, et l'ai retrouvé à droite, côté shampoings, et ça, c'était votre arrêt d'expulsion définitif. De plus, l'arme venait de servir. J'ai appris à toujours nettoyer un pistolet après usage. Nous nous en servions selon nos besoins, Thor et moi.

– Qui vous a parlé du hold-up ?

– Loup. Dans sa quête forcenée pour retrouver les assassins de sa femme et de sa fille, il avait tout reconstitué. Cet homme avait trouvé un nouveau foyer ici. Lorsque je l'ai hébergé, c'était un type fini que j'avais face à moi. Doucement, dimanche après dimanche, il revenait reprendre des forces ici et continuait sa course, une comète folle lancée dans l'espace à la recherche de la seule chose qui comptait pour lui : venger la mort de Marine et de la petite. Je l'ai aidé, jusqu'au moment où l'argent a été récupéré par Emma.

– Pourquoi avoir largué Loup ? Il venait en ami, non ?

– Ami ? Face à un million et demi de dollars ? Vous avez des amis de ce prix-là, capitaine ? Ce fric n'était à personne. Lorsque Loup m'a annoncé qu'il allait détruire cette fortune, j'ai perdu les pédales.

– Mais pourquoi ?

– Vous avez déjà été seul, vous ? Pas isolé, seul…

Je ne suis pas là pour la faire sangloter en lui racontant ma vie. Elle embraye.

– Avoir subi les humiliations et les rebuffades d'une enfance de métèque, faire la serveuse dans un bistrot durant vingt siècles avant d'arriver à en être propriétaire, en se faisant sauter de temps en temps parce qu'il faut payer une traite à la fin du mois, encaisser les plaisanteries de mâles au cerveau mou, se faire peloter les fesses en gardant un sourire de façade et, soudain, se retrouver face à une somme de cette ampleur, pour apprendre qu'il n'en restera que des cendres, cela m'a rendue enragée. J'en ai parlé à Carole qui revenait de temps en temps voir ses parents à Port-Bréville. Et l'engrenage… vous comprenez ? Tout a été monté ici, la mort des danseurs, celle de Loup. Je n'ai tué Carole que parce qu'elle s'attachait à vous. Il n'était plus possible de lui faire confiance après l'épisode Pierre-Jacques. Jamais, elle n'aurait dû le dessouder, jamais.

– Vous formiez un beau nid de serpents, la bande de l'école de Port-Bréville.

– Mais non, nous n'étions que des enfants, vous savez bien, ces pervers polymorphes, la pitance des psys. L'innocence personnifiée… Ainsi, l'argent est dans la grotte de l'Indien, c'est bien ça ?

– C'est ça.

– Il ne me reste qu'à vous tuer et à attendre le printemps pour posséder un million et demi de dollars, y compris le billet de mille que je récupérerai sur vous. Debout ! On va faire un tour sur la falaise. C'est à deux pas, je connais un raccourci.

Un flash a rayé la nuit. La détonation est venue de la route.

Odile a poussé un petit cri. Son Mauser est tombé de ses mains. Elle a piqué vers le sol.

– Ne bougez pas, les flics ! Je range mon arme, je viens en ami. Je suis Miro Vasques. Allumez votre torche.

Mains nues, il s'est avancé vers nous.

Le Chameau m'a éclairé pendant que j'examinais Odile.

– C'est fini. On va s'occuper d'elle dans un instant.

Une flèche noire a jailli sur la gauche et s'est ruée sur Miro. D'instinct, j'ai tiré. Rosko s'est affalé comme un morceau de tapis que l'on secoue. J'ai eu de la peine pour Isatis-Têtu.

– Entrons dans la maison.

Nous sommes tous les trois dans la pièce du rez-de-chaussée.

J'appelle Le Tendre pour lui annoncer la mort d'Odile.

– Je fais le nécessaire. On arrive.

Vasques nous désigne des sièges. Il se conduit en maître de maison. J'éprouve soudain le sentiment d'être un intrus. On dirait qu'il lit dans mes pensées.

– J'ai habité ici, autrefois. C'était la maison familiale pendant un long moment. Pas de temps à perdre. Il me faut la touche finale à mon enquête.

– Pourquoi êtes-vous parti après la mort de Robert Croissel ?

– J'étais en prise directe dans cette tragédie. Moi aussi, j'étais sur la liste des victimes, et je savais que ce n'était que la suite et la fin d'une aventure commencée ici il y a une quarantaine d'années. Sur la lande, j'ai assisté, comme les autres, à la mort de Marie et de sa mère. Il y a des choses qu'un enfant ne devrait jamais voir, jamais entendre. Ça m'a valu une vie de cauchemars. N'oubliez pas que les morts du Baba's Club étaient mes amis et c'est moi qui ai fourni la piste à Loup lorsqu'il s'est installé à deux pas de la falaise, ici, aux Herbiers.

– Pourquoi l'avez-vous fait ?

– Pour pouvoir dormir, enfin, sans me réveiller en hurlant. Loup m'a pris comme équipier, oh, un petit, tout petit partenaire. C'est lui qui m'a chargé de veiller sur Emma. De loin. N'oubliez pas qu'Emma était la grand-mère de Marie. C'est pour cette raison que j'ai tiré sur votre voiture en ne visant qu'un rétroviseur. Je ne suis pas maladroit au revolver.

– Je m'en suis rendu compte. Mais pourquoi Odile a-t-elle changé d'arme pour nous tirer dessus ? Finalement, c'est ce qui l'a perdue.

– Pour brouiller les pistes. Vous étiez à la recherche d'un Colt .45, d'un seul coup elle semait le doute. Je vous rappelle aussi qu'elle voulait vous envoyer dans le décor avant tout.

– Ne reste plus qu'à retrouver l'argent mais il faudra attendre le printemps et une météo plus clém…

Un sourire ironique sur le visage, il m'interrompt.

– Ce sera inutile, l'argent est ici.

Je me dresse d'un coup.

– Venez. Prenez vos torches. Je m'occupe des outils.

Nous traversons le jardin et arrivons devant la niche du chien. Miro s'empare d'un burin et, très vite, dégage l'arrière de l'abri de son accotement de bois.

– Aidez-moi. Ça bouge facilement, la niche n'est pas scellée.

Le logis de Rosko est maintenant dégagé de la cloison. Apparaît une minuscule huisserie.

– Je vais vous éclairer. Tirez dans la serrure, capitaine. Une seule balle suffira.

La petite porte bâille.

– Éclairez-moi.

Accroupi devant l'ouverture, le danseur fouille et recupère un coffret.

Retour à la maison.

– À vous l'honneur, monsieur Rottweiler.

Avec le tournevis, je fais sauter le couvercle et j'ouvre. Une masse de billets verts apparaît.

Miro Vasques plonge ses mains dans les liasses d'argent et balance les billets dans l'espace. Ils retombent en tourbillons sur la table. J'attrape un billet au vol. Mais…

– Qu'est-ce que c'est que cet argent ? Qu'est-ce qui s'est passé ?

Ils sont maintenant tous en vrac sur la table, sur la boîte, sur le sol. Surprise. Tous les numéros des billets ont été découpés. C'est une monnaie inutilisable.

Le Chameau ramasse une superbe coupure à l'effigie de Cleveland. Le nombre « 1 000 » rayonne dans un angle.

Je fais face à l'ancien des Atoll Boys.

– Vous le saviez ?

Son visage se fend d'un rire incoercible.

– Évidemment, que je le savais. J'ai aidé Loup, un dimanche entier, à rendre hors d'usage cet argent pourri. Il est responsable de la mort d'hommes et de femmes que j'aimais. C'est moi qui ai eu l'idée de le planquer derrière la niche. Je vous l'ai dit, j'ai habité ici lorsque ma mère s'est remariée. C'était une cache où je planquais mes journaux pornos lorsque j'étais môme avant qu'on y accole la niche d'un chien de garde. Vous avez devant vous, messieurs, 1 499 billets de 1 000 dollars, tout juste bons à rejoindre la poubelle la plus proche.

Je sors la coupure trouvée chez Emma.

– Comment savez-vous que je détenais cette coupure ? Je l'ai trouvée chez la Mère Toinet.

Étonné, il s'empare du billet, le regarde, me le rend.

– Rectification, capitaine, il n'y a que 1 498 billets.

– Pourquoi ?

– Parce que Loup m'en avait donné un, en souvenir. Je vous signale, monsieur Rottweiler, que nous sommes susceptibles, tous les deux, d'être inculpés de recel.

Un bruit de moteurs résonne à l'extérieur.

L'équipe de Philippe Le Tendre fait son apparition.

Retour à Paris.

Seul le ronron du moulin, en pleine vitesse sur l'autoroute, brise le silence installé entre le Chameau et moi.

L'affaire est close. Le reste ne sera que paperasses, témoignages, et on passera à la suite de l'ordre du jour. La séance continue. Toujours.

Le Chameau me tend une cigarette allumée.

– Tu sais ce qui me peine, le Chien ?

– Oui, la réaction d'Isatis-Têtu.

À Paris, le lendemain, je rends compte à Turpin.

Ambroise m'écoute sans un mot de commentaires.

– Rédige ton rapport le plus rapidement possible, je veux boucler cette affaire.

Mon pavillon. Rien sur le répondeur.

Il fait nuit, froid, triste. Je monte le thermostat de ma chaudière.

En pyjama, je me prépare un CRS bien tassé. Je ne

peux m'empêcher de penser à celui que j'ai offert à Carole.

On sonne à la porte. Je me précipite vers mon Beretta.

Haussement d'épaules. Aucun danger ne me menace, ce soir. Je repose l'arme, me dirige vers la porte, ouvre.

Astrid me saute au cou.

– Oh ! *Mi hombre !*

Je lui laisse le passage. Elle pose la valise au milieu de la pièce, me regarde.

– Tu en fais, une tête !

Je la serre contre moi. Longuement.

À nouveau, je retourne à Trébeurden. Encore une fois, j'ai douze ans ce soir et je grelotte dans le cagibi de Tatie Marthe. De loin m'arrive le bruit des vagues qui chantent, prient, hurlent et sanglotent sur la Côte de Granit rose. À moins que le fracas ne surgisse de la falaise de Guérigny ? Qui sait d'où vient la mer ? De la Ddass, peut-être ?

– Mais qu'est-ce que tu as, Malo ? Tu as l'air d'un gosse effrayé. C'est toute la joie que te cause mon retour ?

Ma tête posée sur son épaule, je reste silencieux avant de lui dire à voix très basse.

– Je suis en deuil, Astrid. Mon père est mort.

Composition et mise en pages : FACOMPO, LISIEUX

Achevé d'imprimer en février 2007
par Novoprint (Barcelone)

Dépôt légal : février 2007
Imprimé en Espagne